水墨情缘

有耷 著

山西出版传媒集团
北岳文艺出版社
· 太原 ·

图书在版编目（CIP）数据

水墨情缘 / 有耷著. -- 太原：北岳文艺出版社，
2024.11. -- ISBN 978-7-5378-6958-4

Ⅰ. I247.5

中国国家版本馆CIP数据核字第20247VD364号

水墨情缘　　有耷 / 著
SHUIMO QINGYUAN

出 品 人：郭文礼
总 策 划：汪恒江
策划编辑：董江波
责任编辑：董江波
助理编辑：张舒雯
复　　审：马　峻
终　　审：刘文飞
宣传运营：刘思华
　　　　　董江波
印装监制：郭　勇
装帧设计：装帧设计

出版发行：山西出版传媒集团·北岳文艺出版社
地　址：山西省太原市并州南路57号
邮　编：030012
电　话：0351-5628696（发行部）　0351-5628688（总编室）
传　真：0351-5628680
印刷装订：山西万佳印业有限公司

开本：890 mm × 1240mm　1/32
字数：200千
印张：10.25
版次：2024年11月第1版
印次：2024年11月山西第1次印刷
书号：ISBN 978-7-5378-6958-4
定价：68.00元

本书版权为本社独家所有，未经本社同意不得转载、摘编或复制

目 录

第一章　有向往的人 …………………………001

第二章　皮　影 ………………………………014

第三章　创还是闯 ……………………………023

第四章　谣言四起 ……………………………030

第五章　初露锋芒 ……………………………039

第六章　波折内场票 …………………………047

第七章　明斯特展会 …………………………056

第八章　眼光相同 ……………………………064

第九章　画展偶遇 ……………………………073

第十章　天无二日 ……………………………083

第十一章　信任危机 …………………………093

第十二章　主动出击 …………………………103

第十三章　心　机 ……………………………112

第十四章　曙光初现 …………………………122

第十五章	阴差阳错	131
第十六章	瞒天过海	140
第十七章	情愫暗生	149
第十八章	守住底线	158
第十九章	被骗太深	167
第二十章	突发的暴雨	176
第二十一章	身不由己	185
第二十二章	一心难以二用	195
第二十三章	出发去古镇	204
第二十四章	发现端倪	213
第二十五章	采 茶	223
第二十六章	被赶出古镇	232
第二十七章	商业筛选	241
第二十八章	山茶花的告白	250
第二十九章	预警提示	260
第三十章	失败的投资	269
第三十一章	解不开的疑惑	278
第三十二章	名誉受损	287
第三十三章	一语成谶	296
第三十四章	弥补过失	304
第三十五章	又是雨夜	314

第一章　有向往的人

没有直飞，需要转机。

商栈在电脑上敲下这一行字。

"这有点折腾呀。"

订机票的时候，助理好心提醒了一下。

"我现在喜欢'转机'这个词。"

商栈脑子里闪过这样一行字，嘴里却没说出来。助理的提醒，并没有影响商栈支付机票款的速度。

没有和任何人打招呼。

商栈在上海独自逗留了三天，没有去任何地方闲逛。这期间，他从国外带回来的行李物品陆续被运回了老家，自然都委托了公司的人帮忙处理。他一个人，吃住都在酒店，好像是为了缓解一下近乡情怯的急促感。

三天后。

商栈重新启程，他要去看看新集团下面一家公司的重点项目。当然，以他的身份来说，这是个体量不大的项目，还不足以让他这种级别的人员在现场出现。不过，商栈原本就要去成都看展的，这样一来就顺理成章，一点儿都不突兀了。

　　头等舱。
　　即使是在经济条件窘迫的阶段，他的出行选择也是如此。
　　和往常一样，背靠在宽大座椅上的商栈，略显慵懒松弛。他的腿上盖着航空公司提供的蓝格子小毯子。比起经济舱乘客的待遇，头等舱在餐食和这类细节服务上会更好一些。这也是航空公司让乘客觉得更被重视的手段之一。
　　习惯研究商业业态和各类服务标准的商栈甚至一度怀疑，飞机上的旅客人数有限，各大航空公司不至于连一块这样的小毯子都配不齐。差异化服务的提供，这恐怕是出于消费等级的人为划分。
　　不过，这看上去并不起眼的小毯子，在冷气逼人的机舱里，也会给人带来莫名的抚慰与温暖，虽然某种程度上可能是出于心理层面的作用。

　　起飞三十分钟后，飞机上升到一定高度。商栈打开遮光板，不经意间拿起了手边放着的航空杂志。以往的旅途中，除非有十分紧急的公务和文件需要处理，他很少使用电子阅读器一类的电子产品。阅读，要看的是图书和报刊。这种近乎老派的做法，是商栈长期商旅职业生涯中不经意间形成的习惯。

商栈没想到的是，他随手拿起杂志无意中一翻，竟让他感到了惊诧，真是意想不到，一个曾经熟悉的身影，陡然出现在商栈的瞳孔中。以这种方式间接重逢，不免让他有些唏嘘的感觉。

杂志中，冯嘉嘉穿着一件剪裁得体做工精细的旗袍，居然夸张地印在人像摄影占一大半的版面上。冯嘉嘉照片的下面，是"隆逸升合"集团关于新园林项目的一篇介绍文章。这个项目的规模很大，算是地产界颇具创造力的盘子，还没开始动工就受到了一众好评和追捧。在以往，这类商业软文都是董事长、国际国内知名专家担纲领衔。这一次冯嘉嘉的出现，可以说是剑走偏锋的一种尝试。出于职业习惯，商栈对新园林概念的提法产生了一定兴趣，不知不觉竟一页页看了下去，就连最后一页的新水墨国画作品，他也没有放过。

要降落时，受气流影响，飞机有过一阵颠簸。好在这个时间不长，飞机便顺利降落在成都双流国际机场。

商栈不紧不慢地合上杂志，透过窗户看着外面久违的土地。随着机舱门缓缓打开，湿润的空气一下子涌了进来，瞬间打破了冷气禁锢的空间闭锁。人的大脑，放松下来。前后左右不同的方向，静谧的氛围被撕开了口子，收拾东西的声音、走路的声音、衣服摩擦的声音还有交谈声，各种声音混杂着，很快充斥了整个机舱。机上广播反复提醒着乘客不要忘记随身携带的物品,然后才指引乘客有序下机。

因为只打算逗留一天,商栈除了一个从新加坡购买的双肩背包外,并没有多余的行李。背包里的东西,也不过是一把飞利浦的电动剃须刀、一部手机和一只钱包,倒是比其他乘客需要等托运行李快上许多。

即便如此,从机场通道出来,没走上几步,商栈就被堵在了接机出口通道里面。人流转成龟速前进。虽然不是春运和小长假,但作为旅游集散地成都的机场依旧客流满满,游人如织。

走在人群中,四周嘈杂的对话声不但没有引起商栈的反感,反而让独居海外多年的他脑子里涌起人生的归属感。也就是在这一刻,他内心愈发觉得谢绝海外集团的高薪聘用,毅然决定回国才是对的。

从异国到故国是个漫长的舒缓过程。尽管他已经在上海短暂地发散了一下思维,可是那种情绪,还是围绕在他的周遭,久久不曾消散。商栈当然知道,对家国的眷恋才是他骨子里最朴素和最真实的一面。

手机振动打断了商栈的思绪,一个陌生的号码出现在手机上。"骚扰电话?"商栈略带迟疑,最终还是疑惑地接了起来,"喂,你好。"

"您好,是商先生吗?我叫杰瑞,是CNT(本书中一家公司简称)公司的猎头顾问。之前有同事联络过您,听说您已经从原来的集团离职。请问您近期是否有工作的意愿?"

"不好意思，没有。"

挂断了电话的商栈，心里感叹国内的大数据可真厉害，这么快就能锁定目标人群。可随即他嘴角处不免流露出苦涩的笑容，他脑子里想到的是，回到了自己的祖国，收到的第一句问好，居然出自猎头之口。

商栈的人生堪称是一部情节曲折的戏剧。他从小到大没见过父母。按照家里的说法，他是爷爷奶奶在他很小的时候捡回来的。爷爷奶奶心地善良却生活困顿，就连读书的钱都是由商氏家族的"公读金"资助的。商栈从小要强，从中学开始成绩就十分优秀。等到上了大学，打零工、做兼职，赚钱已经成了他的惯常程序。大学毕业时，他硬是靠自己的劳动攒够了出国读研的费用，从那以后他就留在了华尔街。自从抚养他的爷爷奶奶相继去世之后，他就再没回过国。

想到这儿，商栈打开了手机，一眼就看到微信（即时通信软件）里置顶的哥们儿简方元发来的文档——一篇成都旅游攻略。

简方元是商栈这次回国的唯一知情人。在国外时，商栈第一次领到公司上市的项目奖金，他就在市区为爷爷奶奶买了套房子。可惜老人住惯了乡下，怎么也不肯离开村子。这房子就变成了投资，商栈一直托简方元帮忙打理。这次，当他决定回国发展后，就跟简方元通了电话，透露了自己要回国的消息和具体的行程。

"你回来，挺好！打算住哪里？"

简方元这样问是有原因的。

在简方元的潜意识里，房子就是要靠人"养着"才行。于是，他在众多的租客中挑选了一位爱干净的年轻姑娘，将房子租了出去。原本定的规矩是押一付三。没想到，这房子的地段和装修，都对了小姑娘的心，她竟然主动改了合同条款，一次性交了一年的房租。现在算一下，租约还有三个月才到期。商栈回国的决定有点突然，房子一时半会儿也收不回来。这样一来，他只能另寻住处。

长时间不回国，这些年国内各个城市的变化相当大，商栈对国内的生活环境已经相当陌生。为了尽快让商栈适应，简方元主动为他做好了攻略，试图帮助他更好地融入国内生活。

看着这份明显是从网上复制来的攻略，商栈决定直接无视。商栈此行成都的目的很明确——参观所有与民俗相关的策展，收集自己需要的素材和资料。

在国外的时候，商栈就听说成都的文化传承和文创产业发展得很好，还会经常举办各类文化活动。在知道成都博物馆近期有民俗相关的策展后，商栈提前一周加快了工作交接的进度，紧赶慢赶终于在展会开始的前一天顺利来到了成都。

他知道，这一次要看的不仅仅是民俗元素，还要看一下招标公司递送上来的各家设计公司出的创意方案。

只是商栈不知道，这一次他还会遇见爱情。

"怎么这么多人，我怎么觉得，全城的人，都到这儿了。"

水艺心的脸上有些干，这是她着急时皮肤惯常会出现的状态。她早上出来匆忙，没有给皮肤补个水。

洪涛倒是没有焦虑，他是职场老人了，用他一向自嘲的话说，时间会抹去一个人的好奇心。对这些，他都不大介意，顺着水艺心的话说了一句："国内文旅项目的吸金能力越来越强。甲方这一次的投入很大，要求的细节和要素十分详尽，看样子应该是此前做过详细的调研了。我听说这次来的是一个海归。据以往的经验看，海归工作的节奏都很快，对项目中的创意设计与传统民俗文化元素很是看重。你看博物馆的策展，也是这一类的。没准儿他也会来看。我们公司的这个创意设计是你做的提案，涵盖了不少这一类的民俗元素，我们这次中标的概率还是相当大的。"

因为有展会，博物馆的客流量很大，游客也比平时多了很多，水艺心和洪涛站了半天也没打到车。载着商栈的出租车缓缓停在不远处，看着商栈从车上下来后，两人对视一眼，赶紧上前坐到了车上。

洪涛终于松了一口气，关注点从打车回到了"水墨"上。

"艺心，你说我们这次提交的概念稿，能中标吗？"

"你还不相信我吗！天才画手！我可是上过杂志的人，没问题的！"

洪涛看水艺心一脸"我在虚张声势"的表情，无情地戳穿她道:"杂志那是画展的广告!而且这次招标明确说了要水墨画风。你一直学的都是油画,水墨画完全就是爱好,你拿爱好能拼过人家的专业吗?难怪我看书上说,艺术家都是'三自'人格——自我、自负、自恋。"

洪涛的担心不是没有道理,其实水艺心心里也没底。水艺心从小学的就是油画,大学也是油画专业,可偏偏她又对中国水墨画有着极为浓厚的兴趣。在动画作品中,她大胆运用了大量水墨元素。

没想到一开局,她竟然获了青年艺术家动画展演奖项,从此水艺心在"不务正业"的路上越走越远。

"艺术都是相通的,一定可以的!"水艺心开始"画饼"了。

洪涛白了她一眼,拒绝"吃饼"。

"我跟你讲,这次要是不过稿,就别搞水墨画了,老老实实地回来给我画油画。行货怎么了,不照样有人欣赏,有市场有销路,才有这一切。你也不看看,咱们工作室都多久没接正经的单子了,每个月赚的那点钱都不够付房租的。我还指望拿这个工作室跟我爸叫板呢,就现在这样,估计我爸都能笑掉大牙!你说你搞水墨画就算了,你还想搞水墨动画,动画和画是一个东西吗!"

被洪涛批评的水艺心难得地没顶嘴,这和她以往的性格不大一样。大学还没毕业,水艺心就和洪涛合开了一个工作室,平时接一些设计稿、手绘稿和插画稿之类的活儿。从小就有艺术天分的水艺心在油画上的造诣没得说，工作室里挂的一面墙的证书就是证明。

可自从水艺心迷上了水墨画，什么设计稿都想用水墨画来实现，就导致了现在这种"大单接不到，小单不赚钱"的两难局面。洪涛当时也是放弃了大公司的邀请，破釜沉舟和水艺心创业的，结果因为她的私心，钱没赚到，理想也没实现。

这么一想，水艺心顿感愧疚："回去就接，不管这次过不过，以后商单我都不画水墨画了。"

"那个……"司机终于找到机会，有些尴尬地开口问道，"你俩要去哪儿，谁告诉我一下？"

成都繁华商业区的一家画院门口，水艺心一个人下了车，把一本画册交给了工作人员后又回到出租车上。

"你刚才说的是真的吗？以后都不画水墨画了？其实也不用这样，大单子你好好画，别的你喜欢画什么就画什么吧。"洪涛看水艺心不说话，以为她在为自己刚刚说的话难过。

谁知水艺心一愣："你说什么啊？我没说不画水墨呀。"

看洪涛一脸不解的表情，水艺心略微解释了一下："以后水艺心画油画，但'墨'可以接着画水墨画呀！"

墨是水艺心的网名，平时会分享一些画稿，因为画风可爱有趣，墨受到了很多小女生的喜欢。洪涛一听就知道自己是被水艺心的文字游戏骗了，顿时火大，就要动手去拽她的丸子头。

司机余光看到后忙劝道："哎，小情侣斗嘴可不兴动手啊！

小伙子这就是你不对了,你看你女朋友长得这么可爱,你可得珍惜啊!"

"谁跟她是情侣,师傅你可别被她的长相骗了,这丫头可会气人了!"师傅这么一打岔,洪涛也下不去手了,两人安静下来,直到车开到民宿。

水艺心和洪涛从民宿出来,再到"老妈蹄花"的时候,天已经快黑了。因为还没到高峰期,店里没坐满,水艺心两人找了张空桌坐下。

旁边是个带孩子的家长,一边慢悠悠地吃着蹄花,一边闲聊。这条巷子是专门开发的旅游线路,因此街边两侧没有高耸的大楼,少了现代化飞速发展带来的压迫感,两人呼吸都觉得畅快了很多。

"前方到达目的地,本次导航已结束!"熟悉的AI声传来,水艺心抬头,看到门口进来个三十多岁的男人,穿搭自然又不失气度。

大概是眼神过于直白,水艺心引起了商栈的注意。他侧过头,没有找到目光来源,只看到一对正在吃蹄花的情侣。

水艺心对商栈没有印象,不过看他身材高挑,职业习惯泛滥的水艺心犯了病,她把商栈当作人物原型,在脑海里用线条解构他呢!她还顺便脑补了一下他适合的动漫角色,发型、穿搭、武器之类。

"老板,一小份夫妻肺片,一份老妈蹄花。"

男人点餐的声音打断了水艺心对他真人版的脑补与想象。

她不好再盯着对方看,只能转过头来专心致志地吃起刚点的蹄花。

汤汁浓郁,蹄花炖得软烂,佐以店家搭配的红油和蘸料,食客口齿生津,兴致极高。

"好的,您稍等!"服务员利落地应道,"桌子上扫码……"付款两个字还没说出口,一张粉红色的百元大钞递到了柜台后边服务员的眼前。

服务员有些为难,现金支付的人越来越少,店里没有备用金,这么大面额也找不开啊!现在线上支付很方便,尤其是在商业区,年轻人多,用现金的几乎没有。

男人看服务员一脸为难的表情也反应了过来:"哦,扫码是吧,扫哪里?"服务员忙递上二维码,连声说着抱歉。男人摆手示意没事儿,收起现金放到了长长的黑色钱夹里。这款钱夹看上去胀鼓鼓的,看来是"万元夹"。

服务员的声音再次引起水艺心注目,心想这人还真是奇怪,居然习惯用现金,随身竟然带了那么多。

"看什么呢?赶紧吃,吃完赶紧回去,明天还要去博物馆呢!"洪涛用手指点了点桌子,提醒水艺心。

"哦!好!"

片刻后,水艺心和洪涛吃完蹄花起身离开了。

巷子里水艺心和一个干瘦的男人擦肩而过,男人手上拿着什么东西,她没有看清。

走出几步，水艺心突然反应过来：不对！那人是小偷！

他手里拿着那只长长黑色的钱夹，因为这只钱夹的造型比较特别，再加上现在用钱夹的人已经不多了，水艺心当时多看了几眼。

从小练跆拳道的水艺心身体反应比脑子快，没跟洪涛打招呼就蹿了出去，奔干瘦男人离开的方向跑去，边跑边喊"抓小偷"。干瘦男人听到喊声，变走为跑，穿进了旁边的胡同。周围行人听到水艺心的声音，也用目光四处探查小偷的位置。很快，水艺心就路过了刚才的饭馆。

商栈坐在临街的位置。水艺心路过的时候分神拍了他肩膀一下，留下了一串尾音"你钱夹丢了"。

商栈一愣，忙检查自己的口袋，发现自己的钱夹果然不见了，也循着声音加入抓小偷的行动中。

归功于水艺心的大声叫喊，几个路人出手阻拦，小偷渐渐被热心群众包围。正当众人准备上前抓住小偷时，小偷从口袋里掏出一把水果刀在胸前挥舞，阻挡众人接近。

现场一时间陷入了僵局。

这时商栈也赶到了现场，水艺心看到他出现，灵机一动，从墙角捡了一个空花盆，猛一喊："警察来了！"

小偷循声看去，水艺心瞅准机会扔出手里的花盆砸在小偷手上，一个箭步冲上去，把小偷的手扭到了背后。早有热心群众准备好布条，把小偷的手捆了个结实。

商栈上前捡起自己的钱夹，对周围的热心路人道了谢，并回头看着首要功臣水艺心说道:"多谢。"

水艺心摆摆手,示意他查看一下钱夹里面的东西。商栈刚才拿到钱夹就已经用手捏过,板正的质感告诉他证件还在。至于现金嘛,商栈不着急,不在钱夹里就在小偷身上,现在他人都逮住了,钱自然也丢不了。

此时商栈更关心水艺心是怎么发现丢的是自己的钱夹。

水艺心正想解释说你的钱包造型和颜色都很别致,自己和洪涛刚才讨论要怎么调配色,就突然想到洪涛好像不见了!

来不及多说,水艺心又赶忙跑出去找洪涛。

此时早有看客报了警,商栈坐在小偷旁边,跟他一起等着警察的到来。

第二章　皮　影

  这次民俗展在成都的一所民间画院里举办，画院建筑和装修都很具古风特色。成都的画院在历史上很有名，据说后蜀皇帝孟昶建立的古代中国第一所皇家画院就在成都。
  这所画院承袭了古风，专供画家创作交流，因此景观雅致，随意一处角落的石头都能在镜头下呈现几分古朴雅趣。
  水艺心放下手机，走进画院大门。这所画院和其他展馆不同的是，它没有巨大醒目的招牌，只有两侧悬挂的十多个名匾，上写着"某某某美术馆"和"某某某画院"等名字。中间新挂出来的就有民俗展的牌子，但并不显眼。如果是不熟悉这里的人，很有可能就这样错过了。何况，在成都像这种保存完好的古建筑特别多。
  而如果是了解成都本土各种画院的人，一定不会觉得它普通。不光是因为它历史背景深厚，更是因为名匾上的"民俗展"三个大字是来自那位海内外都闻名已久的隐居老人所题写，其风骨意韵在这幅书法作品上可以略窥一二。
  水艺心特别喜欢古建筑，上学的时候还特意选修了关于园林景观的课程。在她眼里,古建筑是艺术、力学、建筑结构、风俗的融合,里面有历史鲜活的痕迹。

  身边偶尔有家长带孩子路过。水艺心看了看时间,快十点了,难怪人多起来了。展会定在周末,有很多家长带着孩子来感受传统文化的魅力。这次水艺心应邀为展会画了几幅民俗水墨漫画,画面采用新颖有趣的拟人化手法,十分符合当下年轻人的审美,展出的同时也对外销售。

  顺着展位闲逛的商栈有些意外,和预想的以老年人为主的来客不同,来展会的游客除了带孩子的家长,有很大一部分是周边的大学生,还有周末休息的白领。其中穿汉服的人也真不算少数。看来,国内文旅产业已经进入高速发展期,受众开始向主力消费人群转移,这是个好消息。商栈心想。

  成都不愧是熊猫之都,女孩子喜欢的熊猫挂件、发夹,小朋友喜欢的熊猫玩具,甚至还有熊猫盲盒,可以说市面上的文创种类,在这里都能找到对应的"熊猫款"。

  看着展位前聚集的人群,商栈没有去凑热闹,而是走向了另一边蜀绣的展位。展位前不仅有作品展示,还有绣娘现场刺绣。旁边是活字印刷的展位,一个个小方块,雕好了凸版文字。工作人员耐心地给小朋友讲解要怎么使用,怎么印刷,随后指导小朋友找到自己的名字,现场印刷出来。

  商栈正要接着逛,电话却猛地响起。他看了一眼,是简方元。

  "喂,嗯,没事儿,房子你安排就好。"这次从国外回来的突然，从决定到现在不过一个月的时间，房子腾不出来，商栈也不意外。商栈交代了简方元帮他找个环境安静一点儿的公寓就行，左右不过住几个月，没什么好挑剔的。

"嗯，房子安排好了。这次不是房子的事儿，我手头有个项目，难以决断，资料我发你，你帮我把把关。"简方元在电话那头直接道明来意。

商栈和简方元都是金融系毕业生，毕业之后商栈出国深造，简方元则留在了国内。上学时简方元成绩没有商栈好，可几年积累下来，虽然不至于成为行业翘楚，但也算得上资深投资人了。他这么犹豫，难道是新产业，把握不好发展趋势？商栈想着就问了出来："怎么，新兴项目？"

"不是，是个好项目。"简方元那边犹豫着，在斟酌用词。

"那就是提出项目的人不行！"商栈在金融圈混的时间不短，一下就猜到了关键。

"是，本来金融圈眼高手低的人不少，也没什么纠结的。这次难就难在，这个人跟我有点交情，而且之后有个大项目要靠他牵个线，所以不好不给面子。"简方元顿了一下，接着说，"方案我看了，里面有几个亮点，但又怕他那边执行力跟不上。"

"我知道了，晚一点儿我看了给你回复。我大概今天下午回云州市。你把公寓地址发给我，我晚上直接过去。"交代好后，商栈挂断了电话，一抬头，发现自己不知不觉走到了内院。展会在前面的院子，内院这里人比较少，远远地，还能听到前院热闹的交谈声。

　　抬眼一看，下边待客茶室、上边主人生活起居处的高架式建筑格局，是保存完好的川西民居典型四合院建筑，风格古朴而典雅。商栈顺着脚边雕琢精细的柱础石，看着柱子上雕饰玲珑的斗拱，原汁原味的传统建筑，一下子把商栈带回到了那个谈笑皆文章、落笔成诗、点墨成画的时代。恍惚间商栈仿佛穿越了时光的长河，看到百年前身穿长衫的墨客学者们曲水流觞、一派热闹祥和的盛景。

　　"叔叔，卫生间是在这里吗？"着急找厕所的小朋友，看到在发呆的商栈，上前询问。这一声，把商栈从思绪中拉了回来。给小朋友指了路，商栈回到会场继续闲逛，碰到喜欢的文创产品也会买上几件。

　　"皮影可不是塑料纸，它是驴皮制成的。在古代没有电影，大家没有别的休闲方式，就用皮影演出一个个故事，它相当于是古代的电影。"商栈突然听到熟悉的声音，顺着声音看过去，是昨天帮他找回钱夹的姑娘。她被一群孩子围着，正专注地用小朋友们能听懂的语言，给他们讲着皮影的故事。

　　"你们知道吗，世界上最大的皮影博物馆就在成都博物馆里面，收藏有20多万件皮影作品，其中最大的有70厘米。"水艺心目光扫过孩子们，正好看到看向她的商栈，愣了一下也认出这是昨天被偷钱夹的"一百元先生"。

　　商栈冲她点头示意。

　　水艺心微笑回应，然后指向一个有六七岁的小朋友说道：

"最大的皮影差不多到你肩膀高哦,是不是很神奇?"

小朋友们一听皮影居然和自己肩膀差不多高,顿时兴奋起来,你一言我一语地开着玩笑。可小孩子专注力时间并不长,一会儿就跑开了。

商栈看到水艺心给小朋友讲解的温馨画面,也忍不住想去和她聊聊,于是走过来打招呼道:"你好,我叫商栈,昨天场面太混乱,没来得及谢谢你帮我找回钱夹。"

"不客气,举手之劳而已。我叫水艺心,很高兴再见面。"水艺心笑得一脸灿烂。简单聊了几句,水艺心忍不住问道:"现在带现金出门的人很少,你怎么会随身带那么多现金啊?"估计小偷一开始是想偷手机的,后来看到他拿钱夹出来才改偷钱夹的,水艺心腹诽着。

这商栈还真不是故意的。出国之前大家都还是钱夹、银行卡的配置。谁知道几年没回来,手机支付普及度这么高,倒是让用现金的自己显得有点格格不入了。

"我刚从国外回来,还不太习惯。"商栈解释道。不想过多停留在这个话题上,商栈又主动问道:"听你口音不像是本地人,旅游怎么会来这儿?"

"你也不像啊!一个海归不也跑到这儿来了!"水艺心笑呵呵地跟商栈开了个小玩笑,随后又认真解释,"昨天和我一起的那个朋友来这边出差,我就顺路来蹭个展。"

原来不是情侣,商栈有些诧异,自己脑海里竟然第一时间浮现的是这个结论。"喜欢传统文化?"商栈试探性地问。

"是呀,非常喜欢。昨天我还特意去了成都博物馆看皮影。别的不说,就创造力和想象力这方面,老祖宗真是首屈一指。先不提皮影故事,单说皮影的诞生就足够伟大。都是朴素的劳动人民,他们当时怀着什么样的心情,创造出了第一个皮影?是想逗妻子一笑或哄孩子开心,还是单纯迫于生计呢?"水艺心觉得艺术的魅力就在于它有无尽的想象空间。

难怪刚才跟小朋友们讲得头头是道,大概是出于职业习惯。商栈又默默得出了一个结论。

"大概都有吧。"商栈对皮影不太了解,单纯是看水艺心话说完了,觉得自己有必要回应一下。

水艺心也不在意:"谁知道呢。总之他们创造出来,并且流传到了现在,把他们的故事通过这些皮影一代一代地讲给我们听。"

这点商栈倒是十分赞同:"没错,每一种文化背后,都是无数鲜活的生命。"

这天开始,商栈微信好友多了一个名叫"水艺心"的人。水艺心也因为碰到了聊得来的朋友,感觉时间过得飞快。

转眼一周过去,商栈在简方元的帮助下,生活步入正轨。

商栈的公寓是已经装修好的,简方元原本想给商栈换一些家具或者添置一些装饰,都被他拒绝了。商栈觉得什么环境自己都能适应,不想再折腾。

简方元仍觉得在房子的事儿上对商栈有愧疚,决定等商栈过几天出差的时候给他换一些家具摆设。别的不说,床垫一定要换。"

　　商栈看他确实是做点什么才能舒服的样子，也不再拒绝，一边擦拭着自己从成都带回来的文创产品，一边回道："随便，我带回来的这几个文创别给我弄坏了就行。"

　　商栈很喜欢这次从成都带回来的纪念品，其中一幅用色颇为大胆的水墨漫画被他挂在了客厅墙上，作者署名"墨"。简方元窝在沙发上，伸手比了个"OK"！

　　半晌，简方元才拿起茶几上放的一份纸质版的方案。

　　商栈余光瞄到，说："三改的方案我看过了，我还是之前的意见。单独约投稿方工作室出一套周边收藏品，搭配产品销售就行，其他的不太能落实。"

　　"唉，这样利润就很有限了。"简方元叹气，"就怕刘信达不满意这个结果。"刘信达是漆垣公司的总经理，最大的本事就是人脉，这些年也靠着人脉在商圈混得有模有样。

　　"你要怕他不满意，你就投钱，到时候赔了可别来找我。"商栈看了简方元一眼，感觉他跟大学的时候一样，重感情，也容易被感情束缚。

　　"算了，我这就给他打电话。对了，你什么时候去德国？"

　　"后天。"

　　"行，那我趁你出去这几天，看看你家缺啥，给你添置一些。对了，你想去哪家公司呀？"简方元念念不忘家具，同时也关注着商栈的工作情况。商栈在华尔街金融圈小有名气，他回国的消息传出后，马上就有公司抛出橄榄枝。仅仅简方元知道的，就已经有三家规模、职务、待遇都不错的，就是不知道商栈中意哪个。

"金石和鼎丰不考虑，天成集团的话……"顿了一下，商栈犹豫着说，"再看看。"

"金石我倒是知道，最近领导层斗争得厉害，鼎丰也不考虑？"简方元不解。鼎丰是金融界的后起之秀，老板眼光独到，一直以来在金融圈的名声都很好。当然，简方元更看好建筑起家的天成集团。

"鼎丰的投资风格比较激进，虽然整体发展势头很好，但过多依赖于行政关系和商界人脉，借助信息不对称和运气的成分偏多，不稳定因素太多。"商栈显然也是深思熟虑过的。

"那天成呢？怎么感觉你也不是特别满意呢？给你的是战略投资总监的职务吧，再走一步就是总经理了。只要时间积累到位，发展空间还是不错的。"简方元被说服，转向另一个问题。

"天成其实也没那么理想，主要是天成的金融板块成立时间短，而且传统企业思维还是很严重的。你知道的，我回来主要是想找一个合适的项目发展古村落经济。在这种建筑企业思维里，大概推翻重建是最好的投资方式。"商栈收拾完卫生，推了一把简方元搭在沙发上的腿，坐下。

简方元知道商栈的一些过往，也不由得有点发愁，起身挠头道："那怎么办，总不能让你这个海归精英回来，在家抠脚吧？"

第二章 皮影 021

大学的时候简方元就比较活泼，喜欢呼朋唤友的，说话也爱开玩笑。之前大家还开玩笑，说简方元幸亏是做金融的，不然做会计非得因为话太多把自己送进去不可。

商栈听到简方元像大学时一样不着调的发言，笑了笑，语气也轻松了一些："哪有那么夸张，有个公司我觉得还不错。这次去德国，一来把之前的工作收尾一下；二来也跟他们老板见一面，聊一聊。"

商栈属于那种心里比较有成算的，听到他这么说简方元也就不再多问。端起水杯，简方元的目光落到了墙上被挂起的水墨画上——枝繁叶茂的树荫下，阳光被分割成一个个格子；一位少年靠在树干上，目光看向远方，他一只胳膊上划痕斑驳，身上的色彩也褪了大半；但少年神情满足，因为他挣脱了身上赋予自己生命又操控着自己人生的线条。

第三章　创还是闯

狭小的画室里，一个画架、一张桌子占据了大部分的空间。画架上放着半成品的油画。水艺心把头发高高束起，盘了个丸子头，正趴在桌子上睡觉。

太阳逐渐升高，昏暗的房间里逐渐有一丝光亮从窗帘的缝隙中透过来。

"嗡嗡嗡"，微信传来连串的消息。桌子上的手机屏幕发出的光亮映在水艺心半边脸上，也照亮了桌子上墨迹未干的水墨画。

大概是心里有事儿没睡踏实，轻微的振动声成功惊醒了水艺心。闭眼摸索到手机，缓了一下，水艺心眯眼看手机上的时间，七点十三分。

重新把眼睛闭上，转了转眼球，感觉眼睛没那么干涩了，水艺心抹了把脸，随后又睁开眼睛，打开了微信。

"今天要去晨行那边送画稿，你还记得吧？"

"你是不是又熬夜画画了，要不还是我去吧。"

"或者你扫描好画稿发给我，先给他们传过去看也行。"

发消息的是洪涛，之前竞稿，水艺心投的水墨作品甲方很感兴趣。不过因为水墨画主打意境，一些画面通过手绘板不太好呈现，甲方就联系他有没有类似的手稿，想要看一下。

水艺心当然有，就算没有，她也能立刻画一幅出来。

"不用，我起来了，收拾收拾准备出门。"水艺心回道。

洪涛最近忙着工作室搬家，又忙着招聘，还有客户要应付，非常辛苦。水艺心虽然也帮了一些，但一来她要完成画稿，二来也确实不太擅长这些经营上的工作，最后还是洪涛承担了大部分的日常工作和琐碎的社交活动。

"你最近挺辛苦的，多睡一会儿吧。我去送，顺便去工作室找你商量点事。"拉开窗帘，水艺心看着已经大亮的天空，心情大好。

水艺心从小喜欢动漫，从国产动画片看到日漫，越看越感觉到两者之间的差距。那些源自传统文化里的故事和人物，在国内就是低龄小朋友的启蒙作品，到了日本就可以变成老少咸宜的热血漫画。水艺心感到惋惜遗憾。后来，水艺心无意中看到一个报道，才发现原来曾经的中国动画世界闻名，连日本动漫之父宫崎骏都多次前往上海美术制片厂学习。只不过很可惜，后来国产动画的发展不尽如人意，再没有好的作品问世。

从那时起，水艺心就立志一定要做出一部中国水墨动画，讲好中国故事。

于是，从小学油画的水艺心开始自学水墨画，尽管进度比初学者要快，日积月累积攒下不少经验，但底蕴终究还是欠缺，毕业这么多年，只要有机会，水艺心就会提交水墨作品给甲方，但收到的反馈大多不尽如人意。对专业要求高一些的客户甚至直言水艺心改用油画创作。

越不被认可，就越要尝试。一直以来，水艺心就在这种和自己暗自较劲中度过。这是水艺心的水墨作品第一次在专业性比较强的比稿过程中被甲方选中。自己努力多年的目标，终于得到肯定，真是太让人振奋了！

窗外一群鸽子朝目的地飞去。水艺心也决定要向自己的目标再进一步。

收拾妥当，水艺心从桌旁的画筒里抽出一张没裱过的画装进去，出门去了甲方公司。水艺心大学没毕业就和洪涛开了工作室，时间比较自由，加上水艺心习惯晚上创作，因此她几乎没见过早上九点以前的太阳。

洪涛其实也吐槽过水艺心，说她除了画画，工作室经营上的事儿一点儿不管，平时也不爱露面，新来的员工几乎都不认识她。这一次，为了说服洪涛和自己一起准备接下来的创投会，水艺心特意起了个大早，还自告奋勇主动送画稿到甲方公司。

星期一早八点，一向是上班族的噩梦。

早就听说早高峰道路拥挤，抱着体验的心态，水艺心特意选择了地铁作为交通工具。没想到真的能有这么多人同时出现在一节车厢里，挤得水艺心完全动弹不得。之前总听洪涛说早高峰地勤人员一个重要的工作就是"推手"，负责帮助尽可能多的人成功上车。水艺心竟然还觉得太夸张。

"对不起洪涛，我再也不说你吹牛了！"在水艺心第三次试图上车失败之后，水艺心为以前对洪涛的腹诽道歉。

终于，在又一次地铁到站，水艺心终于等来了神秘的"推手"，得以在九点半前顺利到达甲方爸爸的公司。

除了有水艺心这样"体验"早高峰的人外，还有像商栈这种，每天为早高峰添砖加瓦的人。

"你帮我通知下去，今天的项目研讨会推迟到下午，上午临时要去见个客户。"挂了助理的电话，商栈接着跟简方元打电话，"路上有点堵，大概得九点半到。你先把项目书和作品准备好。我下午还有会，不能待太久。"

接待人是对方项目部的简方元经理："果然，我就说能画出这么好作品的人，本身肯定不差。一直想见见你，洪总还跟我谦虚说你不爱跟人打交道。"

水艺心微微一笑，假装乖巧地解释道："我有点社恐。"

简方元恍然大悟："难怪，看来艺术家都习惯独自创作！"

水艺心再次微笑，感谢万能的"社恐"，让她可以不必绞尽脑汁地想应该如何回复社交上的客套话。

"我看你的作品用色都比较大胆，不像是传统水墨画，倒有一些油画的感觉。"

"我专业是油画。"水艺心解释道。

"难怪！天才呀！这样一融合，瞬间就让水墨画年轻化了!"简经理拍手,终于知道水艺心的作品让他觉得特别的原因所在了。

不过,在水艺心看来,简经理夸张的肢体动作配上上扬的语调,难免有些商业互吹的味道,她忙客气了几句,借口要开会就匆匆离去了。

走出办公楼,呼吸到新鲜空气的水艺心感觉被职场氛围挤压出的紧迫感缓解了不少。早高峰过后,地铁还是很方便的,不到半个小时水艺心就到了新办公室。

办公室里,洪涛正带着新招的两个画手开会,讨论接下来的单子中客户的意向,以及创作的方向。水艺心进来打断了他们的对话。

"挺快呀!"洪涛把站在门口的水艺心拉进来,又转向新员工,介绍说,"这位就是你们心心念念想见的创意总监,专业水平很高,有机会一起做项目你们就知道了。"

水艺心跟大家打了个招呼,又看向洪涛。

洪涛立刻了解,让他俩先去工作,关上了办公室的门,随手给水艺心递了杯温水。

接过水,水艺心又看向洪涛:"有吃的吗?"

洪涛无奈地去外面茶水间给水艺心拿了两个小面包进来。

"就知道你不会吃早饭,特意给你留的,给。"

水艺心"嘿嘿"一笑,接过来几口就吃完了。洪涛看着水艺心满意地咂着嘴,问道:"今天反常,大早上过来干吗?"

水艺心神秘地看了一眼洪涛,从包里拿出一份创投项目的征集文件。

"我说你今天怎么突然良心发现,还主动去送画稿。我还纳闷呢,你不是最不爱应付这种工作社交吗,原来是有事儿!"洪涛一边翻看文件,一边吐槽水艺心,"不过,这个创投会和我们的业务没什么关系啊!我们现在有好几个稳定合作的广告方,也不用去这种地方找项目。"洪涛越看越疑惑,隐隐有了些猜想。

水艺心见他不解,开口说明来意:"我想试试,有关水墨动画。"

果然!水艺心对水墨动画的执着洪涛一直都知道,水艺心也一直尝试用水墨的方式来绘制插画、作品,可难就难在水墨画讲究的是意境含蓄,缥缈朦胧的感觉做成插画还有努力的方向,做成动画怎么呈现呢?而且动画制作可不只画画这么简单,故事剧本、动画效果这些都需要专业人士来做。洪涛说出自己的想法,表示工作室现在做水墨动画不成熟,也不现实。

"上次投标我用的就是水墨画法,你看不是也得到认可了吗!我想试试,把画变成动画。"这个梦想在水艺心心里扎根了很多年,现在终于有了破土的机会,水艺心不想放弃。她又说道:"这个问题我想过,只是之前一直没有提。因为我觉得连基础的画我都做不好,动画就太远了。但我也有在准备。"水艺心拿出另外一个文件夹,厚度比刚才的项目书厚很多,里面一张张都是手稿,有铅笔勾勒的场景漫画,也有文字说明。手稿上面记载的是各地的民俗志怪故事,有很多地名,洪涛听都没听过。

"这是?"洪涛有点意外。

"这些都是我去各地采风收集的民间故事。我想以民间故事为线索,出一个全集动画。像上美公司那样,用中国动漫陪中国孩子长大,让世界也都看看中国的故事。"

"行,就算你故事有了,动画效果呢?"洪涛指出另一个难题。

"这个我也想过,我们可以招人吗。不是有你在吗!求求你了,你会支持我的吧?"说到后面,水艺心干脆撒娇起来,隔应得洪涛起了一身鸡皮疙瘩。

洪涛受不了水艺心的无赖,落荒而逃,只留下一句:"你先把创业计划书写出来再说!"

第四章　谣言四起

商栈还没有来公司，关于他的传闻就已经流传开来。茶水间里，几个人凑在一起小声讨论起来：

"听说新来的这位经理是个海归，以前在华尔街工作呢！这样的人物都能被请回来，公司肯定下了不少工夫吧！"

"是啊，我还听说他长得可帅了，刚回国，还是未婚，绝对是钻石王老五！"

郑聪听到后翻了个白眼，不屑地说："你们一个个听风就是雨，根本不了解实情。这个人才没有你们说得那么好。他也不是被请来的，是主动要求来我们公司的，因为在国外待不下去了，只能回国！"

众人一阵惊讶，因为这是近几天的传闻中又一个全新的版本。不过因为郑聪总是混迹在领导身边，言语谨慎，所以他的话可信度格外高。这几天关于商栈的传闻都是好的方面，现在突然被戳破，几个女生都露出失望的表情。但总有人不甘心，追问道："那他长得帅不帅，是不是钻石王老五？"

郑聪不想透漏太多，犹豫了一下说："长相我也没见过，这个不好说，但肯定不是钻石王老五。你们都离他远点就好了，其他的我不想多说，背后议论人可不太好。"他说完就转身去接水，好像真的不愿意多讲一样。

几个人一听，八卦心思顿时被勾了起来，拉着他转过身来，一口一个聪哥地喊着，还贴心地帮他把杯子的水接上，哄着他透露更多的消息。郑聪格外享受这种众星捧月的感觉，但他还是假装不情愿的样子对大家说："也不是不能说，只是你们可不要告诉别人。"

其他人一听有戏，纷纷表示一定不向外透露一点儿风声。郑聪这才半推半就地继续往下讲："新来的经理，表面看着是不错，但其实是个渣男！我听说他原来在国内就有女朋友，还是女方家出钱资助他出国读的书。两人都要结婚了，在国外他又和另一个女生好上了，还把国内的女朋友甩了，这才留在了华尔街。现在人家不要他了，就灰溜溜地回了国。"

这个情报可真是大大满足了几个人的好奇心。也顾不上去探究真假，众人坐在一起义正词严地声讨还没见过面的商栈，场面十分火热。直到又有一个人来到茶水间，大家才十分默契地散开了。

虽然每个人都保证"不告诉别人"，可等商栈来公司上班的第一天，还是感受到了所有人异样的目光。

商栈生得好看，高挑的身材加上常年锻炼的痕迹，就像一个行走的衣架。他穿着一身正装，儒雅的气质扑面而来。前台看着这样耀眼的一个人走过来，眼神从慌忙地躲闪到期待，嘴角也止不住地上扬。可是在商栈简单介绍了自己的身份后，虽然前台依旧十分礼貌地回应，但他还是敏锐地察觉到了对方眼神里的轻蔑。

关于商栈的谣言愈演愈烈，而始作俑者此刻正端坐在办公室里，听郑聪汇报着项目最新的进度。直到商栈站在外面敲了敲门，彭成才拍了拍自己的脑门，慌忙起身迎接："商栈是吧？快进来快进来！你看我，光顾着赶项目进度了，都忘了你来的时间了，也没有去迎你！这事情一多就手忙脚乱的。郑聪，我忘了就算了，你怎么也不知道提醒我一下！"

郑聪在一旁配合地看了眼时间说："是是是，我的错，一个不注意就错过了。商经理真是不好意思，最近这个项目太赶了，大家一直在加班。我脑子都糊涂了，希望商经理不要怪罪我。"

商栈在国外多年，对国内的人情世故虽然生疏了许多，可这么明显的下马威还是一眼就看了出来。他很快就联想到了前台的眼神，作为一个操盘手，这些手段他可太熟悉了。等两个人表演结束，商栈才慢悠悠地说："彭经理这是说的什么话，没有耽误我入职，工作也安排得明明白白，何必为这样的小事道歉呢。工作的事当然要排在第一位，以后大家都是同事，形式上的流程不用太在意。"

彭成没想到商栈反过来给自己戴了顶高帽，哈哈笑了几声，连连夸赞商栈有气度，然后让郑聪带他去了准备好的办公室，转头又送过来一大摞资料。

彭成的恶意并非毫无根据。商栈虽然是操盘手，却和他一样，占着经理的位置，不仅拥有投资的决策权，还有管理公司的权力。而他战战兢兢工作了十来年，好不容易才爬到如今的位置，却和这样一个空降来的年轻人平起平坐，还有隐隐被压一头的感觉，怕是换了谁也不能甘心。

看着送来的资料，商栈只是随意翻了一下就猜到了彭成的想法。这些无关紧要的东西既浪费时间，又了解不到最新的市场行情。投资市场瞬息万变，没有确切报告根本无法做出正确的判断。彭成知道他刚从国外回来，算准了他不清楚国内市场，明摆着欺负他。商栈没想到回国的第一场纠纷竟然发生在了自己公司内斗上，还真是出乎意料。董事长下午才能到公司，商栈算了算时间，很快就想出了对策。

与商栈的果断不同，犹豫了好几天，洪涛才决定放任水艺心自己去参加创投会。他并不支持她的想法，水墨动画的颜色太单调了，很难在现代眼花缭乱的表现形式里抓住观众的眼球。当然，最重要的是，他们没有足够的钱请到优秀的动画制作团队。可洪涛太了解水艺心了，她虽然外表看着是一副自由散漫的模样，可真遇到了喜欢的东西比谁都倔强。如果不让她亲自去碰碰壁，怕是会惦记一辈子。毕竟是合作伙伴，就算不提供别的帮助，物质上的慰问还是要有的。洪涛拎着一份烤猪蹄，很容易就敲开了水艺心的家门。

经过好几天的努力，水艺心的演讲稿改了又改，一幅幅水墨画稿摆满了客厅。洪涛看着餐桌上的手稿和一地没来得及收起来的废稿，一时竟不知该如何下脚。水艺心用发带随意箍起凌乱的头发，不好意思地看着他笑了笑，然后用脚踢出一条小小的通道，又宝贝似的将桌上的手稿收起来，这才恢复了往日的模样。她毫无形象地扑向烤猪蹄，还一边向洪涛抱怨："你怎么才来，都快把我饿死了！"

洪涛有些无奈，任由水艺心抢走整份猪蹄，又任劳任怨地把地上的废纸打扫到垃圾桶里。看着水艺心像饿虎扑食一样，洪涛难免有些动容。自己与水艺心一直都分工明确，这种商业化的演讲和活动的策划水艺心从来不碰，她也懒得管这些琐碎的问题。可现在为了创投会，她不仅需要一点点学习梳理，还要完成水墨动画策划案的创作，谈何容易？如果自己能帮衬一点儿，也许她能轻松许多。洪涛虽然心里这样想着，可嘴上还是嫌弃地说："哪有女孩子像你这样的啊，你能不能有点女孩子的样子。哎呀，没人跟你抢，你慢点吃！"

水艺心哪管那么多，她连续工作了好几天，饭都没怎么好好吃，此刻只觉得猪蹄太美味了，还含糊不清地说："我想这口想好久了，明天还想来一份，再来瓶可乐就更完美了！"

洪涛听了后，气得差点没抓住手上的垃圾袋。这个水艺心，不仅没有听他说话，还跟他点菜呢！

"你自己去买！要不是看在咱俩认识这么久的分上，就算你饿死在家里，我都不管你！"

水艺心才不理会洪涛说什么，自顾自继续说："明天的要甜辣酱，换个口味。"

看着她毫无顾忌的样子，洪涛心里刚升起的一丝愧疚又被扼杀在了萌芽状态。他实在想不到以后什么样的男生才能容忍水艺心这样的女生，气得人直翻白眼。不过在看到她修改的长长的演讲稿后，他还是烦躁地答应下来："行行行，给你买，真是欠你的！"

创投会还有几天就要开始了，可商栈这边并不顺利。这是他回国入职后的第一个活动，商栈心里自然十分看重。可有彭成的阻碍，原本势在必得的行程现在也变得不确定起来。

"我也不是怀疑商经理的实力，只是他回国时间太短了。国内的行情终究是与华尔街不同，在这么重要的创投会上，稍有差池就有可能错失良机，给公司带来不小的损失。而且创投会上精英云集，大家都清楚，说是创投会，其实也是各公司相互交流打探的机会。贸然派这样一个陌生面孔代表公司，只会让其他人觉得不够重视。"彭成的反对理由很简单，也足够直接。这次他没有暗地里使绊子，反倒让商栈对他有些欣赏起来。

董事长犹豫地看着两人。创投会很重要是不假，可这也是个检验他重金请来的商栈经理真实水平的机会，总不能让他白白占着经理的位置吧。自己平时不在公司，不了解真实的情况，彭成强烈的反对让董事长不由得怀疑起了商栈的实力，变得不放心起来。商栈早就料到彭成一定会有什么行动，已经想到了应对方法，所以这会儿也不着急为自己辩驳。趁着董事长也在，借着他的威名聚集各部门召开会议。有了董事长坐镇，各部门的部长很快就将自己部门的资料准备齐全，轮着向商栈做报告。

对于添利公司，早在入职前商栈就做过详细调查，加上之前的资料和几天观察，汇报的内容倒是也都在他之前的演算内。他仔细听着，时不时提出一些专业的问题，或者针对一些细节做出追问。各部长的状态也从一开始的随意变得紧张起来。大家终于明白，这个华尔街回来的海归并不是之前传闻的花架子，而是实打实的精英。

商栈听着报告，还时不时向彭成投去一个眼神，这让原本紧张的他更是煎熬。所有的谣言都是他传出来的，谎话说多了自己也分辨不出真假，还以为商栈真的会任他欺负。可到今天他才发现，商栈就像一头潜伏在暗处的狼，随时都准备跳起来咬人。

简单的汇报终于结束，商栈又恢复了温和的气质。董事长的态度早就从疑惑变得无比信任。一边的彭成也没有再反对的意思。董事长爽快地定下了让商栈作为公司全权代表出席创投会。

商栈用余光看了一眼彭成，知道这样下去，他也不会善罢甘休，自己也不愿意刚回国就在公司里结仇，想了想还是决定卖他一个面子。

"董事长，彭经理之前说的也在理。我毕竟刚回国不久，其他公司的代表都不认识，不如让彭经理带我去吧，这样更妥当一些。"

听到商栈的话，彭成惊呆了。谁都知道创投会是个美差，他怎么也没想到商栈愿意把好不容易争取来的机会分自己一半，一时竟不知该如何回答。还是董事长先反应过来，知道商栈有意想缓和两人的关系，笑着替彭成答应下来："行，你们一起去吧。正好让彭成给你介绍一下，这些人他都熟悉。"

彭成自知理亏，接下来几天和商栈说话都不再耍滑头推诿了，两人的相处也和谐了许多。这种和谐一直延续到了创投会当天。两人一起到了广场外面，彭成不但没有冷淡下来，反而介绍得更加热情了。

行人匆匆路过，广场上聚集的人群随着商栈的靠近逐渐显露真容。大家聚集在一起，又好像在各忙各的。创投会的牌子高高耸立在舞台正中间。随着开场舞的结束，广场上原本就不多的人群也逐渐散去。彭成看到商栈被路演吸引了目光，在一旁说道："每次创投会都会举办路演，谁都能来参加，不过没什么用。"

"没有用？为什么！"商栈好奇起来。

彭成耐心地给商栈解释："外面这个路演就是个吸引人的噱头，在外面增加曝光度的呗。我们参加的内场，才是策划完整，有团队保障的。里面的项目还都投不完呢，谁能有那么多工夫关注外面这些无法保证质量的策划啊。"

看到彭成态度上翻天覆地的变化，商栈有些不敢相信。如果自己一句话就换来了工作的和谐和这么多耐心的解释，那这真的能算自己最成功的投资之一了。可看着彭成真诚地介绍创投会细节,他还是点了点头,看着车外的路演,他说道:"原来是这样,幸亏有彭经理介绍,不然我还不知道这里面会有这么多门道。"

彭成笑道:"环境不一样了,不知道也正常。你们年轻人学得快,我带着走一遍就什么都会了。"说完他把头转向了窗户,脸上的笑容荡然无存。

第五章　初露锋芒

　　商务车一辆接着一辆停在路边，西装革履的人也三三两两走向内场，很少有人会在路演的舞台前停留。水艺心看着台下的人越来越少，心里不免焦急："你说我这行不行啊。台下的人这么少，万一没人注意到我的项目怎么办？"

　　洪涛虽然不抱希望，但还是递过来一瓶水安慰道："你也看到刚才有多少车了，肯定有能看到你的。再说了，这可是正规的创业投资会，这么多人都来参加了，搞出来这么大的动静，还能骗你不成？"

　　水艺心还是不放心，看着稀疏的人群小声说："可这人也太少了吧，台下的人还没有参加路演的人多呢。"

　　洪涛看着水艺心紧张担心的样子笑了，说："水艺心，你也有紧张的时候啊！这可是你自己找的创投会，我还没说什么呢，你怎么自己先不放心起来。不过你可别忘了，这次要是不成功，你可是要老老实实跟我回去画画的。"

　　水艺心斜了一眼洪涛，一击肘击打在他的胸口上，力道不大，却强有力地表达了她的不满。洪涛知道这是水艺心生气的提示,下一步大概就要发飙了,于是捂着胸口连忙说:"好了好了不笑了,加油!准备了这么久,你的项目肯定行的。"说完,他还恭恭敬敬递过去了演讲的稿件,这才勉强把水艺心安抚下来。

今天没有太阳,黑色的乌云投影与舞台上的身影交错而过,远处被高楼割裂的天空雾蒙蒙的,像是随时都会落下雨点。商栈与彭成分别从车的两边下来,两人对视一眼,随后默契地向前走去。

内场的演讲还没开始,各个公司的投资人和操盘手都汇集在门口处。彭成快步走上前,熟练地与大家打招呼。到了他的主场,哪里还肯谦让商栈呢。这几天的相处让他憋了一肚子气,虽说商栈并没有为难他,反而对他还算得上尊重,可在董事长面前的汇报会议已经让商栈出尽了风头。如果自己再不好好把握这次创投会,狠狠打压一下商栈,怕是这十几年的努力真的就要无果而终了。

商栈回国的时间不长,谁都不认识,于是站在一旁看着彭成为了表现自己的人脉,夸张到几乎与每个人都握手打招呼,忙碌得嘴都合不拢,却对自己只字不提。商栈也不恼,安静地等彭成炫耀结束,他现在最缺的就是人脉,彭成完美地填补了他这方面的空白,他高兴还来不及呢。他充分发挥了自己十分具有迷惑性的长相,谦和地跟在彭成后面,比热情的彭成还要吸引目光。在彭成和不知道第几人寒暄时,才终于发觉了自己的失误,拉过商栈给对方介绍起来。

"来，我给你们介绍一下。这位是我们公司新来的商经理，之前一直都在华尔街工作，现在刚回国，优秀得很！小商啊，这位是我们公司之前经常合作的袁总，一会儿演讲第一个就是他们的项目！"

袁总和彭成有着多年的合作关系，袁氏集团的大部分项目都有彭成的投资，所以彭成选择袁总作为第一个介绍给商栈的对象，也是精心挑选过的。他手上的权力不仅关乎自己，也与袁氏集团有着千丝万缕的关系。

彭成本想借袁总打压商栈，可袁总却不太想让他如愿。在商场混迹多年，他当然知道彭成想借自己把握住手上的权力。可当听到是新来的经理，袁总立刻猜到添利怕是要扩展新的项目，这才不愿意贸然得罪这个无冤无仇的经理，装作没有看懂彭成的暗示，笑着说："商经理呀，没想到你看着这么年轻，履历却这么厉害，真是后生可畏啊！"

商栈也恭维道："都是过去的事，在袁总面前献丑了。这几年袁氏集团发展迅速，尤其是在电子半导体方面取得了巨大成就。我在国外也听过袁总的大名，如今终于见到了，果然和我想得一样神采奕奕！"

过去十几年来，袁氏集团确实取得了不小的成就，可还没到被国内外关注的地步。袁总先是愣了一下，随后也想到了这大概是商栈刻意的说法，哈哈一笑道："这也多亏了彭经理的投资，才能有现在的袁氏……"

商栈没有等袁总继续谦虚，接着说："袁氏最新研究的折

第五章 初露锋芒

叠光路概念如果和原来的精密光学产业结合，那一定能引起整个产业的变革。不知道袁总这次的项目演讲是不是和这方面有关？看在彭经理的面子上，能先给我透露一下吗？现在不仅是国内，国外也都在密切关注着袁氏的研究。我可是期待得很。"

商栈说话刻意压低了声音，只有袁总和彭成才能听到，可后面说到国外也在关注袁氏时，声音又恢复了正常。周围人来人往，商栈的话被不少人听到了，其中还有一些投资人，都向袁总投来了羡慕的目光，让他赚足了面子。

彭成没想到商栈如此关注国内市场，而且还了解得这样细致，如果不是今天的聊天，恐怕还真的是小看了他。再看到周围人的表情，彭成心里也暗暗佩服，这个商栈不愧是操盘手，仅仅几句话就为袁氏吸引来了不少关注度，演讲环节还没开始，就已经引导了舆论。彭成赶忙说："这是可以提前说的吗？商栈你也太不懂事了。袁总，他现在对国内环境还不熟悉，你不用惯着他。"

袁总知道商栈并不是真的想打听这次的演讲主题，也明白了彭成的紧张从何而来。商栈借此向自己表达诚意，他惊喜还来不及呢，连连说着没事没事，示意彭成不用紧张。他拍了拍商栈的肩膀说："如果不是彭总提前告诉我，我还真看不出来你是刚刚回国。创投会马上就要开始了，你不用着急，想知道的很快都会揭晓。"

正说着，袁总的手机响了起来，他拿起正在振铃的手机，向两人示意了一下，侧身去一旁接听。

这一会儿，袁总就看出了两人的不和。虽然商栈的能力他看在眼里，可与彭成的合作也不可能放弃，他不想参与到这里面。很快就打完了电话，他借着机会回来向两人告别："不好意思两位，我要先走一步了，演讲马上开始了。我们的产品概念还有一些需要改进的地方，我得过去看一下。"

创投会虽然在室内，但是辉煌的灯光照得比室外都亮。目送着袁总离开，商栈清晰地看到了彭成的失落和不甘。他知道彭成对他不满已久，本身也不指望靠自己一两句话就能化解两人之间的矛盾，他干脆摆明了自己的需求："彭总果然是人缘好，与袁总这样的商界精英都十分熟悉。现在创投会还没开始，不带我认识一下其他人吗。"

彭成刚丢了面子，脸色十分难看，可碍于周围往来的人群又不好发作。他不想再维持表面的和谐，低声说："我看商经理不需要我介绍也对国内的环境一清二楚了，既然已经对创投会有了十分把握，何必又特意找我来呢。"

"彭经理误会我的意思了，您是长辈，我还有很多地方需要您指点，而且我也不希望与您有隔阂，所以是真心邀请您过来的。"商栈确实不喜欢做这些无意义的内部斗争，可彭成从一开始就对他抱有敌意，商栈也就趁机表达了自己的想法。

彭成没有说话，他不知道该不该信这个习惯幕后操盘的商栈，哼了一声就离开了。商栈自己在会展厅里四处看了看，无聊得很，就走出了门，想给简方元打电话。

"所以你们是没谈拢？不是吧，创投会还没开始就结束了？"简方元的电话很快就接通了，他听起来不但不担心，还有些幸灾乐祸。

商栈没有否认："这也怪我没沉住气。他想联合袁氏集团一起给我下马威，我就见招拆招呗，结果把他惹急了。"

简方元听到袁氏集团，其他的话都听不进去了："袁氏都被请去了，你运气可以啊！早知道这么精彩我也去看看了。我现在赶过去时间还来得及吧，我去给你撑腰，让那个彭经理知道你也不是可以随便欺负的！"

简方元还在说着话，一瓶水就递到了面前，打断了商栈的思路。

"关注一下路演吧！我们以水墨画为主题的国风动漫已经有了一个完整的策划，花费也不高，可以来看一下的。"

商栈下意识地拒绝，抬头就看到了洪涛穿着一身印有水墨画的白衬衣，期待地看着他。

洪涛到底还是不忍心看水艺心白白努力，买了一箱水蹲守在创投会的门前，每当从里面出来一个人，他就会跑过来推销一下。商栈打着电话出来时就被洪涛盯上了，本想等他打完电话，可眼看商栈又要往里走，这才上前拦住了他。

商栈只觉得洪涛眼熟，却一时没想起来在哪里见过，不过听他说的水墨画项目还真的有些新奇，也就停下了脚步。见到商栈犹豫，洪涛急忙继续推销道："现在国风的热度很高的。我们大部分作品已经有雏形了，不用费什么精力。就在那边,很近的,可以去看一下。"

　　顺着洪涛的指向,为路演搭建的舞台上,水艺心正在舞台上积极地讲述自己的想法。除了零零散散走过的路人,没有一个投资方注意到她。她上身穿着和洪涛一样的水墨画衬衣,下身的牛仔裤是和宣纸一样的黄白色,黑色的墨汁好像刚从画上滴下来一样,随着她的走动流动感十足。商栈一眼就认出了这个充满活力的女孩。自从上次在博物馆告别之后,她的身影就印在他的脑海里了。

　　"我们深入不同的山村,到访了不同民族,去发掘只属于中华民族的故事……我们需要发扬自己独特的文化魅力,用中国独有的水墨画,讲中国人自己的故事……"水艺心结合着自己部分画稿,一会儿阐述理念和过程,一会儿又通过文化带动情绪。台下驻足的每一个观众都激励着水艺心,她越讲越激动。商栈也被带动起来,不知道是因为水艺心还是因为水艺心的演讲。

　　可看着她和洪涛一样的衬衣,商栈不由得被拉偏了思路,难道是情侣装?商栈深深地看了洪涛一眼,下意识地抬起手思考,这才想起与简方元的电话还没挂断。

　　电话的那一端,简方元还不知道自己被忘了个干净,只是听到有推销声后,商栈就没了动静,于是大声说话想引起商栈的注意:"喂?你那边怎么这么吵?我刚才好像听见推销了。创投会里也有推销了吗?怎么不说话啊,还要不要我过去啊!"

　　商栈不自然地清了清嗓子,对简方元说:"回头再说吧,我有点事,先这样,挂了。"说完,商栈主动拿过洪涛手里刚才被自己拒绝过的水,拧开水瓶喝了一口后又塞给他,转身就离开了。

洪涛被商栈看得心里发毛,在原地站了半天还是决定不去追了。台上水艺心的演讲正好结束,下台后正四处寻找他的身影。

"你怎么跑到这里来了,看到我的演讲了吗?路过的人好多都停下来了呢。我就说我的想法可行!怎么样,有投资人注意到我了吗?"水艺心从舞台旁跑过来,心跳还在加速,拿起洪涛手里的水就要喝。

洪涛赶紧把水抢过来说:"投资人是有,但有没有注意到你可真不好说。这瓶水刚才有人喝过了,一会儿扔了吧,太吓人了。"

洪涛的话引起了水艺心的好奇:"什么意思,有投资人来了但是不喜欢我的演讲吗?还有这个水是怎么回事?"

洪涛不知道水艺心与商栈早就见过,回想了一下商栈的眼神,猛地拍了一下大腿说:"我知道了,一定是衣服救了我!他肯定是误会什么了,所以才直接走了,联系方式都没留!"

水艺心听到后有些奇怪,还不忘揶揄他道:"你怎么看起来还有点失望啊。快别卖关子了,到底发生了什么,你要急死我了!"

洪涛耷拉着嘴角,把刚才遇到商栈的经过讲了一遍,说完,看着他离开的方向还有些心有余悸。

第六章　波折内场票

水艺心听完经过后，脸上的表情有些难以置信："你的意思是，那个投资人觊觎你的美貌，又因为我没有行动？"

洪涛十分确定地点点头："他原本是要拒绝我的，可一抬头看见我的样子就犹豫了。我当时还没察觉出来，就带他来看了你的演讲，结果他突然就生气了，还用那种眼神看了我一眼，明显就是想说什么又没说出口！"

"哪种眼神？"

洪涛站直身子，一边回忆一边学着商栈的表情，尝试了几次都学不出来。

"就是这样，这样，哎呀，就是那种眼神，你知道的！"

水艺心忍着笑反驳道："可是你也没有什么啊，美貌这种东西明显是我更多一些。所以说不定他是看上我了呢，看到你才生气了。"

水艺心说着拿过水瓶，把里面的水倒进了绿化带，然后才把瓶子扔进了垃圾桶里。洪涛就跟在她身后边走边分析，从一开始的怀疑，到后面的无比确定。

"不可能，一定是我分析的这样！他盯着咱俩的衣服看了好几眼，一定是误会了我和你的关系，所以才把喝过的水又还给了我。幸好他误会了，不然我可太危险了！"

水艺心终于忍不住笑了，还问出了一直想问的问题："所以他长得好不好看啊！如果他愿意投资，我一定上门解释清楚和你的关系，然后亲自把你送过去！"

洪涛想象了一下，大概水艺心真的能做出这样的事，就大声地说："水艺心！我可都是为了你！你也太没良心了！"说完，顺势装作要去打她的样子。水艺心笑着躲开，跑了两步就连连求饶："我错了我错了！你对我这么好，我不把你送出去了还不行吗？别追我了，说起来我还是你的救命恩人呢！你可不能恩将仇报！"

远处的阴影下，商栈看着两人开心地嬉闹，更加确定了自己的想法，转头走进了会场。

创投会已经开始了。袁总作为邀请来的开场嘉宾，在台上侃侃而谈，从中国的发展谈到世界的变化，最后又回归到科技发展的主题，赢得一阵阵掌声。商栈表面认真听着，脑海里却都是水艺心的演讲和她嬉笑打闹的身影。

"我们中国要有自己的技术，要有属于我们自己的产业！"

"我们要用中国独有的水墨画，讲中国人自己的故事！"

袁总的这句话与脑海中水艺心的声音同时响起。商栈再也无法克制自己的冲动，他不甘心水艺心的才华只沦为宣传的噱头，她值得一张内场票。

这次的创投会是一年才举办一次的大型创业投资交流会，有资格在内场演讲的项目都是经过了层层筛选的。可以说，只要站上了内场的舞台，那项目就算是成功了一半。而能进入内场的投资者也都是行业里的精英，从策划到控盘都能力出众，所以内场名额十分有限。就连添利这样大公司的员工，想要入场名额都需要竞争一下才能有机会。在这种前提下，帮水艺心弄到内场票简直是困难重重。好在创投会一共会举办两天，第一天的主题是科技，第二天的主题才是文化，这给商栈留下了足够的时间思考操作。

虽然彭成不如商栈优秀，可这种时候他不得不承认，从业这么多年，彭成的人脉是他比不了的。商栈想来想去，大概也只有他才能解决门票的问题了。

袁总的演讲结束之后，舞台上的项目演讲也一个接着一个开始了。大部分的人都围在前排，仔细听自己感兴趣的内容。还有一些人退到了人群后面，与项目负责人自由攀谈。

既然是科技专场，展会里所有相关的东西都离不开这个主题，包括信息栏里的报道和文件。为了保证自己对信息的敏感程度，彭成除了有自己专门的消息渠道，还有每天看新闻的习惯。除了袁氏的电子产业，虚拟数字越来越多出现在报道里。彭成知道，在政策的加持下，计算机产业的行情怎么都不会太差。所以，当相关的项目在寻找投资时，他自然想上去争取一下。

在投资者这个圈子里，彭成对于行业风口的发掘从来算不上敏感，这种火热的话题自然也不会只有他一个人看到。几个投资者都看好的项目，彭成很快就落了下风。

刚被商栈摆了一道，现在又被抢了项目，接连的失利让彭成心里格外不舒服。他走出人群，一个人站在一旁生闷气。商栈看到彭成独自站在一边，就知道一定是项目的问题，就主动过来向他示好："计算机相关的吗？这么火，难怪都争先恐后地想去合作。"

彭成看到商栈更生气了，正想走就被喊住了："彭经理，我并不想和您争什么，为什么对我敌意这么大？"

面对商栈的询问，彭成自然不会直接承认："你误会了，我对你没什么敌意。而且我们是一个公司的，职位相同，哪有什么争不争的说法。"

商栈若有所思地说："我之前在华盛顿的时候，他们欺负我家远，无依无靠的，就总是抢我项目，就像你刚才的遭遇一样。"看彭成果然停下了脚步，他继续说道，"所以后来我就学聪明了，我会挑出最差的项目，等他们抢到手考察的时候再去谈我认为真正有潜力的。"

彭成转过头看着商栈："你给我说这些是什么意思？"

商栈真诚地说："可能我因为之前不好的习惯让你有了误会，不过同事一场，我是真的想和您好好相处。不知道您是否愿意给我这个机会呢？"说完他向彭成伸出了手，彭成犹豫了一下，觉得对自己并没有什么坏处，也就放下心来，上前握住了商栈的手。

突然，商栈浑身一抖，连带彭成的手也一起松了下来。简方元从后面探出头来，这才看到对面的彭成："哎哟，不好意思，没看到您，从后面看我还以为只有商栈一个人呢！"

商栈被吓了一跳，不满地说："公共场合你能不能稳重一点儿，来了也不告诉我一声。"

彭成顺着声音看过去，这不就是刚才抢自己项目的人？"商经理就是这样找我和解的？既然我们利益不同，那刚才的话我就当作没听见好了。"

眼看要修补好的关系再次破裂，商栈仿佛看见到手的内场票飞出了自己手心。简方元还不知道发生了什么，看着彭成离开后才说道："你怎么这么快就谈崩了一个？不过他好像不是项目负责人吧，刚才我谈项目的时候他也在一边呢，只不过没抢过我。"

商栈这才知道发生了什么，咬牙切齿地说："他是彭成，我们是一个公司的！"

"他就是彭经理啊！早说吗，早知道我就抢得委婉点了，不让他有那么强的挫败感。"简方元说着，尴尬地笑了一下，看到商栈的表情越来越懊悔，就小心地说，"不至于吧，你不会因为公司的利益拿我开刀吧？我们可是'亲'朋友啊！"

商栈的表情十分悲壮："要不是因为你，我内场的门票现在都要到手了。你赔我一张内场门票！"

简方元本来还以为耽误了商栈什么大事，现在彻底傻眼了："内场票？你刚才一副要替彭成报仇的表情，就为了一张内场票?"

简方元轻松的语气反而让商栈不解了:"内场的名额不是很有限吗?说得那么轻松,你能帮我弄一张内场票吗?"

"没问题啊。"简方元下意识地回答,然后才想到问题的关键,"不对啊,你不是已经进来了吗?为什么还要一张票?"

商栈想了想,实在不好意思告诉别人他是为了一个已经有男朋友的女生,含糊道:"我看中了一个项目,不过那个人没能来参加创投会,所以我想让她来看看。内场票你什么时候能给我?"

简方元没有深究,向他保证很快就能拿到,然后就去一旁打电话了。

不得不说,简方元的效率比想象中快了许多。商栈悬着的心刚放下,没一会儿,内场的门票就放到了他手上。拿着手机,他的心又悬了起来。

手机上,和水艺心的聊天页面还停留在第一天加上好友的阶段,平时一向果断的商栈此刻也不知道开场第一句该如何发送。手机屏幕暗了又亮,再慢慢变暗。商栈一次次点亮屏幕,无意间点进了她的介绍页面,朋友圈里的最新一条果然是今天的照片。商栈一张张划过水艺心发的照片,看到最后一张与洪涛的合照时,他的目光停留了很久。终于,他鼓起勇气发送了信息,告诉她自己手上正好多出一张内场门票,邀请她一起来看第二天文化主题的创投会。

水艺心回复得很快。她没想到自己随手发的一条朋友圈竟然比辛辛苦苦的演讲都有效率，如此轻松就为自己争取来一张创投会内场门票，激动得在家又蹦又跳，对于商栈的问题简直是知无不答。此刻的商栈也是露出了老狐狸一样的笑容，很快就套出了水艺心的住址。

原本约好的是两人在创投会展厅门前碰面。第二天一早，还没等洪涛来接水艺心，商栈的车就十分"巧合"地停在了水艺心家的小区门前。

车窗缓缓落下，商栈的声音从里面传了出来："既然碰上了，就跟我一起走吧。"

水艺心今天换了一条鹅黄色的裙子，与昨天的水墨画妆扮不同，洋溢着大家闺秀的味道，倒是与文化主题十分相衬。"好巧啊，在这里都能遇到你！"水艺心系好安全带，给洪涛发了个信息，很随意地放了洪涛鸽子后，继续说道，"在哪都能遇见你，咱俩真是有缘分。"

这句话商栈听着十分受用，回道："还真是，跟你的缘分可不浅。不过，你这样跟我走，男朋友不会生气吗？"

水艺心知道商栈误会了，笑着说："你是说洪涛吗？他不是我男朋友，我俩一起长大的，我才看不上他！"

商栈听完暗暗松了一口气："我只有一张内场票，只能带进去一个人。昨天看到你们的合照，还担心他会不同意呢。"

水艺心想都没想就反驳道："怎么会，他高兴还来不及呢！之前都是他在打理我们的工作室，现在我的事业好了，他也能跟着沾沾光呢。"

第六章　波折内场票

"你们还有共同的工作室啊？"

谈到洪涛，水艺心的话匣子就打开了，滔滔不绝介绍起来，丝毫没注意到商栈的沉默："对啊，大学毕业之前我们就一起创业。他对我挺好的，肯定会支持我，昨天的路演也是他陪我一起来的……"

一直到了创投会现场，商栈都很少再说话。水艺心终于意识到了氛围有些不对劲，停止了关于洪涛的话题。第一次来到这样的会展，即使是水艺心这样的性格，此刻也不免有些紧张。她紧紧跟在商栈身旁，生怕有什么闪失。商栈在这里其实也不认识其他人，一点儿也不介意水艺心的跟随。

文化主题的观众比前一天少了许多，即使时间紧迫，展馆内饰依旧换成了与主题相应的样子。场地里，无论是匆忙路过还是悠闲等待的都是业内知名人士，一种压迫感油然而生。水艺心看着外面的路演不免感慨："原来在里面看路演是这种感觉，难怪很少会有投资人去听我们的演讲。"

商栈想到水艺心的演讲，并不认同她的想法，却也不得不承认内场的优势。

"其实我觉得你的演讲并不差，只是缺少一个合适的舞台罢了。"

水艺心一下子就听出了里面的玄机，好奇地问："你也听了我的演讲吗？"

"路过的时候听到了一点儿，觉得还不错，所以我才觉得有必要让你来内场听一下，这样对你的项目也会有好处。"

商栈无心的话一下子触动了水艺心,她此刻只觉得在他身边有着无比的安全感,再看向那些目光严厉的投资者时,也莫名自信起来。她拉着商栈站到了前排,等着即将开始的项目演讲。

第七章　明斯特展会

　　周围渐渐暗了下来，只有一盏强力的聚光灯打在舞台正中间，吸引着所有人的目光。冯嘉嘉大步走到台上，黑色的长卷发在灯光的照射下发出柔和的光泽，衬托得她格外自信大方。

　　虽说是文化专场，可是与其他国风文化项目相比，冯嘉嘉的特色古村落文旅改造项目就特别醒目且宏大了。

　　"区别于传统意义上的农家乐，也不同于一般的酒店旅馆，我们想打造一个集吃、住、游一体的沉浸式文化体验群落，在体验传统文化的同时享受生活……"冯嘉嘉在台上讲述自己的理念，台下的议论声也不断传到水艺心的耳朵里：

　　"这就是嘉美天成的老板吧？没想到传闻是真的，竟然这么年轻。嘉美才几年啊，这么大的项目能有保障吗？"

　　"你不知道吧，这几年嘉美发展得很快啊。最开始谁都不看好她，还有前年那个文化主题酒店的项目，没想到真让她做成了，还大赚了一笔！"

　　"是啊，还真是虎父无犬女。不愧是冯老板的女儿，眼光够毒辣！不过这个项目也太大了，怕是一两年也不一定会有回报，不太敢投啊……"

水艺心看着舞台大屏幕上精致的村落视频介绍，听着周围的小声议论，对冯嘉嘉更加敬佩起来。冯嘉嘉想要开发的古村落水艺心也知道，她之前搜集故事素材的时候，有一个村子离这个古村落很近。说起来，其中一个故事原型就出自这里。随着冯嘉嘉对项目的深入阐释，水艺心越来越能产生共鸣。商栈感受到了她的激动，轻声问道："你觉得这个理念怎么样，是不是和你的想法有相似的地方？"

水艺心向商栈的方向靠了靠，低声说道："不仅是相似。最开始看照片的时候我就觉得熟悉，后来听她讲了一会儿才发现，我之前搜集素材的时候，有一个故事的原型就出自这个村落附近。我很赞同她的想法，我们的文化已经很丰富了，只是大家都不知道该如何利用。我也想去发掘我们自己的文化，然后宣传出去，让更多人知道。"

商栈笑着说："既然这么喜欢，等一会儿演讲结束了，我带你去见见她。"

水艺心听到后猛地转过头来，期待地看着他，眼睛里光亮亮的："真的可以吗？我听旁边人说，她好像很厉害的样子！"

商栈有点不自然地错开了目光："当然可以，等结束了我带你去。"说完又转过了头，继续听冯嘉嘉的演讲。

水艺心激动地点了点头。她不知道自己为什么会如此信任这个没有太多交流的人，只是觉得商栈既然答应了她就一定不会让她失望。如果在平时，水艺心一定能看到商栈突然变红的耳垂，只是她现在的注意力都放在了冯嘉嘉的身上，加上环境不太明亮，她完全没注意到商栈的不自然。

商栈敢如此确定地回答水艺心也不是没有原因的，他和台上的冯嘉嘉早就见过面，对于传统文化也有过交流。

商栈与冯嘉嘉一样，早就看到了传统文化的巨大潜力。中国对传统文化的发掘比较晚，不少方面都选择了直接向西方国家学习。所以，早在华尔街工作的时候，他就会在闲余时间了解各国文化和传统的差异。他和冯嘉嘉的相遇就是在德国的一次艺术会展上。

说起德国的艺术展，恐怕没有人不知道明斯特雕塑大展。作为世界上最重要的艺术展之一，十年才展出一次的明斯特雕塑大展，对艺术的态度是出了名的严谨认真。与一般的展会不同，明斯特的雕塑不在展馆里展出，而是在明斯特这个城市的教堂广场上，放下了艺术高高在上的姿态，让雕塑融入了平常的生活。

亚洲人的面孔在欧洲总是格外醒目。可在明斯特展会上，因为聚集了世界各地的人，所以再少见的面孔也变合理起来。

不同于项目考察时的情景，商栈和冯嘉嘉在旅游时都喜欢独自游玩，尤其是在看艺术展时，更是不愿意与人有过多的交流。没有同伴，冯嘉嘉在发现自己的手机没电时就开始不知所措了。

在德国，大部分人都能说一口流利的英语。冯嘉嘉的英语也相当不错，可为了更加深入地体验当地风土人情，她特意找了一家偏僻的农场。这家农场的农场主不仅不会说英语，甚至在德语里还会掺杂一些索布语。虽然冯嘉嘉提前也做过一些沟通，可到了点餐付钱的时候还是犯了难。眼看农场主也因为沟通急得焦头烂额时，商栈的出现就好像一根救命稻草一样，让冯嘉嘉瞬间看到了希望。

大概是同样因为多年对于文化体验的执着，即使明斯特到处都是为了这次展会开的餐厅，商栈和冯嘉嘉还是不约而同地选择了这个距离展会一小时车程，且鲜为人知的偏远农场。看到同样的亚洲面孔，冯嘉嘉好像看到了救星，试探着用中文说："你好，我的手机没电了，翻译不出农场主的意思，可以帮忙沟通一下吗？"

商栈也没想到在这里都能听到熟悉的国语，笑着回答："没问题，你想点什么可以告诉我。"

冯嘉嘉和农场主都长舒了一口气，焦急的气氛也随着商栈的翻译缓和了下来。

吃饭的地方空间本身就不大，商栈和冯嘉嘉自然坐到了一桌。商栈对这个孤身一人就敢来这里的女生充满了好奇。"我以为现在所有的人都会聚集在明斯特，没想到跑了这么远还能遇到老乡。一个女生没有翻译器都敢来，也真是胆大。"

"翻译软件在手机上使用会比较方便，我也是到了这里才发现手机没电的。"说完，冯嘉嘉还警惕地补上了自己的安全保障，"我的行程都会给家里报备的，到时间如果我没有及时回复,家里就可以找过来。这家农场也是之前说好的,不会出什么意外。"

商栈笑着说:"你误会了,我只是好奇你竟然能找到这么偏僻的地方。"

"因为我想体验正宗的文化和当地的生活方式。明斯特虽然展会很好看,可这时候的商业只会迎合大众的选择,做出好卖的东西。这不是我想看到的,所以就找过来了。你呢?你不是也专门跑了过来。"

商栈听后更加惊讶于冯嘉嘉的想法,说道:"我也是和你一样的想法,只可惜明斯特不会像磨合展会一样磨合自己的文化特色。"

冯嘉嘉看商栈竟然和自己一样有着不同看法,也慢慢放下了戒心,笑着说:"我觉得明斯特已经做得很好了,基础完善,也会发掘自己的展会特色。相比来说,反而是我们国家没有很好地发掘出自己的特色。"

商栈十分赞同:"一样,也不太一样。中国的文化类别太多了,有一种选不过来的无力感。而明斯特的特色放在欧洲只有这个展会,甚至已经发展成了鲜明的符号,所以才可以很好地把握住机会。"

听了商栈的话,冯嘉嘉饶有兴趣地看着他,随意地摆弄着手里的刀叉,心想"他乡遇知音"这句话果然没错,就继续问道:"现在国内的品牌虽然成长迅速,可传统标志性的东西太少了,没有强力的支持,也就很难有什么作为。"

商栈遇到有相同看法的人也十分高兴，笑着回道："我一直认为国内品牌的潜力是很大的。有一些小工厂或者小企业，虽然没有著名的设计师和操盘手，但它们的产品依旧可以获得大众的喜爱。我们背靠着丰富悠久的文化，现在只是缺乏一个引领。"

掌声把商栈的思绪拉回了创投会，周围短暂安静了下来，冯嘉嘉的演讲结束了。身边，水艺心眨了眨眼睛，用期待的眼神看着他。商栈无奈地笑了笑，拉着她走到了舞台旁。

冯嘉嘉在台上就看到了商栈和水艺心，早就在人群边缘等着他们了。她慵懒地站在一张桌子旁，等商栈走近了，她才开口道："我就知道你不会错过这次的创投会。"

商栈也随意地说道："对啊，为了你这个演讲，我可是费了好大工夫才过来的。不先问问我关于你演讲的看法吗？"

冯嘉嘉挑了一下眉，假装不高兴地说："这个还需要问吗？除了非常好，你还有什么其他的意见吗？"说完她看着水艺心又恢复了正常的语气道："不介绍一下吗，这位是？"

商栈"哈哈"笑了一声说："真不愧是你。这是我回国后认识的一个朋友，感觉你们的想法有很多相同的地方，就想介绍你们认识一下，说不定会有什么意外惊喜。"

水艺心等商栈介绍完才从他身后走出来，一改往日风风火火的性子，十分乖巧地向冯嘉嘉打招呼，希望能留下一个好印象："您好，我叫水艺心，刚才在台下听了您的演讲，感觉讲得太好了。您的演讲和我现在的一个想法有些相似，就拜托他带我来找您了。"

冯嘉嘉听到两人只是回国后才认识的朋友,心里也暗暗松了一口气。再看到水艺心真诚的眼神,并没有因为刚才自己与商栈熟络的对话而生气,也就放下心来,大大方方地回应道:"你好,我叫冯嘉嘉。"

关于传统文化的投资,冯嘉嘉虽然早就确定了这个方向,却一直没人看好,包括她爸爸冯天成。尤其是这几年科技大力发展,有这个巨大的利益在前,冯天成对于文化投资的重视程度完全不够。没了充足资金的支持,她的嘉美天成从一开始零碎的小项目,发展到如今包揽整个古镇的规模,确实出乎了所有人的意料。

冯嘉嘉并不是没想过放弃,如果没有在德国与商栈的相遇,她大概早就回家跟着冯天成学习管理公司了。当时的嘉美天成正是困难的时候,虽然有足够优秀的项目,可是在冯天成的打压下,资金十分困难。眼看着公司就要倒闭,冯天成每天都得意扬扬地劝说闺女回到自己家的公司,提前为自己分担工作。冯嘉嘉一气之下跑到德国,这才在明斯特遇到了商栈。

在农场愉快地交流之后,冯嘉嘉又与商栈一同回到了明斯特。上百件展品分散在城市的各个角落。有了"知己"的陪伴,冯嘉嘉心里又一次坚定了对嘉美天成的选择。

随着聊天的深入,冯嘉嘉惊讶地发现,两人不仅思想十分相似,就连行程安排都一样。可再次在机场相遇,冯嘉嘉却开心不起来了,一想到回去又要面对冯天成的打压,她就发愁地连连叹气。商栈好奇冯嘉嘉的情绪转变如此之大，担心地问："是遇到什么烦心事了吗？"

冯嘉嘉抬眼看了他一眼，索性就把自己没有资金的事情讲了出来："项目是不错，就是国内都不太看好。大部分人都觉得回报时间太长了，还是科技方向更快更安全。我觉得文化项目的回报期并不长，只是缺乏合适的机遇。"

商栈犹豫了一下说："如果相信我的话，可以把项目策划书发给我，说不定我可以帮你找到投资。"在冯嘉嘉难以置信的眼神里，他确定地点了点头又说道："既然都要去香港转机，那不如一起去那里的展会看看。我可以给你介绍一个投资人，他或许会对这样的项目感兴趣。"

香港的展会她自然是知道的，只是嘉美天成现在的水准还没有参会的资格。冯天成也是算准了她的能力还接触不到香港的投资人，所以才放心地让她随意折腾。对于现在这个意外的收获，冯嘉嘉终于笑了出来，很快就与商栈约好一同去香港的东芸城购物，买上礼物再去找投资人。

想到这里，冯嘉嘉在心里对比了此刻的场景，暗暗觉得好笑。历史总是惊人的相似，从前是商栈带着自己介绍给别人，现在是他带着别人介绍给自己。

短暂的交流之后，冯嘉嘉很快就被水艺心的想法吸引了，尤其在听到水艺心收集的资料里有古镇相关的故事后，她下意识和商栈对视了一眼，两人都敏锐地捕捉到了这里面可以利用的商业价值。

第八章　眼光相同

　　水艺心虽然年轻，可她对于传统文化的理解十分独特，专业也很出众，引得冯嘉嘉连连称赞。她向水艺心抛出了橄榄枝："我们的项目还没有投资，现在很缺人，你愿意加入我们吗？"

　　刚才还很健谈的水艺心听到这句话却突然犹豫了。这与预想完全不同的反应让冯嘉嘉不明白发生了什么，冯嘉嘉继续诱惑她说："等我们完成了古镇这个项目，可以再好好策划一下你的水墨动画项目。我相信放在嘉美天成这个平台上，结果一定不会让你失望的。"

　　突然的惊喜让水艺心有些不知所措，却不知为何又有些不安。她早就听说过嘉美天成，这个以发扬传统文化为初心的公司也一直是她努力的方向。她看了看商栈，商栈也用鼓励的眼神看着她，在冯嘉嘉期待的眼神中水艺心慢慢伸出手。突然，手机微弱地震动了一下，是洪涛发来的信息："创投会怎么样？有没有合适的投资人，或者其他合适的项目？"

　　水艺心小声说了句抱歉，低头看了一眼手机上的内容，又快速关上了屏幕，她大概想到了不安的来源。虽然嘉美天成是更好的发展平台，可洪涛多年的陪伴水艺心也无法辜负。抉择之下，水艺心还是不好意思地看向两人："对不起，我可能不能接受……"

商栈的余光看到了水艺心的手机，虽然不知道内容，可是也猜到了是洪涛发来的信息，他心里有些失望，想再劝劝她："这真的是很好的机会，在嘉美天成你可以发展得更快。"

水艺心抿了下嘴，还是坚定地说："我知道，可是我不能抛下我的同伴。"

冯嘉嘉原本还很意外，听到有同伴也就了然了，笑着说："没关系，你可以回去再考虑一下。不过我相信你的同伴也会希望你有更好的发展。我是真的很喜欢你的创意，我认为我们的合作会很愉快。"

水艺心点点头，也不再多说什么。商栈叹了口气，向冯嘉嘉告别道："那我们就先走了，古镇的项目我会在手机上跟你联系，回头你把详细的策划方案发给我吧。"

看着两人离开的身影，冯嘉嘉陷入了沉思，连冯天成的出现都没注意到。

"商栈回来了啊！我说呢，你的项目又不缺资金，还非要费心思来演讲，是为了他吧？"

冯嘉嘉被冯天成的出现吓了一跳，红着脸说："爸！你怎么走路都没声音啊。吓死我了！"

冯天成看着商栈的背影，瞥了一眼冯嘉嘉说："这能怪我吗,是你自己太入迷了,眼珠子都要长人身上去了!你想看怎么不当面看,非要在背后看,可真不像我女儿。"

冯嘉嘉平复了一下心情,回呛道:"你怎么知道我没有当面看啊?你看好人家也没见你行动啊,还不如我呢,真不像我亲爸!"

冯天成当然知道女儿嘴可硬了,不但没生气,反而笑着说:"谁说我没行动啊,当初要不是我断掉了你的资金,你能遇到商栈吗?能找到香港的投资人吗?"

冯嘉嘉白了一眼冯天成说:"亏你还好意思说呢!爸你这次可不能再给我找麻烦了啊,这个项目可是对我意义重大!"

冯天成宠溺地看了一眼冯嘉嘉,无奈地说:"这次肯定不会了。当初还不是怕你太辛苦,想让你回家吗。现在你都做到这个规模了,我还能拦你吗,支持你还来不及呢!"

嘉美天成能到如今的规模,可以说是全靠商栈在香港介绍的第一单发家的。当初,冯嘉嘉的项目本身就很好,再加上商栈的改进和介绍,冯嘉嘉没费工夫就拿到了投资。

冯天成认识商栈也是在香港的展会上。

香港的展会聚集了世界各地的投资人,有这样好的机会,冯天成当然不会错过。很快,他就与一个知名的合作方约好了一同投资一个项目。在与国外的会展方谈了必要的内容后,眼看就要敲定合作了,他的翻译偏偏这时候出了问题。

时间过去不大一会儿,原本还表现得十分热情的合作方突然变了脸色。冯天成看着国外的会展商无奈摇头,最后商量着要离去。

商栈对展会也十分期待，趁着冯嘉嘉与自己朋友交谈的时间出来参观。突然，旁边的声音引起了他的注意："我的翻译还要等一会儿才能来，等一会儿可以吗？"

冯天成不太精通英语，急得不知道如何表达，只是固执地拦在两位国外展商面前。而这两个国外展商也听不懂冯天成的话，用英语相互沟通："我听不懂他的话，他是想让我们等一下吗？"

"可我们沟通不了，继续等也是浪费时间。"

周围能听懂他们说话的人不在少数，可谁都不想为此浪费自己的时间，匆匆走过之余最多同情地看一眼冯天成。商栈看了眼远处笑着交流的冯嘉嘉，再一次主动承担起了翻译的任务。他先告诉国外展商，冯天成的翻译很快就来，然后又转头对冯天成说："如果不介意的话，我可以试着帮您翻译一下。"

冯天成怎么会介意，他看着商栈三言两语就帮自己稳住了国外展商，向他道了谢，很快也冷静下来。

冯天成的项目里有很多专业术语，即使会说英文也不一定能翻译好，这也是周围人不愿意帮忙的一个原因。可商栈不仅把这些晦涩的词语准确翻译了出来，还适当地给冯天成做出了一些提示。当冯天成的翻译终于找到他时，商栈已经将双方大概的意思都相互传达清楚了。

见到翻译员已经回来了，商栈连忙后退一步，将位置让了出来。冯天成与国外展商的交谈正在兴头上,他感谢商栈解围,虽然忙得无法分身,却还是固执地交代商栈先不要离开。看到商栈点头同意,并且表示就在周围后,冯天成才放心地继续谈生意。

有了商栈的提示和精准的翻译,冯天成的初次交谈很顺利地结束了,可一转身就没了商栈的身影。

翻译员看冯天成四处寻找,十分惊讶地问:"你们不认识吗,看他那么专业,我还以为你们是朋友呢。我刚才还在想,你有那么专业的朋友为什么还要找我呢。"

冯天成的英语水平虽然一般,可是专业的术语接触得多了,他是能听懂的,对商栈的突然离开他觉得十分可惜,就说道:"他只是路过,我们并不认识。现在这种情况下愿意占用自己时间帮助我,还不图回报,也真是难得。浮躁的社会中,这样的能人不多见了。"

会展的场地并不算大,但胜在设计布展的主办方很花心思,形成了多样化的空间呈现。

两人一边交谈,一边四处参观,都很投入,并没有对其他人有过多的留意。穿着一身黑色职业西装的商栈在人群里并不显眼,却还是在拐角处被翻译员看到了。他指着不远处独自站立的商栈说:"冯老板你看,那边的那个人,是刚才帮忙翻译的那位先生吗?"

冯天成顺着翻译员手指的方向看去,第一眼就看到了冯嘉嘉。这时的冯嘉嘉似乎正在笑着说些什么。冯天成的心瞬间就融化了,向来疼爱女儿的他,压根儿就没想到在这里竟然还能遇到自己的女儿。冯天成眯起眼睛仔细盯着冯嘉嘉看了好一会儿,才转头看向冯嘉嘉对面站着的商栈。

冯天成是知道冯嘉嘉从小就养成的脾气的,被自己断掉了资金也不会轻易回家。他也知道自己的女儿最近不在国内,还以为她是赌气才跑了出去。现在看来,原来是交了男朋友还不告诉家里。想到这里,冯天成的心态不免有股子向下沉的萎靡。自己也不算是不理智的家长,除了在公司决策的事情上他的做法略微显得激进了一些,那也是担心孩子在外面受委屈,其他事情可都是顺着冯嘉嘉来。结果,她现在有了男朋友这样的大事,竟然一点儿都没有向家里透露。

不过,以他对自己公司的了解。他敢断定,这一次自己的出行,无论如何也拉不到海外投资的。不过,刚才的这次邂逅,短时间内,冯天成有了新的判断。他想到商栈专业的表现,立刻就猜到了事情缘由,再看到冯嘉嘉在商栈身边开心的笑容,也就放下心来。

翻译员还不知道这一会儿冯天成的心情在不断翻转变化,眼看商栈与旁边的女生要一起离开,便催促道:"冯老板,再不去打个招呼人就要走了!"

冯天成现在却不着急了,一改之前夸赞的语气,严肃地看着两人的背影问:"说实话,你觉得那个男生怎么样?"

翻译员想了想说:"我听了他翻译的几句话,翻译得很准确。而且既然能在这个展会上……"

冯天成摇摇头，打断了翻译员的话："不是说这些，我是问他外表怎么样，和旁边的女生般配吗？"

翻译员对冯天成的态度转变有些莫名其妙，回想起旁边那个女生笑盈盈的侧脸，很是好看。他转头看向两人的背影，走在一起也十分和谐，于是说道："两个人都长得好看，看起来还挺般配。冯老板，怎么突然问我这些？"

冯天成听完不免有些得意，再看商栈也是更加顺眼，就笑着说道："没什么，我知道他是谁了，不用过去打招呼了。"

商栈早就忘记了在香港展会上帮助过冯天成这件事，而冯天成能记到现在也全靠这个误会。

冯嘉嘉从香港回来后，嘉美天成迅速发展了起来。最开始她并没有感到有什么变化，可很快，当嘉美天成再有新的项目时，冯嘉嘉不怎么费力就得到了支持。想来想去，在工作结束后的一个周末，她决定回家一趟探探父亲的口风。

沙发上，冯天成的眼睛从一本财经杂志上移开，看了一眼女儿，又低下头说："想起来回家了？我还以为你忘了有我这个爸爸呢。"

冯嘉嘉笑着跑过来给冯天成捏着肩，装出一副讨好的样子说："倔老爸，你怎么还学会挑理了。格局，还是格局，你可是做大事的人，可不许跟自己的女儿整狭隘那一套。我从小就随你，格局，我是有格局的人。你看，我没生你气，你是我亲老爸，我是你亲女儿，我这不是一忙完就回来看你了吗。"说完，看冯天成没反应，又开始试探道："爸，最近我手上有个新项目。但是吧，我上一个项目的资金还没下来，嘉美现在发展得也挺好的。"

冯天成继续端着杂志，眼睛也不抬，继续问："嗯，所以？"

冯嘉嘉撒娇道："给点钱呗，爸？"

冯天成终于把杂志放下了，说道："你去找投资啊，我不是给他们都打过招呼不再限制你了吗？或者说，你是想找我投资？我告诉你，不可能！我不限制你就已经是支持了，你不要得寸进尺。"

冯嘉嘉笑着说："我就知道是你取消限制了！爸，你是一个伟大的父亲。我就知道，你最好了！"

冯天成"哼"了一声说："不然呢，我不帮你谁帮你，找你男朋友吗？"

冯嘉嘉不知道冯天成为什么突然提起男朋友，但也没多想，只顾得意地汇报着自己的成果："之前你老限制我，都没有资金了。但我还是拿到了投资，香港那边投的呢，现在发展得可好了！看吧，我就说这事可行，你还不相信我。"

冯天成看冯嘉嘉还没有要坦白的意思，有些着急了，说："我又不是不让你找男朋友，至于瞒着我吗？你年纪不小了，现在找也很正常啊。"

冯嘉嘉打断冯天成的话说："什么男朋友？爸，你在说什么啊？"

冯天成以为她还要继续隐瞒，直接挑明了说："我见到那个男生了,你不用担心。其实我对他很满意,能力也强,人长得也好,配得上我女儿。"说完,看到冯嘉嘉迷惑的样子,他又补充道,"你看你,还装呢!香港的展会我也去了,我都看见了!"

冯嘉嘉这才恍然大悟,原来是他误会了自己和商栈的关系。她红着脸解释道:"爸你误会了,你看到的是商栈吧?他是我在德国旅游时遇到的朋友。我们还是普通朋友呢,没发展到那一步。"

说到商栈,冯嘉嘉其实自己也有好感。虽然处的时间不长,但两人一开始的相遇就是商栈为她解了围。现在知道他竟然还以同样的方式帮助了自己父亲,冯嘉嘉也不由得想笑。

冯天成看到女儿说起商栈就笑得合不拢嘴,也就明白了她的心意,就劝说道:"女儿啊,既然喜欢那就要把握住了。这就跟做生意一样,机会都是稍纵即逝的。"

冯嘉嘉红着脸说:"人家现在还在美国呢!不过我都问好了,他已经有回国的准备了。"

几年过去了,嘉美天成越做越大,冯天成不再阻拦女儿发展自己的事业,商栈也终于回到了国内。冯嘉嘉回想完过去的事,又重新打起精神,走回到人群中,与其他合作商商讨着新的项目。

第九章　画展偶遇

创投会结束了,彭成想不到商栈竟然能投资到嘉美天成的项目。要知道,嘉美天成的项目好,又有冯天成这样的房地产大亨当后盾,冯嘉嘉对投资人的选择一直都十分严格。这次的古镇项目,是嘉美天成所有项目的重中之重,虽然大家都相信冯嘉嘉的选择,可对一整个古镇的改建项目太庞大了。相比于快速发展的科技主题,人们很容易倾向选择回报更快的科创项目。

创投会结束了,商栈也松了一口气,投资了嘉美天成,现在也算是尘埃落定,终于可以休息了。从刚回国不熟悉市场,到创投会之前,他本人一直在了解各个公司递交的资料。连续的工作,让他罕见地在这个周末起晚了。冯嘉嘉原本是算着时间给他打来的电话,没想到商栈才刚刚吃完早饭。

"今天有个画展,是水墨主题的,应该是你喜欢的风格,要不要去看看?"

商栈看了一眼墙上挂的水墨画,本想拒绝。可外面的天气难得晴朗,是个换换心境出去转转的好日子,于是就答应了。这样好的天气他已经有一周没见过了。

"好,你地址发给我吧,一会我去接你。"

冯天成站在门外,看见冯嘉嘉坐在梳妆镜前傻笑着打电话,十分温柔地应了声好,才依依不舍地挂掉了电话。自己都在外面站了好半天也没被发现。冯天成有些无奈,敲了敲门表示自己的不满:"这么快就约出来了?你看你那傻样,能不能有点出息!"

冯嘉嘉转过身不满意地说:"爸,不是你说对商栈很满意吗?还鼓励我去追他。现在我都把他约出来了,你难道不高兴吗?"

被拆穿的冯天成清了清嗓子说:"我这不是来给你传授一下技巧吗。虽然商栈这孩子是很好,可我闺女更好!所以我告诉你,女孩子不能太主动,你需要吸引他,明白吗?我让你拿下他,又没让你去追他,要让他主动来找你!"

冯嘉嘉敷衍地听着,拿出两身衣服在镜子前比画了一下,说道:"好好好,我这就让他来找我。爸,你说这两件衣服哪件好看?"

冯天成指了指这一件,又指了指另一件,最后犹豫地选了其中的休闲西装说:"这个吧,我闺女穿什么都好看。"

冯嘉嘉把冯天成选中的衣服放回衣柜,然后边关柜门边说:"果然让你帮我排除一下就好选多了。好了,我要迟到了。您快去忙自己的吧,我也有事呢,没时间陪您。"

冯天成被推到了门外,他恨铁不成钢地喊道:"你这孩子!看你那没出息的样!"说完摇了摇头,下楼了。

冯天成一开始很看好商栈,可这么多年过去了,他已经适应了女儿一直陪伴在自己身边,一旦看着自己的女儿真要去追他时,心里又不平衡起来。冯嘉嘉的样貌、教育背景和阅历见识都很不错,综合条件超出同龄人一大截,家世也好。而冯天成无论是社会地位和身价都在周围的圈层中地位显耀。这个商栈竟然还要让冯嘉嘉亲自去追。肤浅,简直是太没有眼光了!

想到这些的时候,冯天成的嘴角有点微微地向上翘起,露出一副老派商界人物的骄傲和桀骜不驯。他可是经过风浪的人物。不过,转念一想,他也了解过商栈的情况。这个年轻人刚回国,听说很快就在添利公司站稳了脚跟,也确实有些本事,加上人也可靠,没有那种浮夸浮躁的毛病。这一点儿在现实生活中愈发难得,无疑都是加分项。另外加上女儿冯嘉嘉又很是喜欢。虽然这件事还没有结果,但冯天成已经陷入了两难的境地,郁闷地坐在沙发上,连冯嘉嘉下楼了都没注意到。

冯嘉嘉看了眼正在沙发上想心事的冯天成,快速跑到门口,生怕被他看到自己的衣服,打开门才说:"爸,我走了。"

冯天成胡乱答应着,余光还是看到了冯嘉嘉的修身长裙,又重新对商栈不满意起来。

"给我站住!外面那么晒,不知道穿个外套?你平时对防晒那么在意,现在怎么就不知道穿上外面的衣服了?回来!"

冯嘉嘉都走出了门口,又被叫了回来,不情愿地说:"爸,你这也太老套了!这会影响你成功男人的形象的。我知道你从小把我带大,照顾得周到细致。可是,现在我都多大了啊,这点小事还要管!商栈都在门口等着了!"

冯天成瞪着眼说:"多大我都要管!让他等着!穿个外套浪费你时间了?赶紧去穿!"

冯嘉嘉无奈地回去拿出一件薄纱外衣,幽怨地看着他。冯天成这才点点头同意她离开。冯嘉嘉匆忙来到小区门口,商栈已经把车停在路边等她了。

看着冯嘉嘉充满活力的样子,原本疲惫的商栈也被感染了。他喜欢这样充满活力的朋友,冯嘉嘉是这样的,水艺心更是这样。只是冯嘉嘉太优秀了,优秀到让他有一种疏离感,好像这样的人只适合出现在杂志上。有时候他也想不明白冯嘉嘉为什么还要这么努力,她已经有了足够让人羡慕的事业和人生。好在这种差距在大家共事的时候并不会轻易被他人察觉出来。

商栈和冯嘉嘉要去的画展是一个传统的国画展,里面的作品全部都是公益出售,收益用来资助非物质文化遗产项目的传承发展。所以,这虽然是个画展,但也有很多非遗的内容展出,算是为一些即将消失的传统技艺做做宣传。

在水艺心焦头烂额地准备创投会演讲时,洪涛的重心就放在了这个画展上。说起洪涛成立工作室的初衷,其实也不只是为了和水艺心一起创业，他也是更多地将目光放到了传统文化的传承和发展上。所以，当水艺心为了水墨动画而忽略了工作室的画展时，洪涛也没有多说什么。

水艺心的作品摆在会展刚进门的地方，被洪涛摆放得很是显眼，看得她十分肉疼："你这是多想让我的画卖出去啊，这可是我最得意的作品了，本来还想自己留着呢！"

洪涛得意地看着自己的安排说："你少来了！这一幅画能值多少钱啊。前段时间我可是一点儿忙都没让你帮，现在出点血不是应该的吗。再说了，你不是说了有人看好你的演讲吗？你哭穷找别人哭去，别来找我啊。"

水艺心耸了耸肩没有反驳，只是看着自己的画沉思。洪涛知道她在想什么，弯下腰看着她问："怎么，你不会还在想那个渣男吧？水艺心，你可别让我看不起你啊！"

水艺心白了他一眼说："我没事想他干吗啊，我是嫌自己的钱不够多吗？"话锋一转，她又哭丧着脸说，"就是可惜了我这幅画，这可是我的精神寄托啊，我的灵感源泉啊！就这么给你拿走了，我可太难过了。"

洪涛站直身子看了看这幅画，"嘿嘿"笑了一下，说："再怎么说也没用，你不拿出点好东西，真当我白给你放假？"

这幅画的主题是新生，是水艺心失恋时候的作品，表达了对自己未来的期待。说是失恋，其实她当时也不怎么难过，因为恋爱的时间还没超过半年。再加上水艺心在大学的时候就确定了自己的努力方向，一直和洪涛为自己的工作室做准备。所以,她和这个前男友在一起的时间甚至还没有和洪涛在一起的时间长。大概是平时接触的时间太短了,所以在一起很久后水艺心才发现他是个渣男,他不仅与前女友纠缠不清,甚至还偷了自己的绘画创意。好在洪涛及时发现,才让水艺心避免了更多损失。

水艺心现在是"一朝被蛇咬,十年怕井绳"。洪涛也知道水艺心一直因为这件事对找男朋友十分避讳,把所有的重心都放到了工作上,所以他才特意将这幅画挂在显眼的位置,希望她能放下过去的事。

水艺心知道洪涛的良苦用心,但还是嘴硬地说:"你也太无情了,等回去了我一定告诉阿姨你是怎么欺负我的!"

洪涛被水艺心的话逗乐了,笑着问:"你准备怎么告状,是说我没有帮你准备自己的演讲稿?还是没有让你参加画展的准备工作?或者是把你的画挂在一个好位置,让大家都看到了?"

水艺心也笑了,她自知理亏,伸手去捂洪涛的嘴,小声说:"好了好了,这个画我不留了。你别说了,给我留点面子吧。"

两人打闹的动作不大,可是在画展里却十分显眼。所以商栈一进门就看到了水艺心和洪涛在一旁说笑着。他身子一僵,即使水艺心背对着他,此刻他竟也生出了紧张的感觉。

冯嘉嘉没有察觉出商栈的异常,目光先是被墙上的画吸引了,随后才看到水艺心。她自然地拉起商栈的胳膊,这才感觉到一丝僵硬，转头看了他一眼，笑着说："那边的人是不是你那个朋友啊，好巧啊。走吧，我们去打个招呼。"

商栈机械地被拉到了水艺心面前，小心地把胳膊从冯嘉嘉手里抽出来，听到冯嘉嘉打过招呼后才面无表情地给水艺心问了个好。洪涛一眼就认出了商栈，惊讶得不知道说什么好，偷偷在下面使劲拽了拽水艺心的衣袖，被瞪了一眼才老实下来。商栈的目光扫过两人的衣服，看见他们今天的穿着倒是毫不相关，心里也慢慢舒服起来。虽然他也不明白自己在介意什么，却已经轻而易举地原谅了水艺心。

水艺心倒是很高兴，热情地跟两人打招呼，然后给洪涛介绍道："这位就是我之前给你说的美女姐姐，也是嘉美天成的老总。这位是帮我拿到内场票的朋友，我们之前在吃蹄花的时候见过，只是当时你没注意。"

洪涛不知道为什么一见到商栈就有种压迫感。他努力挤出一个微笑来，向两人伸出手，自我介绍道："你们好，我叫洪涛，是水艺心的朋友，也是这个工作室的合伙人。"

商栈早就知道他和水艺心的关系，联想到之前水艺心的介绍，从口袋伸出一只手，嘴里吐出四个字："你好，幸会。"

冯嘉嘉觉得气氛不对，转头看了看商栈，奇怪他怎么突然变得这样严肃，悄悄用胳膊碰了他一下作为提示，然后才笑着对洪涛说："工作原因，他看着会严厉一些。其实不是这样的，等你们认识就好了，水艺心知道的。"水艺心没有察觉到氛围变得紧张，在一旁跟着点了点头。商栈这才配合地冲

第九章 画展偶遇

洪涛笑了笑。

冯嘉嘉对于商栈的反常并没有在意，还以为这只是他遇到陌生人时的正常反应。她转头问水艺心："你们怎么在这里，也是来看画展的吗？"

水艺心有些自豪地指着洪涛说："这个画展是他策划的，所以我就跟着一起来看看。你们想看的话，他可以给你们介绍哦。"

冯嘉嘉惊喜地说："那太好了，我正准备买一幅画当作商栈的回国礼物呢！幸好遇到了你们，这样可方便多了！"

突然被点到名的商栈像课堂上走神被抓到的学生一样，赶紧回过神说："嗯？给我？不用这么麻烦，你帮我选一幅就行，我自己买，也算你送的。"

冯嘉嘉想了想，笑着说："也好。"

商栈抬头看向画展里面。面前的墙壁蜿蜒着向前方延伸，在不远的拐角处戛然而止，一幅幅画被挂在或明或暗的墙面上。受自己心情的影响，这些画也变得阴晴不定。看到一旁的洪涛，商栈又忌妒起来。冯嘉嘉和水艺心还在笑着说什么。他收起自己的目光聚焦在前面不远处，心里不断控诉洪涛竟然不知男女有别，离水艺心那么近，可真不让人省心。

冯嘉嘉看商栈一直盯着面前的画不知道在想什么，就说："这幅画看着还挺有眼缘，有一种行云流水的感觉，画法还很创新，看起来不错。要不这幅送给你？"

水艺心没想到商栈和冯嘉嘉一眼就看上了自己的画，难以置信地问:"你确定是这一幅吗?不再考虑一下?你都没往里看呢,后面好看的还有好多呢!"

洪涛一看能卖掉这个心头大患,上前一步打断水艺心的话说:"眼光真不错啊!这幅画虽然不是这个策展中最好的一幅,但胜在画意的创新,是传统文化元素和现代主义的结合,集写实派和写意派为一体,绝对物超所值!这幅画寓意也很好,代表着新的希望,所以我专门放在了最前面,就是为了让大家都能看到!"

冯嘉嘉听了洪涛的介绍,笑着说:"新的希望?这个寓意确实不错,正好符合他现在的情况。那就这个吧,商栈你觉得呢?"

商栈也是听了洪涛的介绍才注意到这幅画,看着也确实喜欢,于是说:"我也觉得不错,那就这一幅吧。"

水艺心还沉浸在亲眼看着自己的画被卖掉的惊讶中。洪涛像怕商栈后悔一样,连连笑着说好,又承诺等画展结束亲自送到商栈家里。说完,他得意地看着水艺心,像是邀功一样冲她眨了眨眼。这时,洪涛心里对商栈的眼光也赞许起来,没想到这个人虽然行为比较怪异,欣赏能力却不错,还真是让人意外。

商栈看着两人亲密地互动,心里嫉妒到只恨站在水艺心身旁的不是自己。可想象又不是现实,心情的多变让商栈此刻只想逃离这里。他故作轻松地对冯嘉嘉说:"走吧,买完我们就回去。"

第九章 画展偶遇　　081

冯嘉嘉和水艺心正聊到兴头上。在创投会上与水艺心交谈后,她就一直在思考如何才能让古镇的项目更加有体验感。如今策划陷入了瓶颈,她刚想邀请水艺心一起吃午饭就被商栈打断了。冯嘉嘉不知道为什么,在这一刻却忽略了商栈的态度,反而拉着他说:"工作那么久了,你早就该放松一下了,而且说好的今天给你接风,不吃饭怎么行。艺心,我们一起吃饭啊!"

水艺心也是聊得意犹未尽,看了看洪涛,又看了看冯嘉嘉和商栈,不知道要不要答应。商栈看着水艺心犹豫的样子,轻轻叹了口气,无奈地说:"洪涛也来吧,一起吃个饭。"

第十章　天无二日

餐馆选在了附近，方便洪涛随时回画展。有了第一次见面的铺垫，冯嘉嘉和水艺心的交谈深入了许多。洪涛在一旁也时不时插上一句自己的想法和见解，给冯嘉嘉提供了许多新的思路。听到冯嘉嘉的赞赏，商栈这才冷静下来重新审视洪涛。

因为与水艺心一起开工作室，洪涛很早就有了丰富的社会经验。可他偏偏又长着一张稚嫩的脸，总让人不自觉地就想包容他的不足。这样奇特的反差感，让洪涛说出自己的独特见解时，更容易让人感到惊讶。

商栈表面和冯嘉嘉一样，不住地点头，赞许着洪涛的话。可当他看着洪涛和水艺心一唱一和地聊着对传统文化和水墨画的想法与见解时，就什么都听不进去了。他想着自己也是年纪轻轻就在外闯荡，同样是在为自己喜欢的事情努力，为什么水艺心的目光就不能在自己身上多停留一会儿呢？

为了缓解烦闷的心情，商栈不自觉地把洪涛看成了自己的样子。水艺心在旁边笑着与冯嘉嘉聊天，时不时崇拜地看着自己,真的是般配极了。这样想着,商栈不自觉笑了出来,再次抬头时,三双眼睛都在好奇地看着自己。

洪涛有些不好意思地问:"是我说错什么了吗,这么好笑?"说完,还不放心地用询问的眼神看了一眼冯嘉嘉和水艺心,试图征询她们两人的意见。

没想到,这两人竟然同时摇摇头,然后转头看向商栈,目光好像也是在询问和洪涛一样的问题。

商栈连忙收起笑容,磕磕巴巴地解释道:"哦,我就是突然觉得你们相处得很不错。你们继续,洪涛刚才说得很好,水艺心说得也很好,都很好。"

冯嘉嘉看着突然磕巴起来的商栈,起了逗他一下的少女心思。她一只手掐着腰,另一只手放在桌子上,拿出了平时对下属的气势,盯着商栈说:"那你说一下,刚才我们谁的观点更好。"

商栈一下子被问住了,开始装腔作势,顾左右而言他地说道:"你们的观点都有可取的地方,都不错。"

三人对视了一眼,冯嘉嘉"噗"地一声笑了出来。这次轮到商栈奇怪了,不过他很快反应过来,气急败坏地喊了一句:"冯嘉嘉!"随后泄气一样地说,"我承认刚才是走神了,没听到你们的谈话,这样总可以了吧?"

冯嘉嘉拍了拍商栈,安慰道:"好了好了,不逗你了,我们都知道你这段时间已经很累了,也感谢你能抽时间陪我们吃饭。只是不知道你刚才在想什么那么入迷,说出来大家分享一下?"

好不容易平静下来的商栈听到冯嘉嘉的最后一句话后又紧张起来,脸红着不知道说什么好。他下意识地看向水艺心,又生生忍住,最后的视线竟落到洪涛身上。

冯嘉嘉没注意到商栈与洪涛的对视,和水艺心一起笑了起来,很快就聊起了别的。而洪涛只觉得头皮发麻,这个男人怎么会含情脉脉起来。莫非?洪涛是擅长联想的,敏感的他又想起了创投会上的路演,悄悄往水艺心身后躲了躲。如果说之前洪涛还只是怀疑,那现在他基本上就是确定了,商栈一定是喜欢自己!通过手机屏幕的反光,洪涛低头看了一眼自己的脸,也开始自恋起来。这样阳光开朗的形象,谁能不喜欢呢!只是商栈的感情自己注定是无法回应的,他可没有那个想法。在他看来,对方似乎也并不打算公开自己的爱慕。只要能相处得平安无事,那自己也可以继续配合装作不知道。

洪涛这样想着,重新自信地抬起头,可一眼就看到了商栈落寞的眼神,又心虚起来。洪涛看着水艺心和冯嘉嘉开心的样子,欲言又止,不一会儿就借口画展不能离开太久,逃出了吃饭的房间。

商栈和洪涛的心情都像过山车一样经历了一个来回,彼此之间的误会,使得双方心生疑窦。好在双方都把控得住表情,不至于流露在脸上。聊到这会儿,水艺心和冯嘉嘉也已经从女孩子都喜欢的口红和背包聊到了大学生活,甚至聊到了中国古典园林。冯嘉嘉再也忍不住了，看向水艺心的眼神甚至都可以用狂热来形容。她再一次向水艺心发出邀请："水艺心，你真的不考虑和我们一起吗？等到古镇项目开始之后，园林设计这一块，必不可少。到时候，你完全可以按照你的想法自由发挥！"

水艺心心中虽然十分向往，还是抱歉地回复说："你也看到了，我还有个和洪涛一起开的工作室呢。我们毕业前就在为这些做准备了，我不能就这么抛下他。"

洪涛一离开，商栈的状态就自如起来，看着冯嘉嘉失望的样子，他提议道："不如这样，你们可以只是战略结盟性合作。水艺心可以以专业特邀人士的身份参与项目，不用舍弃她现有的工作室，就像兼职一样。你觉得这个提议怎么样？"

冯嘉嘉略微想了一下，点头表示同意："这样最好，我想艺心也没有顾虑，要加入我们吗？"

这样好的机会摆在眼前，水艺心怎么想都没有了拒绝的理由，愉快地和冯嘉嘉达成了合作。

商栈并不是没有私心，自己是古镇项目的投资人，水艺心现在也成了合作方，他好像瞬间又找回了之前的好心情，高兴得嘴角不住上扬。

冯嘉嘉有了投缘的合作伙伴心情也是十分舒畅。她是个十足的工作狂，和水艺心达成了合作之后很快就有了新的思路，一心只想改进项目。看着冯嘉嘉高兴地揽着水艺心往外走，商栈也自觉承担起了两人的接送工作，在往停车场走的路上他还在为即将可以与水艺心共事而开心，完全没注意到与他擦肩而过的彭成。

彭成转头看向商栈离开的方向，看着商栈笑着开车走了。虽然他不认识水艺心，可副驾驶上的冯嘉嘉他是看得真真切切。他虽然早就知道商栈投资了嘉美天成的项目，可现在又不是工作时间，古镇的项目也没有开始。看到两人一同出入饭店，他还是心里不平衡起来，自言自语道："难怪能拿下这么大的项目，原来是攀上了冯嘉嘉这个高枝，不就是会骗骗女人吗？有什么了不起的！"

包间里，丁哲伟已经在等着他了。茶台上，香炉里升起袅袅的烟。丁哲伟慢条斯理地将茶水倒进小茶杯里，吹开上面的热气，一饮而尽，一举一动都流露着雅致。

彭成气哼哼地推门而入，闻到里面清幽的香气舒服地抖了一下。他坐到丁哲伟对面，拿起面前的茶杯喝了一口茶，气顿时消了一大半。

丁哲伟给彭成的杯子里重新倒上茶水，开口问道："彭经理这是怎么了，好像不太高兴？"

彭成顿了一下开口道："来的时候看到了我们公司新来的经理，跟嘉美天成的老板一块走了。他一个新来的，这么快就搭上了冯嘉嘉这个大老板。年轻人，不走正道！"

丁哲伟抬眼看着他，分明脸上有些狐疑："这么说，你们公司真的投资了嘉美天成的新项目？那我可要先恭喜彭老板了，听说这可是个大项目啊！至于新来的经理，彭经理也别生气，只要项目还在你手上，别人再有什么花招也不怕！"

彭成把茶杯"啪"的一声放到桌子上，大声说："这才是我生气的地方，那项目根本就不是我拉来的！新来的那个商栈，刚从美国回来，这几年都在国外，你说他在国内能有什么人脉？结果一回来就投了个嘉美天成的大项目。我今天看见了才知道原来人家是攀上了冯嘉嘉！他不就是靠着自己的脸好看吗！有什么了不起的！"

丁哲伟笑着安慰道："那当然，彭经理的能力我们都是有目共睹的。说实话，添利发展到今天的规模，彭经理绝对是主力。那新来的经理即便再有关系，也掩盖不了彭经理在公司的业绩，这一点儿彭经理大可放心。"

彭成听到这些话，心里瞬间舒服了许多，又喝了一口茶才说："好了，不说这些了。今天喊我来是什么事啊，神神秘秘的？"

丁哲伟使劲叹了一口气，停了一下才开口道："其实今天就是为了这些烦心事。你知道的，我跟你们董事长是颇有一些交情的，所以有时候能知道他的想法。我一向很敬佩他，不过这次他考虑得确实有些不周全。"

彭成的心一下子提了起来。他当然理解丁哲伟所说的不周全的另一层含义，连忙往前凑了凑，低声询问道："到底怎么回事？你给我好好说说。"

丁哲伟看彭成紧张的模样，也往前凑了凑，说："干我们这一行的，什么情况你也清楚。一般一个公司里的操盘手就只有一个，或者以一个为主。可这次我听说添利招了一个新的操盘手当经理，还和你是平级。大家一样的权利，你有没有想过为什么？"

彭成的心里顿时"咯噔"了一下，之前的不安再次涌了出来："他来之前我就觉得很奇怪。可董事长没说什么，我也不好问。怎么，你知道原因？"

丁哲伟"嗯"了一声道："我也是这几天才知道的。你们董事长的意思好像是想慢慢培养新人。毕竟你在公司的时间也不短了，能力都被摸清了，提升的空间也都尽收眼底了。"

丁哲伟的话说得很含蓄。

对面的彭经理，默不作声。

看着彭成陷入了沉思，丁哲伟又补充道："也可能是我误解了他的意思。他的原话是'我们添利总是需要新的血液和新的领导，这样才能更快发展起来。'我听到这句话就觉得对你有些不公平，所以想来问问你。"

彭成一边思考一边慢慢说道："你没有理解错，就是这个意思。"他突然拍了一下大腿继续说道，"难怪这次的创投会，老板一定要让他去，原来是这样！"

丁哲伟话题一转，又说道："彭经理，你也别太生气了。虽然你们董事长有意招新人，可国内和国外不同，项目没那么容易做成。天时地利人和，缺一样都不行。"说完，他取下还没烧完的半截香，扔到茶碗里，火光瞬间被水湮灭，冒出一个充满白烟的泡泡。

第十章 天无二日　089

彭成表情严肃地看着他问:"丁老板是有什么办法?"

丁哲伟把声音又压低了一些说:"公众舆论和社会风评,还是很可怕的。有时候大家一人一口唾沫就能把人淹死,别说一个新来的经理了,就算是嘉美天成也不能做亏心事啊。"

彭成想了一下,很快就明白了丁哲伟话里面流露出的意思,犹豫地说:"这样不太好吧?倘若眼下的项目流产了,那添利本身也会受到很大影响的。"

丁哲伟的眉毛拧了一下,一副恨铁不成钢的表情看着他说:"我又没让你做什么违法的事,只要把握好度,能证明他做不了这么大的项目,那这项目自然不就是你的了吗?你在添利这么久了,董事长内心对你的肯定还是有一些的。"

彭成思考了很久,终于下定决心点了点头,说了声好。

丁哲伟满意地笑了笑,不再继续拱火,而是恢复了轻快的语气说:"彭经理,你可别让别人知道了我这些话啊。我也只是出于对你的好意来透个话。"

彭成此刻满脑子都是商栈要接替自己的情景,只觉得丁哲伟无比仗义,语气坚定地说:"丁老板,你放心,我感谢你还来不及呢!这些话我肯定不会告诉别人的。相信我,我彭成可不是那样的人!"

眼看着自己配的这副药的效果达到了,丁哲伟又恢复了之前轻松闲适的样子,伸手按下了桌子上的摇铃,吩咐服务员换上新的茶水。

敲门声响了好几下,水艺心才打开了门。洪涛熟门熟路地走进来，一下子就坐在沙发正中间。侧过头的时候，他看到桌子上摆满了嘉美天成的资料，于是，又开始好奇地盯着水艺心看了又看："你怎么回事，自从上次画展回来后就安静了，发信息半天不回，这可不像你啊。上次你这样的时候还是准备创投会的演讲，我走后你们又说什么了？"

水艺心有些心虚地坐下来，嘿嘿笑着对洪涛说："正要给你说呢，我要和嘉美天成合作了！"

这话一出，洪涛就不由自主地想到了商栈，不由得打了一个哆嗦，问道："那个商栈也在嘉美天成工作吗？上次看他们一起去的画展，关系好像还不错。"

"不是吧，不过商栈确实也会参与项目。合作的方法还是他提的呢，说这样既不耽误我和你的工作室，也能去嘉美天成锻炼一下。怎么样，还不错吧？"

洪涛看着她，难为情地说："他这么主动用心，当然是好事。不过，我怎么总觉得这个商栈有点可怕。他每次看我的眼神都很怪异，就好像……"洪涛停了一下，抬头看着水艺心，终于把心里的话说了出来："我感觉，他好像喜欢我。"

水艺心"噗"地一下笑了出来："洪涛，你没事吧！自恋上头了。上次路演就说有人喜欢你，这次说商栈也喜欢你。男的，你可别忘了，他可是和你一样的性别，是男的。你最近是忘了自己性别了吗？"

洪涛打断她，认真地说："我没跟你开玩笑。商栈就是之前路演我遇到的那个人，他真的有问题！"洪涛看水艺心努力回想，继续提示："上次见面，你不觉得商栈态度很奇怪吗？是不是和跟你在一起的时候不一样。你仔细回忆回忆。"

经过提示，水艺心才觉得洪涛说的也不是完全没有依据。创投会时他明明那么温柔又有主见的一个人，在画展时的表现确实有些奇怪。

第十一章　信任危机

对洪涛的话，水艺心只信了一半，很快把这个问题抛到了脑后："反正以后和他有接触的是我又不是你，看把你紧张的。我给你说正事呢，你觉得嘉美天成怎么样？"

洪涛抱着双臂，靠在沙发上说："我找你就是想说这个问题的。我知道你对冯嘉嘉很有好感，可这个公司现在还不能合作。刚出的新闻，嘉美天成有个古镇的建筑被拆除了。虽然这个有可能是虚假新闻，可我们对她也不了解，万一真被骗了怎么办？如果它根本就不是什么重视文化内涵与传承的公司呢？"

水艺心也犹豫了，拿起桌子上关于嘉美天成的资料说："所以我这几天也在了解嘉美天成的信息和发展理念，真的是个很好的企业。你确定是嘉美天成吗？"

洪涛拿出手机一边翻看信息一边说："有些人就是会表面一套背地一套，宣传的时候讲得好好的，转脸就不认人了。嘉美天成，我不可能看错的。给，你自己看，都是有报道的。"

水艺心拿过手机，巨大的标题映入眼帘：宗祠被拆：开发不能以破坏传统古迹为代价！继续往下翻，现场触目惊心的照片，村民无助的眼神，每一张都触动了她的内心。

洪涛耐心地等她看完，说："虽然我也不敢相信，可是照片都放出来了，这个可是做不了假。总不能到头来说这是摆拍吧？"

水艺心想了想冯嘉嘉的演讲，还是不敢相信地说："可我还是觉得冯嘉嘉不是那样的人。吃饭的时候你也在，你也能感觉到吧。胡乱拆除不像是她的做事风格。这里面会不会有什么误会？"

洪涛撇了一下嘴说："我刚开始也是和你一样的想法。可出了这么大的事，嘉美天成到现在都没有回应。而且你看，这件事一直得不到关注，一定是有人在背后操作，大家现在都很生气。"

水艺心也沉默了。突然，她用审视的眼神看着洪涛说道："喂，你不相信报道还不让我去问问。怎么回事？你不会是对商栈不满意，所以不想让我去嘉美天成吧？"

洪涛被水艺心的眼神看得心慌，连忙解释："我可没有！我是不喜欢商栈，但也不至于拦着你去嘉美天成吧。"说完这句话，洪涛习惯性地用手搓了搓自己的脸颊。

水艺心看到洪涛的反应又笑了出来，说道："开玩笑呢，我知道你是为我好，等我问问情况再做决定吧。"说完她就拿起手机，把洪涛看到的新闻发给了冯嘉嘉。

办公室里，冯嘉嘉一听到手机的震动就立刻拿起了手机，看到是水艺心发来的消息又失望了下来。冯嘉嘉建立嘉美天成的最初目标就是为了延续传统文化，在所有的项目开始之前都一再强调绝对要保留最真实的状态，不能乱拆。所以她相信报道的问题一定不会出现在自己这里，而且这些项目一直没有出现过类似问题，偏偏在古镇开发项目开始之前出了这么大的事故，很难不让冯嘉嘉怀疑是有人刻意为之。

一看到报道，她就给冯天成打去了电话。偏偏这时候冯天成也不知道在忙什么，打了几个电话都无人接听。

冯嘉嘉有些失望地拿起手机，看到水艺心发来的询问，直接拨通了她的电话解释道："我也不知道报道里为什么这样说，但这个内容一定是假的。我早就强调过了，这种事绝对不能发生，而且之前从来没发生过这样的问题。我怀疑这是有人不怀好意，故意编造的。"

水艺心听着冯嘉嘉疲惫的声音，也不由得心疼起来。每次见面她都只看到了冯嘉嘉充满活力的一面，这样的声音她还是第一次听到。第一次如此直面地感受到舆论的影响，原本半信半疑的质问此刻也都被水艺心咽了回去，她匆忙安慰了冯嘉嘉几句便挂了电话。

冯嘉嘉看到冯天成依旧没有回信息，交代了秘书几句话，就去找商栈商量对策了。

商栈也早就注意到了网上的新闻，看到舆论已经影响了即将开始的古镇项目，也就约好了冯嘉嘉。看着时间还早，商栈先试探着给水艺心发去了信息，意外地发现水艺心并没有因为报道而产生动摇，他也就放下心来。开车去接冯嘉嘉的路上，他甚至给自己放起了歌。很快到了目的地，车门打开，冯嘉嘉气哼哼地坐上了副驾说："真是要被我爸给气死了，明明说好了这次不拦我，结果又给我搞这么大一个负面新闻。要是处理不好，古镇项目流产了，麻烦就大了！"

商栈还是见过世面的，他的语气很冷静，客观理性地分析道："我觉得这次可能不是叔叔做的。他如果真的想逼你回去，完全可以放大事情的影响，何况他根本没必要用这种毁坏企业形象的行为做文章。这个报道热度很低，但关注的人不少，就好像民间的流言一般。"

听完商栈的分析，冯嘉嘉才认真思考起来。冯天成也知道这次的项目不仅是商栈回国后的第一笔投资，更是冯嘉嘉一直以来的愿境。不管是为了商栈还是为了嘉美天成，他都没有理由制造麻烦加以阻止。明白了这一点儿，冯嘉嘉便再次拿起手机看起了新闻的内容和评论。报道的语言并没有什么激昂的措辞，好像只是在陈述一个平常的不能再平常的事儿。其所用的语言更是字斟句酌，似是而非，没有倾向性的描述，反倒是评论区意见很大。

商栈继续说："我们现在还没搞清楚宗祠倒塌或者被拆的事实到底和嘉美天成有没有关系。报道也没有做判断和批评，只是把这两件事放到了一起。这样就很容易引起误会，又能有解释的空间，评论区再稍加引导就会引起反感情绪了。"

冯嘉嘉说："这也怪我，关于宗祠倒塌的报道我早就看到了，只是觉得和项目没有什么关系，就没有在意，也没有及时安排舆情监控，更没有做媒体信息防范措施，没想到现在造成了大家的误会。"

商栈想了想说："也不能怪你，宗祠的倒塌是我们都没想到的。当务之急应该是先查明原因，其他的，我们综合评估一下再做考虑。"

冯嘉嘉本人也是这样的想法，她一早就交代了助理去收集相关资料，在来的路上就将文件发到了手机上。冯嘉嘉和商栈一起点开了信息，和网上同样的照片映入眼帘，只是说法完全不一样。

出问题的是嘉美天成刚开始动工的一个园林项目。这里风景和气候都十分宜人，只是地势偏远，已经几乎没人居住，只剩下一个宗祠屹立在土丘上。由于冯嘉嘉的再三强调，所有上了年份的建筑都被记录了下来。而这个宗祠实在太过破旧，又疏于管理，加上连日的暴雨过后，早就斑驳的墙体终于支撑不住，倒塌了。原本平常的事情，偏偏在嘉美天成接手之后才发生，即使和嘉美天成毫无关系，此刻也很容易引起人们的怀疑。

冯嘉嘉看完事情始末，抱怨道："这些自媒体真是听风就是雨，有点事就放到一起猜测性报道，根本不问前因后果！"

商栈也说："幸好是刚开始动工，我们这里的证据还算全面，也不难处理。不过，我觉得正好可以利用这个事给古镇项目做个宣传，扩大一下影响。"

冯嘉嘉立刻就明白了商栈的意思，笑着说："也好，只是现在的热度可不够。我先回去找好公关公司，发一个更激烈的报道再澄清。这样好的宣传机会我可不能浪费！"

古镇项目因为还在规划中，所以并不广为人知。可如今因为宗祠倒塌的报道，反而被大家关注到了古镇的重建与传统文化的发展。即使对嘉美天成的评价都是负面的，也着实让古镇火了一把。经过一晚上的报道和澄清，嘉美天成对古建筑的理解和保护终于扭转了评论的风向。事情顺利地解决后，冯嘉嘉也没忘记给水艺心发去信息。

看到冯嘉嘉的回复，水艺心心里踏实了许多。之前面对网上铺天盖地的报道和迟迟没有回复的嘉美天成，她还是动摇了起来。终于，在早上醒来时，看到了冯嘉嘉凌晨发来的信息。水艺心迫不及待打开手机，看到上面除了嘉美天成的澄清之外，还有一篇是关于商栈的报道：忘恩负义负心汉，利用外资强行介入中国文化项目。

水艺心看着报道，隐隐约约又想起了之前自己曾经被骗的经历。没想到商栈这个人表面看着人模人样，实际上不仅忘恩负义，还一点儿也不尊重传统文化！水艺心气得发抖，可是有了嘉美天成被污蔑的前车之鉴，决定先沉下心来，打电话问问商栈再说。

工作了一整夜的商栈这时候还在深度睡眠之中。他迷茫地拿起手机，看到水艺心的名字立刻短暂地清醒了，他使劲清了清嗓子才接起了电话。水艺心的声音从电话里传来，听不出情绪："最新的那一篇报道是真的吗？"

"当然是真的，你这么快就看到了吗？"

"我知道了。"水艺心说完就挂掉了电话。没想到商栈这么自然地就承认了！她越想越气，恨不得此刻就去把商栈暴打一顿。

洪涛原本也在和水艺心一起等着嘉美天成的辟谣，现在看到商栈的报道，连带着对冯嘉嘉都失去了信任和好感："你看吧，我就说这些人当面一套背地里一套吧，这些人说的话不能信！现在就算嘉美天成是无辜的，可商栈这个新闻呢？他都亲口承认了，总是真的了吧。想到一会儿我还要去送画，就觉得真是憋气！"

水艺心这次难得没有反驳，看上去很是冷静。她看着手机上与商栈的对话框，果断地将他所有联系方式都删掉了。想到自己被买走的画，水艺心愈发烦躁，深吸了一口气，重新回到桌子前铺开了画纸。

手机再次响起时，商栈已经洗漱完，准备去公司。电话里，洪涛冷漠的声音传来，让商栈一时没反应过来对方是谁："画给你送哪？我马上就要出发了。"

商栈没有洪涛的联系方式，听声音试探着问："你是，洪涛吧？"

得到了肯定的答复后，他自然地说："送到我办公室吧，我一会不在家。地址我发给水艺心吧。"

洪涛的声音依旧冷漠："不用，你直接告诉我就行。"

商栈感到奇怪，即使之前忌妒心作祟让自己态度并不算好时，洪涛也没有这样跟他说过话。得知了公司的地址，洪涛就飞速挂掉了电话。商栈想了想，还是给水艺心发去了自己公司的地址。可一个红色的感叹号随着信息一起出现在了屏幕上，这让他彻底傻眼了。

水艺心删除了自己的微信！

商栈还没搞清楚这个情况出现的原因，简方元就打来了电话："你可真厉害，刚回来就被搞出了这么大阵仗。还说你忘恩负义，抛弃多年女朋友。哈哈哈，我怎么不知道你还有女朋友！"

商栈被说得一头雾水："什么东西？你在说什么？"

简方元先反应了过来："你不会还没看新闻吧？昨天你们发完嘉美天成的澄清新闻后，网上又发了一个关于你的报道，把你的人品说得一无是处。用我姥姥的话说，你可是缺德带冒烟了。要不是认识你，我都要跟着一块儿骂你一顿了。"

商栈听完简方元说的话，这才恍然大悟，顿时也明白了水艺心为什么删掉自己的联系方式。他懊悔地问："什么时候的事？我都没看见报道。"

简方元在手机另一头幸灾乐祸地说："前几天关于嘉美天成的报道都是小心又小心，等大家都开始关注了才开始对你大肆宣传，没有嘉美天成的这件事谁会认识你啊！这很明显就是针对你吗，幸亏我及时发现了端倪。有些资料我已经发到你邮箱了，一会儿你仔细看看！"

　　商栈心不在焉地答应着，随即挂断了电话。坐在车里搜索涉及自己的相关新闻，他越看越是气愤。商栈知道洪涛与水艺心一向是同仇敌忾。洪涛都这样冷漠了，那水艺心一定更是气得不轻。

　　直到走回办公室，商栈还是急得不知道如何是好。他并不担心自己在网上的名声，只是就这样被水艺心误会了，他却连解释的机会都没有。

　　洪涛抱着画，按照地址来到商栈办公室门口。刚要敲门，商栈就从里面把门打开了，显然商栈早就在等他了。

　　洪涛瞥了商栈一眼，连门都没打算进，伸手就把画递给了他。就在洪涛试图结束这一次会面的时候，人却被商栈拉住了。

　　商栈拉住洪涛的胳膊，语气坚决地说："我可以解释，请相信我！"

　　洪涛不知道商栈为什么这样说，使劲想把手往回收，可是他怀里还抱着水艺心的画，怎么也拉不回来自己的胳膊，就惊恐地说："你别乱来啊，再这样我可喊人了！我只是来送画的，我对男人可没兴趣，你可不要乱来！"

　　商栈帮洪涛扶着画，耐心劝道："我知道我知道！我就是想解释一下报道不是真的，没有别的意思，你先别激动！"

　　洪涛哪里肯听商栈的话，用画挡在自己身前说："那你先别激动啊！你给我说这个干吗？"

商栈不好意思说是水艺心误会了自己,想让洪涛转达一下自己的意思,难为情地说:"就是怕你们误会了,想趁现在解释一下。"然后他猛地抬起头,又匆忙补充道,"水艺心打电话的时候我还没看到报道,所以不知道她说的是关于我的那一篇。我已经在联系公关了,马上就会发最新的报道!"

洪涛根本没有明白商栈的意思,还以为他是在给自己解释,紧张地咽了一口口水,慢慢把画递给商栈,然后安慰他道:"好好好!我知道了,我们一定会关注的。你先放开我,把画拿回去放好,我还要回去工作呢。"

商栈听到洪涛说了"我们"两个字,终于松了一口气,接过画转身放回屋里,语气也恢复了正常:"洪涛,你要不要来喝点水?"

身后半天没有回答,商栈好奇地转过头,门口早就没了洪涛的身影。

第十二章　主动出击

洪涛一直跑到楼下才敢停下来喘口气。他转头看向添利集团的大厅，确定商栈没有追出来才放下心来。他边走边拿出手机给水艺心打电话："这个商栈一定是喜欢我！你不知道，他刚才拉着我就是不松手，太吓人了！"

水艺心刚有的绘画思路全被眼前洪涛来的这个电话打断了，听到商栈的名字更是没了灵感和兴致，索性放下笔一字一句地问他："是吗，他拉着你说了什么啊？"

"就说让我不要相信网上的报道，那都是假的，他已经在找公关了。"

水艺心听到消息是假的，悄悄松了一口气，不高兴地说："可是为什么我问他的时候他要承认啊？"

洪涛激动地说："不知道啊，我早就告诉过你了，你就是不相信。今天他拉着我解释，我都挣脱不了！"

水艺心默默对比了商栈对自己的态度，彻底相信了洪涛的话，瞪大眼睛说："不会吧，他真的喜欢你啊！他跟我说的时候明明就不是这样的！"

洪涛艰难地回忆了一下当时的场景，回答说："这个他说了，当时不知道你说的是哪一篇报道。哎呀，我也记不太清楚了。当时情况那么危险，我哪里注意到他说的什么啊！"

两人一人一句激烈讨论着，郑聪也站在一旁伸长了脖子。洪涛只顾着注意商栈，根本没有发现这个从办公室就跟着自己出门的人。

看着彭成震惊的表情，郑聪举手发誓："千真万确，我亲耳听到那个男人说的，商栈喜欢的是男人！"

彭成皱了皱眉，说："那他和冯嘉嘉是怎么回事，难道两人真的只是普通朋友？"

郑聪摇摇头说："那倒未必。彭经理，既然我们已经知道这个消息，不如先观察着，说不定什么时候，这就成了离间他和冯嘉嘉的关键呢。"

彭成想了想说："那就先这样吧。你先去看看那个男人是什么来头。我们掌握点证据，到时候也能有更多的底气。"说完还不忘敲打他一下，"郑聪，这件事我可只相信你。部门之间马上也要重新评选了。你这段时间出的力我都看在眼里了。只要事情做好了，我是不会让你屈才的。"

郑聪笑着说："放心吧彭经理，我心里都明白。这件事我知道该怎么办。"

商栈此刻还不知道自己已经被外界误会成了什么样子。他着急地打通了冯嘉嘉的电话。虽然那些报道只是关于他一人，可作为投资人，他的一举一动也都关乎着古镇建设的舆论风向。"你看到最新的那篇关于我的新闻了吗？我觉得这次要赶紧解释了，现在的热度太高，如果把握不好，很容易前功尽弃。"

冯嘉嘉也是一样的想法，可她听出了商栈的慌乱，故意笑道："这次你的反应怎么这么大，嘉美天成出事儿的时候你可没这么慌张。"

商栈一本正经地解释道："这次情况不一样，报道语言明显更激进一些。所以，绝对不能让这个负面新闻的窗口期拖得太久。反向清除，必须要准确及时。"

冯嘉嘉听着商栈努力解释的样子，也不再开玩笑，说："我已经在找公关公司和业界的专业人士处理了。"

商栈放下心来，笑着说："那我就放心了，一会儿我就去找你，这样效率更高一些。"

挂掉电话，商栈紧张的身体终于放松下来。敲门声再次响起，商栈轻快地转过身，发现是郑聪来送文件。此刻他正站在门外一脸谄媚地看着自己，商栈的表情又迅速冷淡下来。商栈知道郑聪与彭成平时走得很近，网上的传闻和公司里迅速传播的负面消息，大抵都和这个人脱不了干系，恐怕都是出自郑聪之手。当然，和郑聪站在一起的，还有可能是更高位置的人。不过，商栈此时还不打算发力。

郑聪知道商栈这几天因为彭成线上线下的一番操作而忙得晕头转向，所以他面不改色，走进来笑着把文件放到桌子上，很客气地说："商经理，这个文件需要您签一下字。我先给您放桌子上了。"

商栈"嗯"了一声，甚至没有抬头看一眼郑聪。郑聪把文件整整齐齐放到办公桌上，转头就看到了洪涛送来的画。他回头看到商栈没有搭理自己，小心地拿出手机拍下照片，然后假装惊奇地说："商总，这画是今天才买的吗？我记得上次来还没看到呢！真好看，最近我也想买一幅在家挂着，只可惜家里没人懂艺术，也不知道去哪买，商总能推荐一下吗？"

商栈终于斜着眼看了他一下，不高兴地说："不知道在哪买就上网找，别什么事都问别人。你很闲吗？闲的话我今天就可以让你加班。"

郑聪赔着笑说："商经理，我不是那意思。既然您还有事，我就不打扰您了。文件我下午来拿！"说完，他就退出了商栈办公室，关上门，小声自言自语道："至于吗，一幅画宝贝得跟什么一样。看来，那个人说得一点儿不错，果然可怕。"

被洪涛打断了作画的灵感，水艺心百无聊赖地刷着手机。她一遍遍刷新着新闻页面，等着新的报道出现。终于在不知道第几次下拉手机屏幕的时候看到了商栈和嘉美天成的澄清消息。

发完报道的商栈也是如释重负。经过这次的事情，他彻底认清了自己的感情。失去的恐惧萦绕在他心里挥之不去，他满脑子都是水艺心与洪涛的笑容，这让他忌妒得要发疯。

他不想再靠工作的借口才能与水艺心联系，他想让水艺心更了解他，他想要更亲近的关系。

大学时期，简方元总爱拉着商栈分享自己的恋爱经验。他总说等到商栈铁树开花，就有了能用得上的地方。没想到这么多年过去了，这些话还真被商栈想了起来。"女孩子其实挺好哄的。你主动找她道个歉，态度诚恳一点儿。只要不是原则性的问题，基本都能原谅你。"简方元的话出现在商栈脑海里，当时简方元的神态还被他记得一清二楚。

商栈自言自语道："那我这个不算原则性错误吧？我只是没告诉她报道是假的，这属于欺骗？不对，这是误判，这不属于原则性问题。"

说完，他就打开手机，可看着对话框里的红色感叹号，商栈又犯起了愁。想起之前简方元给他分享过心得，说最害怕看到女朋友的未接电话和红色感叹号，因为这可是最难哄的情况。当时他还不相信，信誓旦旦地保证如果是自己一定不会发生这样的情况。可现在还没有在一起呢，他就先看到了红色感叹号。

商栈正发愁不知道怎么办，简方元打来了电话。商栈从来没有像现在一样喜欢这个名字，急忙接了电话。简方元的声音从里面传来："我说商栈，给你发的东西你看了吗？也没有个回复，什么想法啊！"

商栈这才想起来上午简方元的最后一句话，边打电话边点开文件，还不忘给自己找借口："啊，我今天在忙公关的事，把资料的事给忘了，现在刚看到。"

简方元不满地说："这你都能忘！赶紧看，我先挂了。"

商栈急忙喊住他："等一下，我还有个问题想问你。就是，我认识一个人。最近他不小心让一个女性朋友误会了一些问题，就生气了。现在想和好，该怎么办？"

简方元一听就反应过来了，激动地问："你交女朋友了？什么时候的事？吵架了才想起我，怎么不给我介绍一下啊！"

商栈解释道："不是女朋友，是女性朋友！而且都说了不是我，是我认识的一个人，正好和我在一块呢，就问问我。我就来问问你吗。"

简方元意味深长地"哦"了一声，继续说："这种问题谁会问你啊？你恋爱都没谈过，在网上还是个渣男，也敢问你？他还真敢问啊！不会是无中生'友'吧？"

商栈尴尬地说："怎么那么多事儿呀！快点说你的看法，我朋友那边都等急了。"

简方元没有继续拆穿他，回答道："女性朋友，还没在一起啊，有误会解释清楚就行了。你对合作商怎么办，对女朋友就怎么办，哄着就行，会了吧？"

商栈想了想自己与合作商交流的场景，很快就自信起来，转头看到洪涛送来的画，又犹豫着问："那你说，男女之间能有纯友谊吗？"

简方元笑了两声说："整天研究商业模式资本概念的人，破圈了，想当情感咨询师？我奇怪你怎么研究起这些稀奇古怪的问题了，铁树开花还真是不容易！男女之间可没有什么纯友谊，所以你就放心吧，没有什么女性朋友，快去跟人家认错吧！"

得到了鼓励，商栈也就顾不上简方元了，在简方元的骂骂咧咧中挂掉了电话。

有了简方元的办法，商栈思路也清晰起来。对于没有联系方式的合作商，最直接的办法当然就是上门蹲守。

商栈回家拿出了自己最正式的一套西装，配上一条蓝色的领带，甚至还特意挑选了那个号称专供皇家的奢侈品品牌的一对金色袖扣。临出门，商栈好像想起来什么，旋即又折返回来。面对着自己的各式领带，他重新换上了一条深黄色的。这条领带上面点缀着的不规则花纹一直被商栈认为太过跳脱，可现在看来，不仅不显得突兀，反而在规矩的西装里显出了一丝活力，刚好适合水艺心洒脱的性格。

商栈轻车熟路地来到水艺心的小区门口，这才想起自己根本不知道她的具体楼号。他拿起手机试探着打了个电话，这次竟然很快就接通了。

水艺心的声音从电话里传来，让商栈有些紧张："我看到你发的澄清了，不好意思啊，是我误会你了。"

商栈假装无所谓地说："没事儿，上午怪我没有注意到你说的新闻。如果不是你问，我还不会发现得那么快呢。你在家吗？我一会儿路过你家门口，要不要一起吃个饭？"

水艺心没怎么犹豫就答应下来。受洪涛的影响，她现在已经十分确定商栈对洪涛的感情了,所以对他根本没有防备。再加上外面天色已晚,她早就觉得饿了。

水艺心比约定的时间提前出了门。商栈更是早就等在了小区门口。她一上车就看到了穿着格外讲究的商栈,再低头看到自己随意套的卫衣,巨大的反差让她有些尴尬起来:"你们上班都穿得这么正式吗?"

商栈虽然对喜欢的异性比较头痛,可是,他不是社恐,对付场面上的事还是很有办法。他想都没想就说:"见了个重要的客户,所以穿得正式了一些。怎么样,以你的审美,我这样的搭配还可以吗?"

水艺心仔细端详起了商栈,他黄色的领带与金色的袖扣相呼应,在规矩里又有了一丝轻松休闲的氛围。或许是长期在国外的缘故,商栈的皮肤并不白皙,而是很健康的小麦色,在昏暗封闭的车里,水艺心看得有些发愣。她红着脸回了句还不错,然后就赶紧转过头来,和商栈一样看着前方的路。

商栈是醉翁之意不在酒,表面专注开着车,偷偷还用余光看了一眼乖乖坐在副驾上的水艺心。不知道她在想什么,商栈嘴角漾起一丝笑意。

水艺心当然知道商栈长得好看,再加上他故意撩拨更是觉得他与众不同。想到洪涛的态度,她心里懊恼起来,替商栈感到惋惜。真不知道洪涛哪里好,白白浪费了商栈这么好看的一个人。

想到洪涛,水艺心问商栈:"没有喊洪涛吗?"

商栈脸上的笑容瞬间消失了。简方元的回答在他耳边响起，水艺心和洪涛的关系真的这样好吗？会时刻想着对方的关系真的只是普通朋友吗？他冷漠地说："没有，今天我只喊了你。"

只有他们两个人？水艺心愣了一下，很快发现了商栈语气的变化，心想洪涛说得果然没错，一提到他商栈心情就有变化。这么明显的事儿，自己之前竟然一直都没发觉，实在是太大意了。结果真是应了那句哪壶不开提哪壶的俗语。原本好好的氛围现在都冷成冰了，水艺心识相地闭上了嘴。

商栈选的餐厅是个十分雅致的小屋，四周种满了竹子，从幽幽的小路出发再通过一个圆形的拱门，才到了餐厅的正门。这个餐厅不是商务的风格，而是他在网上精心挑选的一处中式餐厅。虽然餐厅位置处在市区中，可晚风一吹，耳边只有竹林沙沙作响，没有喧嚣，有一种大隐隐于市的意境。

水艺心没想到商栈行为举止看着是职场商务化，好像没什么格调的样子，但却能找到如此有意境的地方，心情很快就好起来。她心想：真是跟着洪涛沾光，不仅能在这么好的地方吃饭，还有帅哥作陪，凭这一点儿回头也要好好替商栈美言几句。

第十二章　主动出击

第十三章　心　机

　　点完菜，商栈一进屋就脱了外套，随手把衣服搭在椅背上。胸前大面积的印花领带，让他穿着的衬衣也变得休闲起来。之前等水艺心出门的时间里，他也没闲着，拿起手机在网上搜索了好多男生第一次约会的小技巧，此刻商栈在心里默默回想着。

　　参考着网上的教程，到了这个环节，商栈脱去外套后看了看窗外。外面树影摇晃，天气格外凉爽，可他似乎还觉得有些闷热，于是抬起头，用手捏着领带又往下拽了拽，露出了喉结，还拿起水杯喝了一口水。

　　水艺心被商栈这一整套的动作晃得愣了神，她看着自己的长袖卫衣问道："你很热吗？"

　　商栈的脸微微发红，但还是直视着水艺心，照着教程中的话一字不差地说："我觉得这里有些闷热。"这句话商栈自己都不信，所以他说完也觉得有些尴尬。天已经很久没下雨了，空气里一点儿水汽都没有，大家天天盼着人工降雨，干燥一点儿倒是真的。夏天还没到，天气虽然在逐渐变暖，可晚上的风还是凉的，一点儿也不闷。"

一想到自己蹩脚的借口，商栈的脸更红了。水艺心看到他的脸颊，也就真相信了他的话，笑着说："那你挺怕热的。"

商栈想了半天，解释道："之前在国外习惯了。国外气候和我们这里不一样，所以温度与湿度也不一样。"

水艺心点点头，然后竟然真的思考了起来："是吗，我怎么记得纽约是湿润气候，难道不应该……"

商栈放下茶杯，连忙打断她的思路问道："你和洪涛，真的就只是普通朋友的关系吗？"

听见商栈主动提起洪涛，水艺心赶紧撇清身份："我俩虽然认识时间长，但关系纯洁得不能再纯洁了，绝对没有一点儿非分之想！"

商栈松了一口气，笑着说："我只是随便问问，你不用那么紧张的。最近网上不是有关于我的谣言吗？你误会之后我才发现，跟你认识这么久了，大家还不怎么了解。我们马上也算是合伙人了，正好今天有时间，我就想来亲自给你解释一下。"

水艺心听后心虚起来，如果不是她的误会，恐怕洪涛现在也不至于对商栈的印象那么差。她低着头不敢看商栈，不好意思地说："其实最开始，网上的谣言我是不信的，结果给你打电话，你很爽快地就承认了。我还以为你是个渣男呢，一生气就告诉了洪涛。"

商栈无奈地解释道："我当时根本没看到关于我的报道，

第十三章　心机

还以为你问的是嘉美天成的那个澄清报道呢。而且，这里面有个关键的细节，你可能忽略了。你见过哪个渣男会承认自己是渣男啊。不过报道里有一句是真的，我确实是被资助才上完了学。当然，报道里其他的内容就都是假的了。半真半假的这种掺沙子，是互联网虚假新闻的一个特点。"

水艺心抬起头，关心地问道："那你后续准备怎么办啊，现在谣言虽然澄清了，可总是会有不明真相的人继续捕风捉影。你在公司的形象会受到影响吗？"

其实以商栈现在的处境，水艺心说的这些都不重要了。因为公司里关于他的谣言流传得可比网上更加久远，再加上彭成带头孤立，即使他的能力大家有目共睹，很多员工依旧对他敬而远之。商栈没想到水艺心竟然最先想到的是关心自己，心里一暖。

面对质疑和造谣，他总是习惯性地保持沉默。自从爷爷奶奶去世之后，所有人都只是盯着他的成就，很少能有人再关心他本人了。他有些感动地说："我以为你会先问关于我被资助的问题呢。网上都在说我忘恩负义、不知回报，你不准备问问我吗？"

水艺心看着端上来的精致菜肴，咽了咽口水说："都说了相信你吗，如果我还对你有什么质疑，那就不会同意和你出来吃饭了。不过这样一提我还真的有些好奇，你这么优秀的成绩竟然还是被资助的，如果条件再好一些，那岂不是能更优秀？"

商栈没有接着水艺心的话往下讲,而是在水艺心期待的目光中,给她夹了一块猪蹄,笑着说:"尝尝这家的猪手,味道可不比我们第一次见面的老妈蹄花差!"

水艺心也没有和商栈客气,这个猪蹄自从端上桌她就惦记上了。在她的观点里,只有在不熟悉的人或者好看的人面前才会假装注意一下形象。商栈虽然好看,可他喜欢的是洪涛,自己怎么也没有沦落到要和男闺蜜抢人的程度。这样想着,水艺心接过猪手,大口咬了下去,果然这味道一点儿不输老妈蹄花。

商栈看到水艺心满足的样子,就知道自己没有点错菜,心里不免得意了一下,接着说:"我是被南方一个村落的公读资金资助的,这也是我想回国的一个动力。我想继续发展中国的传统文化,恰好和冯嘉嘉也是志同道合,大概就像你和洪涛一样。"商栈回答完,还不忘解释自己与冯嘉嘉的关系,生怕被水艺心误会。

水艺心脸上有些疑惑,她不明白商栈为什么愿意告诉自己这些。在她看来,商栈是个优秀的人,家世和过往都不会太差。可听了刚才的那些话,水艺心没想到如此优秀的商栈竟然还有这样的经历。这在她并不丰富的社会经验中,显得有些异类,细细想起来,更是觉得不可思议。"难怪你那次会在成都的民俗展馆里出现,我当时还以为你只是路过呢。你当时也是专门赶过去的吧?"说完水艺心又问了一遍,"对了,你去公司的时间不长,这段时间又总是跟我们在一起,和同事在一起的时间少,谣言对你在公司会有影响吗?"

商栈笑着说:"那都不重要,只要你们相信我就可以了。"说完他在心里又默默补了一句:尤其是你。

不知道为什么,商栈感觉水艺心的话仿佛有一种魔力,总能巧妙地让他感到温暖。大概是因为独居的时间太长了,已经很久没有这样自然轻松地与人讲话,他都快忘记如何与人正常相处了。他悄悄向水艺心的方向侧过身。他所向往的自由美好好像这一刻全部聚集在了水艺心身上。

水艺心这一刻倒是有些粗枝大叶,她并没有注意到商栈脸上的神态,更不会去琢磨对方缜密复杂的心思。她仅仅觉得拿人手短,吃人嘴软,自己的任务十分艰巨,于是斟酌着该如何向洪涛转达。毕竟一开始说坏话的是自己,现在说好话的也是自己,反差也太大了。这要是让洪涛知道自己因为一顿饭就改变了主意,指不定又要气得跳脚了。

吃完这一顿有点小尴尬的饭,水艺心对商栈确实有了更多的了解,可对于商栈爱慕她的心意却是一丁点都没有看出来。商栈看水艺心的表情由沉思转向坚定,丝毫没意识到发生了什么。等回到家,商栈还沉浸在吃饭时的喜悦里,就连看到简方元发来的文件都觉得畅快了许多。

除了郑聪和彭成与一个小记者的碰面照片,一起发来的还有简方元的一个项目策划。这个项目早在他第一次回国时就已经看过了,只是因为一直在忙于创投会的事,商栈就把这个提案搁置下来。现在他看到更加完善的策划理念和部分绘画成品，一种熟悉的感觉扑面而来。之前看的时候没有注意到，现在他的脑海中突然闪过了挂在办公室的那幅画。洪涛介绍的时候好像也说过和这个项目的理念类似的话：国画与现代油画的结合。只是相比之下，这个项目的油画元素更多一些，水墨画的风格在里面几乎体现不出来，远不如办公室里的画作元素丰富。

商栈觉得这一定是水艺心喜欢的风格，因为在画展上，他记得水艺心也在画前看了很久。

水艺心发来感谢晚餐款待的信息非常合时宜地弹了出来。商栈打开电脑里水艺心的水墨画策划，这还是创投会路演之后，商栈借着要策划的名义与水艺心搭上话时要来的。画稿的风格与洪涛的文件越看越相似。不知道是不是因为晚上与水艺心吃过饭的缘故，商栈对水墨动画的项目更加看好，仔细思考之后，将水艺心的项目策划案发给了简方元。

凉爽的风从晚上一直吹到了白天，可好不容易舒适起来的气候并没有让人们也跟着舒服起来。上班的早高峰过去了，写字楼里蜂巢一样挤满了上班族。

秘书敲了敲门，轻轻将一摞文件放到了丁哲伟面前："老板，按照规定，这个月有部分员工因为涨了工资，所以相应的保险也要有调整。财务那边做了相关的表格，您大概看一下，要是没问题下个月就可以生效了。"

丁哲伟头也没抬，"嗯"了一声示意自己知道了，就挥挥手让秘书离开了办公室。

因为工作年限逐渐增长,公司里每年都有员工要调整基础工资和相应的保险金额。丁哲伟打开刚送来的文件,手指顺着经理到部长依次往下移,手指前的工资也逐渐减少。突然,他的手指在一个普通员工的名字前停下,反复点了点这个熟悉的名字。

他拿起纸,重新列出一种工资结构方案,然后拿起计算机算出两种方案之间的金额差距。看着每个月价差的最终计算结果,他的瞳孔在这一瞬间甚至都变大了。丁哲伟果断拿起笔,将他从表格里划掉,又继续往下筛选其他员工。

通完电话,秘书从财务处赶了过来,拿着丁哲伟修改过的文件不解地问:"这个吴彦仓虽然职位不高,可他的工作年限早就达到了提高保险金的标准,现在划掉是要辞掉他吗?"

丁哲伟摇着头说:"毕竟也是我的司机,跟着我干了这么久,说辞就辞也太不道德了。我另外写了一套工资结构方案,你通知财务,吴彦仓的工资用这种方法算。"

秘书对他的话感到惊讶,不解地问道:"老板,只有他一个人实行新的工资结构吗?而且不通知一下本人,直接就改可以吗?"

丁哲伟坚定地说:"这个方案当然不只是针对他一人,后面还有我画出的其他人,这次连带着一起给改了。以后普通工种里的老员工都按这个结构来。这种结构对于大部分人来说能够拿到更多的工资,也算是老员工的制度奖励了。至于吴彦仓那边,我会亲自去通知,所以从这次开始改就行。"

秘书还是有些犹豫地说："老板，可是严格来说，这样并没有提高实际工资，所以不能作为奖励吧？这种方法反而还降低了他的保险标准，这好像也不太合规矩。"

丁哲伟不悦地看了她一眼："规矩规矩，这些规矩需要你来提醒我？我招你来是让你在这儿指指点点的吗？在这个公司里，我就是规矩！你只需要把这些安排好，明天再拿给我看就行，明白吗！"

秘书看到丁哲伟真的生气了，立刻答应下来，拿着文件低头跑了出去。

虽然改变工资的结构以后，到手的工资没有很大变化，可省下的钱对于丁哲伟来说也是一笔不小的数目。虽然丁哲伟一向对外宣称自己视金钱如粪土，可他平时的一大爱好就是为公司减少开支，无论是员工出差的预算，还是项目流程，再小的开支他也不会放过。但是当真的有人发现了他的小气，他又会气急败坏起来，生怕被人拆穿。

不过这一次的调整似乎与往常不太一样，不能只怪在丁哲伟的小气上。如果不是公司真的出现了危机，他大概也不会想到还能靠调整工资结构来省钱。他已经连续加班半个月了，项目依旧十分紧张，如果再借不到钱，公司这一个季度的项目就白干了。

银行这边已经明确了贷款数额，无法再贷出更多的资金。其他的公司此刻也都虎视眈眈地盯着他这块肥肉。丁哲伟想来想去，心里只剩下了唯一的合适人选。

第十三章　心机

把事情都安排妥当后，丁哲伟伸了个懒腰，又晃晃脖子，调整好了心态才下楼。他像是什么事儿都没发生过一样，轻松地对吴彦仓说："走吧，去冯天成家。"

吴彦仓一边发动汽车一边不高兴地说："丁总，这种没有道德的人还去找他干吗？出力还不一定讨好。也就是您重感情，现在一点儿合作都没有还要去看他。"

丁哲伟笑着说："天成以前是做了些坏事，可现在已经在改了。我不跟他合作，是为了公司。可作为朋友，我不能看着他一步步错下去，所以和他时常保持着联系，也是希望能在关键时刻提醒他。"

听丁哲伟这样说，吴彦仓更不高兴了，开始激动起来："真是没天理了！他冯天成做了那么多丧尽良心的事，竟然还发展得越来越好了！上梁不正下梁歪，这个冯嘉嘉大概也不是好人。除了前几天的报道，还不知道有多少事没爆出来呢！幸亏我当时运气好，才遇见了您，不然还不知道被冯天成坑成什么样子呢，真是想一想就来气！"

丁哲伟听到后面，笑容消失在了脸上，阻止了他继续说下去："好了，不要再说了。我们是朋友，即使是他犯错了我也不能在背后说他坏话。"

看到丁哲伟面露不悦，吴彦仓才识趣地闭上嘴。每次看到丁哲伟与冯天成一起时，他都会这样打抱不平。早在丁哲伟和冯天成第一次合作之后，吴彦仓就开始跟着丁哲伟了。当时冯天成吞并了丁哲伟的一大笔资金，还断绝了和他的所有合作。发不出工资，丁哲伟只好卖掉自己的房子，这才还上欠款，补上了冯天成留下的漏洞。至少在吴彦仓眼里，事情的经过就是这样的。

第十四章　曙光初现

丁哲伟知道吴彦仓虽然心直口快，可始终是在为自己考虑，并没有真的生气，便转移话题道："小吴啊，你跟着我开了很久的车了吧。"

吴彦仓回忆了一下说："没错，真是不少年了。您第一个项目结束之后我就跟着您了。这样算来，我的工作时间跟公司成立时间一样长呢。"

丁哲伟也颇为感慨地说："是啊，这都快十年了。今天我给你们这种老员工调整了一下工资结构，工资没有很大的变化，不过福利会多一些。你们这样的普通员工和那些管理层不一样，他们一般都能拿到分红，所以没有调整的必要。可你们这种普通员工都是固定的工资，在公司工作的时间长了我总要多为你们考虑一下，和新人拿一样的工资总觉得是亏待了你们。"

吴彦仓又激动起来，不停地夸赞丁哲伟真是为员工着想的好领导，殊不知自己的这些工资早就被他算计了不知道多少遍。

一排排高楼向后退去，车子终于开出市区。两边的景色渐渐开阔起来，独栋的小别墅出现在视野里，目的地到了。

冯嘉嘉到家的时候，没注意冯天成的车在外面，还没进门就张嘴喊道："爸，前几天的舆论是不是你干的啊，太过分了，竟然说我乱拆。我们不是说好不再拦我的项目了吗！"

丁哲伟笑眯眯地看着冯嘉嘉走进来，比冯天成都热情："嘉嘉回来啦！这么长时间不见，真是越长越好看！我正跟你爸说呢，出了这么大的事也不帮帮你，看得我都心疼了！"

冯嘉嘉这才发现丁哲伟也在，开心地打招呼说："丁叔，好久没见你了！"

冯天成脸上一点儿高兴的表情都没有，他严肃地对冯嘉嘉说："一个小舆论都要这么久才处理好，还好意思回来跟我提。你不要什么事都往我这里怪，这种事我可不会干，我才不会拿建筑开玩笑。"

冯嘉嘉趴到冯天成面前，审视地看了他半天，对上冯天成正直的目光，才半信半疑地开口道："真不是你啊，我还以为你要说话不算话了呢。算了，虽然麻烦些，但也处理好了，其他的以后再说吧。"

丁哲伟笑着说："哈哈哈，老冯，你这个爸爸当得可太不合格了。闺女有事儿都能怀疑到你这里，看来平时没少给我们嘉嘉添堵啊！嘉嘉，以后再有这种麻烦事儿就来找丁叔。丁叔虽然没你爸厉害，这样的小事儿还是可以帮你解决的。"

冯嘉嘉冲冯天成噘了一下嘴，然后笑着对丁哲伟说："我就知道丁叔对我最好了，不像我爸，不帮我就算了，还老给我使绊子。"

冯天成皱着眉，不满意地说："谁说我给你使绊子了，不就那一次吗，那是多久之前的事情了。'牢骚太盛防肠断，风物长宜放眼量。'行了，我跟你丁叔谈事情呢，你不要在这里捣乱，赶紧到别的房间去！"

丁哲伟心思机敏，见到眼前的场景，自然不会让尴尬继续。他开口对冯天成说道："老冯啊，这就是你的不对了。孩子的公司开得挺好的，你一个当爹的怎么能这样呢！难怪嘉嘉怀疑你，原来是有'前科'的。"

冯嘉嘉对冯天成噘了一下嘴，小声说："就是，根本不怪我。所以我就提！自己干的事还不让人提了！"说完又笑着对丁哲伟说："丁叔我先上楼了，你们慢慢聊！"

等到冯嘉嘉消失在楼梯处，丁哲伟的笑容还没有从脸上消失，他边回忆边说："一转眼嘉嘉都长这么大了，时间过得还真快。当年我们合作的时候嘉嘉还是个没毕业的学生，经常在旁边听我们讨论项目。你看她现在都能独当一面了。"

冯天成重重地呼出一口气："老丁，感情牌没有用的。"

丁哲伟的笑容瞬间消失了，他猛地往前探了探身子，手肘搭在膝盖上说："这么多年我都没找你做过什么，就连当年你要取消合作我也是二话不说就同意了，我什么都不欠你的！现在我的公司有困难了，也不求你别的，只要和其他公司一样正常考察，然后根据评估正常投资，这都不行吗？这次危机不至于让我破产倒闭，你的钱我完全可以还上，打拼这么多年，没钱的滋味你也清楚。我只是想让公司发展得更好一点儿，你难道都不能帮我一下吗？"

冯天成压低声音对丁哲伟说："老丁啊，你先别激动。刚才你也看到了，即使是嘉嘉，我不看好的项目也是不会帮的。我们交情非浅，我就跟你实话实说了，这个项目我不会投，也劝你不要投。倒不是因为我不看好现在的汽车板块，是因为我真的对它不了解。我们都不了解，这对我们来说跨度太大了。你说我墨守成规也好，说我不会变通人不通透也罢，这种钱我就是挣不来。你也知道我是靠建筑起家的，每天只是研究这一方面的内容就已经占用很大精力了，我真的没时间去了解其他的。"

丁哲伟没有再说话，他最近看上一个汽车零件的项目，可惜因为别的项目正在运行，已经无法再拿出更多的资金来投资，无奈之下才找到冯天成。两人虽然很久都没合作过了，可他和冯天成的关系依旧很好。即使冯天成当年让他损失了不少钱，后续他也没有追究。可如今到了发展的关键时刻，冯天成竟然真的无动于衷，这样的冷漠令他心寒。

丁哲伟感觉心里的火气"噌噌"往上窜，可碍于面子又不能发作，只能硬生生地往下压，攥着手机的手指都发白了。两人沉默了好一会儿，丁哲伟突然泄了气，放松下来开口说："就知道会是这样。没关系，我也理解你的选择。"

汽车发动的声音很快在门外响起，然后离冯家越来越远。

冯嘉嘉从楼上下来，见状，好奇地问："丁叔怎么这么快就走了，你们这就谈完了，谈得怎么样？"

冯天成看了眼冯嘉嘉，犹豫了一下还是说道："嘉嘉，如果只是朋友的话，交往广泛一些没有问题。但生意上的合作伙伴你要仔细挑选，有问题千万不要意气用事，知道吗？"

冯嘉嘉更加好奇了，看着丁哲伟离开的方向又好像明白了什么，似懂非懂地点了点头。

电视上，新闻正在播放未来一整年的发展方针。由于经济的复苏和转型升级，旅游和文化产业被提到的频率也越来越高，大有政府牵头重点发展的意思。

旅游经济复苏，各地都想尽办法推广自己的特色景点，承袭传统，树立文化自信。国家层面也在不断发掘新的文化符号。在这样的背景下，经过比较和思考，简方元还是选择相信商栈的判断，约了水艺心和洪涛。

面对这突如其来的惊喜，水艺心简直不敢相信简方元的邀约。洪涛显然也被震惊到了，没想到水艺心的路演还真的拉到了赞助。带着水艺心的策划案，几人很快就按照约好的时间碰面了。

来到熟悉的办公室，简方元一眼就认出了水艺心。之前她替洪涛来送过画稿，见的也是简方元。简方元一直犹豫的项目也是他们工作室策划的。洪涛这才反应过来，忍不住问简方元："按照现在的市场来看，还是我们之前提交的项目更加稳定。而且水墨动画的项目我们只是路演过一次，没有提交过策划，怎么会突然打动您呢？"说完，他眼睛的余光还扫了一下水艺心，怀疑是不是她又在什么自己不知道的地方发出了项目策划。不过看到她一样的不解，他心里也更加担心起来。

简方元也不隐瞒，笑着说："之前的项目因为一些事情一直搁置着，直到这两天才被重新拿出来讨论。水墨动画的资料是商栈发给我的，其实我犹豫了很久，因为市场还很欠缺。不过我们也是看中了这里面的潜力，决定搏一搏，所以才想再问问你们具体的项目内容，听完再决定。"

听到商栈的名字，水艺心吃了一惊，没想到他为了洪涛竟然行动得这么快，刚一起吃过饭，水墨动画项目就推给投资人了。可惜这个水墨动画是自己的项目，洪涛并不看好，不过阴差阳错帮到了自己，也算是沾了洪涛的光。

这样想着，水艺心的思绪已经飘出十万八千里远。可怜的商栈方向都使错了，难怪洪涛会不喜欢他，看在水墨动画的分上，下次要想办法提醒他一下了。她心虚地看了洪涛一眼，两人的目光正好对视上，谁都没看透对方在想什么。

洪涛问简方元："原来是朋友介绍的啊，我可以问一下，商栈与您的关系是？"

简方元这才想起与洪涛还是第一次见面，自我介绍道："我与商栈是大学同学。一个专业的，关系比较好，所以我还是很相信他的眼光的。"

洪涛知道是商栈的推荐之后，终于发觉有点不对劲。最开始的路演就是水艺心在台上明确了自己的创意。她与商栈既然一早就认识，还发去了项目策划，那商栈也不可能不知道这是水艺心的梦想。想到这里，洪涛终于拐过弯来，再加上现在商栈对水艺心明目张胆的偏袒，他猜测，怕是自己之前一直都错怪了他。洪涛看了一眼还什么都不知道的水艺心，感觉商栈的道路任重而道远。

直到现在为止，洪涛还是不看好水墨动画，他轻轻叹了口气问简方元："我们之前的项目呢？和水墨动画相比，之前的项目实现起来没什么难度，在市场上也比较容易被接受，风险会更低一些。"

水艺心还以为是洪涛不愿意接受商栈的帮助，急忙拉了拉洪涛的衣袖，然后开口说："其实水墨动画这个项目，我的想法已经很完善了。故事也好，画稿也好，我都准备得差不多了。只要有投资，那就可以随时开始。"

简方元示意两个人不要着急，笑着说道："两位的意思我都明白。这两个项目有各自的优势，不过现在我们的资金和精力只能支持一个项目，所以才要二选一。目前我们更偏向水墨动画。这也不只是因为商栈的推荐，主要是我对这种市场空白的内容比较感兴趣，所以找两位过来就是想深入了解一下。"

自己努力了这么久的项目终于有了着落，水艺心也顾不上什么商栈与洪涛的关系了，急忙拿出早就准备好的策划文案给简方元仔细介绍了一遍。

从故事的收集到最后的编写全都是水艺心一人完成的。所以这边两人讨论的火热,洪涛几乎插不上话,只能无奈地由着水艺心来。从一开始的灵感来源,讨论到后面希望达到的效果,水艺心越说越兴奋,一直到离开简方元办公室还觉得意犹未尽。

"洪涛,你看我刚才说得怎么样?我感觉希望很大!我觉得我这个项目还有改进的空间。刚才介绍的时候我又有了一些新的想法!"水艺心在车上还手舞足蹈地向洪涛描述自己的想法,突然又问道,"对了,这是要回工作室吗?"

洪涛开着车说:"你忘了,今天有人来面试呢。现在有的项目已经在投资运行中,人手不太够。今天来面试的是个新人,年纪不大,也没什么经验,一起来看看吗?"

水艺心对工作室的管理一窍不通,平时最害怕这些事情,就赶紧推脱:"面试的事我不参与了吧,我相信你的眼光。管理方面的事你看着办,专业上拿不准的问题找我商量。"

洪涛不满意地瞥了她一眼说:"水艺心,你还记得自己有个工作室吗?再不去看看,你还能认识门在哪吗?"

水艺心讨好地说:"看你说的,哪有这么夸张。在前面放我下来就好了,我还要赶紧回家把刚才的想法记下来呢。"

洪涛也没有指望水艺心能在这种事情上帮忙,白了她一眼算是认命了。过了前面的路口,洪涛无奈又自觉地停下车,看着水艺心打上车之后才回到了工作室。

水艺心回到家,想了想还是先给商栈发去了信息。手机提示音响起，继而震动，商栈拿起手机看到是水艺心的信息，不由得笑了起来。他早就知道水艺心与洪涛去找简方元的事情，而且他一早就和简方元通过电话。水墨动画的第一次讨论结果非常理想，顺利得超乎了他的想象。

虽然最终的结果还没出来，不过有了简方元的通风报信，项目通过似乎已经只是时间问题了。商栈迫不急待地跟水艺心分享了这个好消息，连带着水艺心也激动起来。她再也坐不住了，合上电脑，只想等着简方元的正式通知。

第十五章　阴差阳错

洪涛到了工作室没一会儿，戴晴来了。洪涛上下打量了她一下：黑长直的头发，夸张的耳饰，还穿着充满设计感的衣服。一看就很符合艺术生的形象。

两人年龄相差不大，洪涛也没有在意戴晴这一身妆扮不像是来面试的穿搭，坐在桌子后面简单问了她几个问题，很快就通过了。

要说具体的招聘工作，其实洪涛也不清楚。因为水艺心对公司过于放松的态度，让洪涛不得不找人帮助管理，其实说白了就是代替水艺心原本的工作。

至于戴晴，这是她毕业后的第一份工作。她也不清楚自己能做什么，于是一股脑地投简历，广撒网，果然让她捞上了洪涛工作室这条鱼。反正无论哪方面的工作她都不会，在哪都要重新学习，也就不在乎具体的工作岗位了。戴晴本身也是艺术专业，来到这个工作室工作，也算是专业对口。

两个稀里糊涂的人这么凑到一起，竟然出人意料地和谐，戴晴甚至连工作后的反抗情绪都没有。第一天工作，她甚至还有些新奇，熟悉起工作来格外积极。洪涛带着她了解了工作室正在进行的项目，立刻就收获了戴晴崇拜的目光："所以，老板你是没毕业就创办了这个工作室吗？这些项目都是你策划的吗？"

洪涛和平常一样解释道："这也不是我一个人弄起来的，我和我朋友一起成立的这个工作室。这些项目的策划和后续一般都是她来负责，虽然很少能在这里看到她。我招你，主要也算是分担她的工作。"

在这个不大的工作室里，戴晴竟然一张水艺心相关的照片都没找到，不过看到墙上挂着她的作品和荣誉奖章，也暗暗崇拜起了水艺心。她忍不住八卦起来："这些都是他的吗？他平时做项目也不在工作室吗？"

洪涛站在水艺心满墙的荣誉下，大概解释了一下自己与水艺心的工作分工。虽然他与水艺心是同一专业，可他就没有水艺心那样的绘画天赋，也就自觉承担起了琐碎的业务。

戴晴显然更看好洪涛，问道："这样说来，你是大老板，他就是二老板了？就像租房子也会有房东和二房东一样？"

洪涛被这个比喻逗乐了，笑着说："也不是，我们平时只是分工不同而已，没有大老板二老板的区别。"

戴晴也忍不住觉得好笑，继续问："他是个什么样的人？"

洪涛边想边说："她很有才华，愿意为了目标努力，也能吃苦。"说完话锋一转，耷拉着嘴角，继续说道，"不过她太懒了，把工作室扔给我一人打理，什么都不管。"

戴晴被洪涛的反应逗乐了,"噗"的一声笑了出来。

两人正说着,水艺心出现在了工作室门口。洪涛眯着眼睛使劲看了看才敢确定真的是她,就碰了碰戴晴,又朝水艺心的方向努了努嘴说:"说曹操曹操到,她就是我的合伙人。"

戴晴顺着洪涛的方向看去,发现来的人竟然是个女生,再回头看看墙上的荣誉,心里震惊之余,也忍不住猜测她与洪涛的关系。水艺心扎着一个丸子头,蹦蹦跳跳地从门外跑进来,嘴角一直带着笑,浑身都散发着一股开心的气氛,带动着戴晴也不自觉地笑起来。

洪涛做出一个夸张的表情看着她,调侃地说:"呦,稀客啊!您怎么有时间……"

他话还没说完,水艺心就冲到了面前,大气都没有喘一下,激动地说:"洪涛!通过了,我们的项目通过了!"说完看到戴晴在一旁捂嘴笑,她这才收敛了一下情绪,热情地打招呼:"你就是我们的新员工吗?你好,我叫水艺心。"

戴晴原以为水艺心这种集满了一墙荣誉的前辈是男生,就算是女生应该也是端庄优雅的。结果初次见面就打破了她的想象,让她一时接受不了水艺心的热情与活泼,就有些拘谨地打了个招呼,自我介绍道:"你好,我叫戴晴。"

洪涛看着有些呆愣住的戴晴,笑着对水艺心说:"好了好了,早就给她介绍过你了。你看你,把我的新员工都给吓着了!谈完才多久就被你知道结果了,看把你厉害的。走吧,跟我具体说说。"说完,他让戴晴先去工作,又拉着水艺心去

第十五章 阴差阳错　　133

了办公室。

两人上午才去的简方元办公室,洪涛怎么也不相信一天都没过去就有了回复,可看着水艺心兴奋的样子,又不好打击她。洪涛十分无奈地问:"这么快就有消息了?你怎么知道能通过呢。"

水艺心看向洪涛的眼睛亮亮的,差点将商栈的名字脱口而出,可转念一想,这岂不是暴露了自己单独与商栈吃饭的事儿?要是让洪涛知道自己出卖他才得到这个投资机会,那后果是万万不能想的。她嘴里的名字一转弯,商栈就变成了简方元。反正商栈也是从简方元那里听说的,那自己这样说好像也没什么不对。

洪涛还真的没有怀疑,因为上午约见的时候简方元也是直接联系的水艺心,所以现在通知一下结果也没什么不对。洪涛只是觉得惊讶,以往的项目可是需要多次讨论,好长时间才能确定。这次这么快就知道了结果,他还真的有些不敢相信。

办公室外,看着两人的样子,戴晴一眼就确定了他们的关系。这么亲密,洪涛还专门为她招聘人员分担工作,这不是男女朋友还能是什么?总不能说只是合作关系吧,反正戴晴是不信。

戴晴一直都不太喜欢办公室恋情,可面对水艺心和洪涛,她又羡慕起来。两人自主创业,一起打拼事业,还能每天都光明正大地和喜欢的人在一起,真是太幸福了。

洪涛并没有刻意解释过自己与水艺心的关系，因为工作室里的员工都十分清楚他们的相处模式，早就见怪不怪了。只有戴晴是新来的，又没人告诉过她，让她很容易就误会了。

隔窗可见，戴晴看见洪涛笑着抓了一下水艺心的丸子头，水艺心也不痛不痒地打了洪涛一下，这简直比自己谈恋爱都高兴。她时不时偷偷向洪涛办公室看去，见两人从打闹到坐在一起研究起了项目。戴晴微微笑了笑，低下头开始做自己的工作。

没有资金，丁哲伟再也看不下去桌子上的资料了。他把头从桌子前抬起来，心里更加着急。眼看着挣钱的机会就要溜走，丁哲伟心烦意乱地翻看着新闻，希望能从中找到什么度过难关的灵感。终于，旅游的信息让他想到了什么，像是突然找到救命稻草一样，他拿起手机想要拨通冯嘉嘉的电话，可是最后又停下了手，点开了通讯录里吴彦仓的名字。

几个红绿灯的时间过后，黑色的商务车就稳稳停在了嘉美天成楼下。冯天成可以拒绝他，可冯嘉嘉算是自己看着成长起来的，怎么也没有理由拒绝一个长辈吧？丁哲伟一层层数着面前的写字楼，等数到了最顶层才掐灭手里的烟，狠狠扔到一旁的垃圾桶里，大步走进写字楼。

此刻的嘉美天成还是一片繁忙的景象。为了古镇项目，冯嘉嘉此刻已经是焦头烂额，完全顾不上招呼丁哲伟，只能让他在一旁等候。丁哲伟有的是耐心，他跷起二郎腿，放松地坐着。

第十五章　阴差阳错

冯嘉嘉终于结束了手上的工作，快步走过来，招呼丁哲伟一起进了办公室，笑着说："丁叔，无事不登三宝殿啊，这可是你第一次来公司找我呢！"

丁哲伟也有些不好意思，笑着说："看你说的，没事还不能来看你了？没想到现在嘉美天成被你经营得这么好了，长江后浪推前浪，真是一代更比一代强啊！"

冯嘉嘉拉着丁哲伟在办公室坐下，正要开口说什么，电话再次响起，冯嘉嘉又匆忙接起了电话。几句话之后，她抱歉地看着丁哲伟，意思不言而喻。

好在丁哲伟对冯嘉嘉的怠慢不在意，挥了挥手，她就跑出去开会了。门外传来一阵嘈杂的脚步声，很快又归于平静。办公室里安静得甚至能听到自己喝水的声音。

闲来无事，丁哲伟在冯嘉嘉的办公室来回踱步，很快就被桌子上的文件吸引了目光。古镇的预算与投资被夹在零散的纸张中。即使被压在最下面，可是隐约露出来的加粗标题还是一眼就被丁哲伟看到了。

他当然知道冯嘉嘉最近有个新项目，只是自从公司的资金出问题后就没有了过多关注。现在看着桌子上隐约露出来的字迹，他想偷看的冲动就再也压制不住了。

丁哲伟悄悄走到办公室门口。外面已经安静到没有一点儿动静了，甚至连自己的呼吸声都变得清晰起来。丁哲伟轻轻将门虚掩起来，放轻脚步，快速返回到办公桌前，慢慢抽出最下面的文件。

这份文件不属于商业机密，没有相关专利与具体规划的标准参数，甚至不够完整，只有零散的几页，显然是被遗落在这里的。可丁哲伟看到这仅有的部分规划还是被冯嘉嘉的商业头脑震惊到了，第一次认真审视起嘉美天成来。

突然，门外传来脚步声。丁哲伟匆忙将文件放回原位，盖上原本就压在上面的纸张，假装无事发生过一样。

就在他坐回到沙发上的瞬间，秘书推门而入。两人目光相对的一瞬间，丁哲伟有些心虚，不过很快恢复了正常。

看到屋里竟然有人单独坐着，秘书的表情迟疑了一下，像是想说什么，最后只是礼貌地打了声招呼，然后才把目光放到了桌子上。

秘书匆忙拿起丁哲伟偷看过的文件，走到门口又转头对丁哲伟说："冯总临时有点事情，不知道什么时候才能好，您还要继续等吗？"

丁哲伟像是恍然大悟一般站起身，边往外走边笑着说："没关系，你告诉嘉嘉不用着急，我先出去等她。"

拐角处，冯嘉嘉在丁哲伟看不见的地方来回张望，等秘书拿着文件走过来匆忙上前问道："怎么样，文件被翻过吗？"

秘书回头朝丁哲伟的方向看了一眼，回过头向冯嘉嘉摇了摇头说："我去的时候他还在沙发上坐着，而且这个文件被压在最下面，时间也不长，应该是没被看到。"

冯嘉嘉拍拍自己胸口，呼出一口气，小声说："那就好那就好。"说完就拉着秘书往会议室的方向走去，"快走吧，文件还等着用呢。"

秘书走在冯嘉嘉身后，继续说："不过这个丁总也没离开，又去休息室等您了。他说自己不着急。"

冯嘉嘉停下来，疑惑地问："你有告诉他我还要很久吗？"

"说过了，他还是坚持要等您忙完。"

冯嘉嘉这下觉得有些不对劲了。丁哲伟先是找到冯天成，被拒绝后又来找自己，看他如今的样子大概是真的遇到了什么难处。她在心里默默盘算了一下自己现在的资金，让秘书先去会议室总结文件内容，自己去了休息室。

丁哲伟没想到冯嘉嘉这么快就结束了会议，心里还在计算着冯嘉嘉的新项目。丁哲伟原本想的是拉拢冯嘉嘉与自己一起投资，这样到后期他不信冯天成真的会放任不管。可现在冯嘉嘉有了古镇这么大的一个项目，肯定也是无力再与自己合作了。但如果能有嘉美天成担保贷款，那自己的公司一定就可以拿到更多的运营资金。

冯嘉嘉直入主题道："丁叔，我听秘书说你还在等我，就先过来了。不过我的会议还没开始，所以我时间不多。您最近是不是遇到什么困难了？"

冯嘉嘉的突然出现，让丁哲伟有些措手不及。不过他很快回过神来，拿出昨天对冯天成一样的说辞，笑着把自己的项目介绍了一遍。

冯嘉嘉听得直皱眉，和丁哲伟预想的一样，她已经没有多余的工夫去应对其他项目了。

丁哲伟看冯嘉嘉委婉地拒绝了,这才说出另一个方案:"嘉嘉啊,丁叔从来都没求过你什么,可这次确实是遇到了难处。我也知道你现在忙,所以这样行不行,你给我担保,这样我从银行贷款也能容易些。"

冯嘉嘉虽然年轻,可有些问题却清楚得很。她想都没想就拒绝了丁哲伟的要求:"这个绝对不行丁叔。不要说是你了,就算是我爸我也不会答应的。"

丁哲伟两头受挫,又耽误了这么久也没解决公司的问题,耐心也快耗光了。他想了想,语气生硬了许多:"那借我些钱总可以了吧?我的公司就在这里,你不用担心我跑路。"

冯嘉嘉平时没有存钱的习惯,所以早在来之前就算好了自己的流动资产,不好意思地比了个三说:"丁叔,我现在最多只能拿出三十万。"

丁哲伟彻底生气了,"噌"地站起来说:"三十万?我想投资的是高端零件,光一个设备都不止三十万了!你拿这些钱打发叫花子呢?冯嘉嘉,亏我一直把你当自己的孩子看,现在我拉着老脸问你借钱,我面子就值三十万?"

冯嘉嘉尴尬地解释道:"丁叔您别生气。我真不是故意不借,现在手上只有这么多了。我平时没有攒钱的习惯,除了投在项目上的钱,其他的都放在我爸那了。"

丁哲伟听到冯天成更是来气,说:"好了,我明白了,不要再拿你爸当借口了,你们父女俩没一个好东西!我真是脑子进水了才来找你们!"说完,他瞪了冯嘉嘉一眼就离开了。

第十六章　瞒天过海

看着丁哲伟气愤地上了车，吴彦仓就知道结果不怎么理想。虽然不知道发生了什么事，可这几天丁哲伟频繁地出入银行和拜访各位企业投资人，脸色也一直不太好，他显然清楚老板一定是遇到了什么麻烦。这一次，当吴彦仓提起冯家，并且为丁哲伟打抱不平时，他也罕见地没有反驳，像是默认了这个说辞。

商务车里，一缕阳光透过黑色的车窗照在丁哲伟的衣服上，昏暗的光线显得车内更加阴暗。丁哲伟翻看起之前的舆论新闻。由于公关团队及时操作，网上关于嘉美天成的负面舆论很快就被清理干净了。现在当丁哲伟再次到网上搜索相关信息时，竟然一点儿都搜不出来了。

他早就料到会如此，冷笑一声，然后拿出准备好的相关截图作为证据，毫不犹豫地发给了古镇当地的一家小印刷店。

一连好几天过去了，水墨动画的消息从与商栈通话之后就没了动静。洪涛已经习惯了等待，一点儿都不着急，因为太多的项目都是这样过来的。可水艺心由于早就知道了结果，现在反而变得焦急起来，总是担心会有其他变故出现。她无心工作，罕见地一直待在工作室里。

　　此刻的洪涛正在手把手地教戴晴如何制作进度计划，以及如何推进执行。戴晴的学习能力很强，洪涛教的东西很快就能掌握，这让洪涛忍不住赞叹："你学得也太快了，我教一遍你就掌握了，这也太聪明了！要是我这里的所有人都能像你这样，那我可太省心了！"洪涛说完，转头看向了心神不宁的水艺心，不但没有安慰她，反而还调侃起来："我的姑奶奶！你平时不来就算了，那也是在家工作，可现在你当着我的面，就真的一点儿活都不干，也不怕累死我？咱俩这工作室都快成我自己的了！"

　　水艺心叹了一口气，可怜巴巴地看着洪涛说："好了，别再说我了，我知道你对我最好了。这不戴晴来替你分担工作了吗，我现在真的工作不下去。洪涛，我好慌啊，万一我们的水墨动画没有通过怎么办？"

　　洪涛示意戴晴将剩下的计划独自完成，然后出来与水艺心一起坐在工作室门口的台阶上，安慰她道："不会的，简方元不是说项目没问题吗，那应该很快就能通过了。现在大概是还有些细节需要商讨。不要着急，我们等着就好了。"

　　水艺心看了看洪涛，又无奈地点点头。

　　透过玻璃，戴晴看着两个人亲密地坐在一起，心里更加羡慕。在她眼里，即使水艺心不愿意工作，只要撒撒娇，洪涛也都会宠溺地答应。甚至为了减轻水艺心的工作负担，专门招聘一个人分担她原本就不多的工作。

戴晴认命地做着项目计划，自言自语道："真是同样的工作不同的命。"

每到水艺心紧张的时候，她总是会习惯性地吃些东西。所以她在的这几天，休息室的零食柜一直都是满满的。洪涛起身回到办公室，给水艺心拿了一些果脯。算着时间，感觉戴晴差不多完成了计划，洪涛没再继续陪着水艺心坐在门外，回到了办公室想看看戴晴的工作进度。

几包小零食突然出现在戴晴面前，洪涛温柔地笑着说："女孩子不是都喜欢吃零食吗，我就给你拿了一些。不够的话休息室里还有，可以自己去拿。工作上有什么不会的都可以来问我，现在的东西和学校里不一样，刚开始会有一段适应的过程。"说完他看向戴晴的电脑，赞叹道："你这些工作要是给水艺心，她怕是一天都做不完。"

戴晴拿着洪涛给的小零食，惊喜地说："原来休息室里还有零食啊，我还以为休息室只有茶和咖啡呢！"

洪涛一边看着戴晴的计划表，一边说："平时我想不起来买，就一直忘了告诉你，不过这几天水艺心不是在这儿吗，她有吃零食的习惯。我也不知道你喜欢吃什么，就按照她的口味给你拿了一些。"洪涛说完又认真指向戴晴的计划："你这个计划整体做得不错，就是团队管理需要准确到具体的人。我们是个小工作室，团队里的人本身就不多，如果不明确具体的任务，很容易造成混乱，也无法明确责任。其他的就没什么问题了,你改完不放心的话可以再拿给我看一下。"

戴晴看着专注于工作的洪涛,突然有些心动。都说男人认真工作的时候最帅,这话一点儿也不假。再加上这个人是平时十分温柔的洪涛,戴晴突然有些忌妒水艺心了。

见戴晴迟迟没有回应,洪涛转过头来,用询问的眼神看着她。虽然已经相处了几天,可直到现在戴晴才第一次近距离看着洪涛。洪涛留着一头清爽的短发,只有额前几缕碎发半垂在空中。他身上还没有步入社会很久的那种老成感,眼睛里的关怀自然而又真诚。看到戴晴在吃零食没工夫回答他时,洪涛笑了出来,就连洁白的牙齿也都那么好看。

戴晴看得有些发愣,面对这样温柔又上进的男生真是太容易心动了。随即她又不由得感到有些罪恶,自己竟然这么轻易地就喜欢上了一个有女朋友的男生!想到这,她赶紧移开自己的目光,胡乱答应着洪涛的话。

水艺心吃完洪涛送来的零食,心情真的舒服了许多。思来想去,她决定给商栈打个电话。水艺心悄悄看向办公室,见洪涛还在戴晴的电脑前指点着什么,丝毫没有注意到她。可这样她还是不太放心,往旁边走了好远才停下。

电话响了很久都没人接,商栈此刻正在与简方元讨论着水墨动画的策划,根本没注意到手机的震动。

"这个想法确实不错,可是有些超前,市场未必能接受。"简方元想起洪涛自己都对工作室的项目不抱信心,也犹豫了起来。

经过几天的冷静思考，商栈依旧坚持自己的想法："现在全国层面已经确定了经济整体的发展方向，还有什么好犹豫的？你去翻翻最新的方针政策，文化发展可是排在前几位。要不是我在公司的处境有些尴尬，我自己就投了。"

简方元挠了挠头说："这个项目不是我一个人说了算，你这么激我没用。现在大家确实都很喜欢这方面的内容，可没有先例，都担心回不了本，所以不敢投入太大。但这种东西你也能看出来，前期不投入很难出效果，所以就卡在这儿了。"

桌面上的手机再次震动起来，这次商栈终于看到了来电显示，水艺心的名字出现在屏幕上。他问简方元："那这个项目还有多大可能性？"

简方元掐着指头算了半天，最终还是没算明白，说："反正不到一半。不过水艺心她们的另一个项目现在也在讨论中了。虽然没有水墨动画的设定新颖，可是非常符合现在的主流市场，画风也很棒。如果水墨动画通不过，那个项目通过的可能性就很大了。"

商栈明白了简方元的意思，拿起手机冲他晃了晃，示意自己有事情处理，就离开了简方元办公室。

水艺心打了两个电话都没有接通，有些失望地收起手机，结果没走几步远，商栈的电话就回了过来。

"商栈，你可以帮我问一下简方元水墨动画的消息吗？之前不是说讨论结果很顺利吗，现在突然不确定了，我就有点慌,想问问哪里出了问题?"

商栈坐在车里,一时不知道该如何对水艺心讲。他没有直接回答问题,而是问了她现在的位置,想要当面告诉她。

水艺心犹豫地报了工作室的地址,千叮咛万嘱咐,让商栈一定要提前给她打电话,生怕被洪涛发现她的"亏心事"。

眼看又快到下班高峰期,商栈干脆将车停在了附近,坐地铁再换乘个出租车去找水艺心。水艺心随便找个借口就离开了工作室。她偷偷藏在附近,等了好久终于盼来了商栈。她觉得自己太难了,见一个朋友还要偷偷摸摸的,好像准备要出轨一样。

商栈在水艺心工作室正对着的路边下了出租车,站在那里四处张望。下午的阳光不太刺眼,落在他身上好像整个人都在发光。水艺心一把将他拉到一边,又做贼一样顺着路走了好远。商栈不理解水艺心的用意,好奇地看着她。

水艺心试探着问商栈:"要去我们工作室看看吗,洪涛现在也在。"

商栈果断地摇头拒绝:"不去。这不是下班了吗,走吧,我送你回家。"

这正好合了水艺心的想法,往前走了几步她又问道:"你今天怎么没有开车来?"

商栈其实是有自己想法的。之前在网上查找的"追女生小技巧",至今也只在吃饭的时候用到了一条,甚至还不知道有没有为他博得好感。而且开车时他根本没有办法好好与水

第十六章 瞒天过海

艺心沟通。现在时机正合适,他一定要抓住这次独处的机会。商栈看了眼手表,找借口说:"马上到下班高峰期了,现在开车还不如坐地铁快,所以我就把车放在了公司附近。你要是觉得太远了,我可以打车送你回去。"

水艺心对于交通工具的选择没有什么要求,只是两人现在光明正大地站在路边太显眼了,万一被洪涛发现了,商栈就真的解释不清了。于是水艺心拉着商栈拐进另一条路,这才放下心来。

没有了洪涛这个阻碍,水艺心着急地进入了正题:"项目到底怎么样了呀?简方元不告诉我,你在电话里也不说,真是急死人了!"

商栈心虚地说:"一个项目总是要多讨论几次才能确定下来,所以他现在肯定没有办法回复你。"看着水艺心噘起的水润润的嘴,他继续说道,"我听说你们提交了两个项目,放心吧,总会有一个项目通过的。即使这个没通过,另一个通过了不是也很好吗。"

水艺心摇摇头,有些难过地说:"不一样的。水墨动画项目是我一点点收集的故事,一点点画出来的。另一个项目虽然我也有参与,可我对它没有那么大的期望。怎么说呢?水墨动画算是我多年的梦想吧,其实我都构思好几年了,只是最近才把它画了出来。"

说到这里,其实水艺心已经猜到了水墨动画项目大概难以通过了。想到自己的努力,她的情绪瞬间低沉下来,连脚步都不知不觉放慢了不少。但她依旧抬头往前走,并不准备放弃。商栈每次见到水艺心的时候,她都是一副温柔自信的样子,现在说起可能要被否掉的水墨动画项目,又像极了他曾在街角看到的小野猫,虽然要继续向生活妥协,可依旧心有不甘。

商栈想起自己在华尔街的第一个项目。当时自己年轻气盛,总想证明自己的判断,所以对于好不容易到手的项目,也是往里倾注了不少心血。可事情总不尽如人意,在努力半年后,项目还是无辜流产了。想到当时的场景,商栈对水艺心不由得感同身受起来。

商栈道:"不要想那么多了,现在不是还没确定结果吗?好的项目都不会这么快就决定的。之前简方元给我说其实大家还是比较看好水墨动画的,只是市场不明朗,所以都不敢确定。现在国家政策都出来了,对文化产业很是友好,估计很快就能有结果了,你就安心等着吧。"说完,他还安慰地将手搭在了水艺心肩膀上,希望她不要难过。

听了商栈的话,水艺心抬头看了看他,关切的眼神也让水艺心重新笑了出来,她尽量平静地说:"怎么用这种眼神看着我,没关系的,你不是也很看好我的想法吗?我问过简方元了,他说是你把项目推荐给他的。这就说明,不止我一个人喜欢水墨画,这就足够了。所以,无论项目有没有通过,我都想说声谢谢你。"

面对这样真诚的感谢,商栈红着脸将头扭到了一边,嘴角抑制不住地疯狂上扬,心里不断重复着水艺心的那句"谢谢你",连带着路边汽车的鸣笛声都让他觉得美妙起来。水艺心看到商栈对着马路一直傻笑,顺着他的目光一起向旁侧看去。路上除了叫卖的商贩和拥挤的车辆,什么都没有。

第十七章　情愫暗生

水艺心举起手在商栈面前晃了好几下，问道："你在看什么呢，那边有什么啊？"听到水艺心喊他，商栈才回过神来，笑着说："没什么，就是突然想起了一些开心的事。"在水艺心疑惑的目光下，商栈才笑着继续往前走。

下班时间到了，路上的车挤在一起，堵在了红绿灯前。身边的车缓缓向前行驶，甚至不如电动车走得快。商栈看着穿梭在车流与人行道上的电动自行车，把水艺心拉到路的最边缘，用自己的身体护住她，又留出了一些空隙，没有直接触碰到她。远远的，就像商栈揽着水艺心向前走一样，两人之间的气氛十分微妙。

多亏了这拥挤的道路，戴晴一眼就看到了水艺心的身影。在她身旁，商栈的身影与洪涛重合，却又分离出来。两人一样站在水艺心身旁，又一样与水艺心并肩前进，可无论是气质还是衣着，商栈与洪涛的区别都太明显了。

看着两人亲密的样子，戴晴心里冒出一股怒火，更多的是为洪涛感到不值。这几天，洪涛和水艺心天天在一起。她原本已经习惯了两人亲密的关系。可现在,水艺心竟然为了另一个男人提前下班,留下洪涛独自在工作室里打拼!她有了洪涛这样温柔体贴的男朋友还不够,竟然脚踏两只船!

水艺心和商栈都没有感觉到路边还有一道强烈的目光跟随着他们一起向前。两人还在边愉快地讨论着什么,边走向地铁站的方向。戴晴拿出手机拍下了这一幕,如果不是知道水艺心与洪涛的关系,她大概真的会觉得此刻的两人十分和谐般配。

手机上的照片定格在水艺心抬头微笑的一瞬间。商栈的眼神从始至终都没有离开过水艺心,专注地看着她。暧昧的气息冲出屏幕,深深印在戴晴的眼睛里。她坐在公交车上,离两人越来越近,又看着他们消失在地铁站里。心里强烈地不甘,让她气冲冲地拿出手机给洪涛打了个电话,想要揭露水艺心的真实面目。

工作室里,洪涛还没有离开。他不喜欢在高峰期下班,路上实在太堵,也太费车油了,于是他索性就多加一会儿班,这样第二天上午还能多睡一会儿。水艺心的项目还没确定下来,可工作室的其他工作都安排得满满的,让他一天也不能放松。接起电话,洪涛的声音有些疲惫。

戴晴原本气冲冲地打过去,一听到洪涛的声音又有些于心不忍。由于戴晴对工作还不熟悉,所以大部分的事情还是由洪涛来完成。工作了一天,如果再直接告诉他水艺心出轨了,那好像太残忍了。戴晴收起脾气,旁敲侧击地提醒:"水艺心在你旁边吗?"

洪涛觉得好笑,说:"她不是早就走了吗?你当时也在。怎么,这么快就忘了?"

戴晴又提醒道:"老板,下班了你还在工作吗?下班之后就是私人时间了,你要学学水艺心,多出去放松一下,别整天都在工作室待着,容易人财两空啊!"

洪涛听得莫名其妙,不理解戴晴到底想表达什么意思,但还是耐着性子说:"好,谢谢你的关心。不过我现在还有一些工作上的事情需要收尾,所以不能和她一样。最近的项目比较紧张,水艺心很累了,她放松一下也挺好的。"

洪涛越是这样大度,戴晴就越觉得手机里的照片刺眼。她只能说道:"老板,是这样的,我有点问题想问水艺心,可是我没有她的联系方式,你可以帮我给她打个电话吗?"

洪涛恍然大悟,原来绕了这么一个大圈子是想找水艺心啊。"这样啊,怪我怪我,你的工作肯定是要联系她的,这么多天我都没有想起来这件事。这样,一会儿我把她的联系方式推给你,你就可以直接联系她了。"

戴晴恨铁不成钢地说:"可是,陌生人的电话一般人都不会接听的。老板你还是帮我打个电话问问吧。"

洪涛笑着说:"放心吧,她会接的,我一会儿给她发个信息就可以了。你不是还有问题吗?亲自问也方便些。还有别的事儿吗?"

话说到这个程度,洪涛还是丝毫没有察觉。这下戴晴彻

第十七章 情愫暗生

底没了主意,找借口说自己不着急,又谢过洪涛,这才挂断了电话。洪涛这样相信水艺心,难怪她敢光明正大地与别人约会。这样想着,她对水艺心又多了一层厌恶。

当水艺心随人群一同踏上地下通道时,心里还是有些抵触的。上次挤地铁的情景还历历在目,她突然有点懊悔,想不明白为什么要在这个时候同意商栈的邀约。

熟悉的到站铃声响起,商栈护着她进到地铁里。与上次不同,这次没有拥堵到喘不上气的人群。商栈将她护在里侧,用身体将她与人群分隔开来。他稳稳地站在人群边缘,还给水艺心留出了一个拳头的安全距离。

这当然也是网上提供的"心动手册"。他实在想不出还有什么地方能出现这么拥挤的人群,于是就完完全全按照网上的说法带水艺心来挤地铁。

下一站很快就到了,高速行驶的车厢慢慢减速。商栈可以一动不动地站在原地,可总有人在这时候会重心不稳。车厢"哐当"一声停了下来,车门打开后又有人群一拥而上。不知道是谁向前推了一下,商栈一个没站稳就倒在了水艺心身上。水艺心条件反射地抱住商栈,然后被他的重量带着一起靠在了车厢上。

商栈红着脸,赶紧起身与水艺心拉开距离,又伸手将她也扶稳。嘴上说着不知道是谁下手没轻没重的,可心里早就乐开了花,暗暗感叹网上的约会指南果然不错。

水艺心这时候也终于知道了,为什么每次在人群中最高兴的都是情侣们了。对于上班族来说，挤地铁和挤公交绝对是一大酷刑，可对于小情侣来说，这就是情调啊！

目送着水艺心进了小区，商栈赶紧掏出了手机。之前他总觉得这种感情上的技巧都太虚假，仅仅看了一眼就略过了。可经过两次实践，他惊喜地发现这些小技巧真的能拉近两人的关系。再次找出来，他迫不及待地截图保存下来，这才放心离开。

城市交通的高峰期已经过去，路上的车辆又从龟速开始流动起来，天也渐渐黑了。商栈回到简方元公司附近，他的车还放在这里。面前的大楼已经零星亮起了灯，商栈坐在车上，回想起了自己在华尔街打拼时的情景。有好几次，自己的项目遇到了困难，没有人投资，也没有人相信他的能力。那种滋味，他真的不忍心让水艺心也经历一遍。

隐约间，在一处亮起的窗户中，他好像看到了简方元的影子。

刚开完商讨会，简方元就接到了商栈的电话。看见又返回来的商栈，简方元实在不理解他为什么对水墨动画有这样强的执念，身子向后退了退，问道："你不会还要来劝我投资水墨动画吧？这个我真的做不了主啊！"

商栈认真地说："你上午说过，现在不敢投的原因主要是因为市场不确定，所以犹豫不决是吧？"

自从商栈离开之后，简方元就一直在开会讨论，现在他只想赶紧下班，所以边收拾东西边回答："对啊，你也知道，对所有的项目来说，投资都是大问题啊。"

  商栈皱了皱眉："这样吧，我个人追加一部分投资，你们的压力能减轻很多，也就没有那么多顾虑了，怎么样？"

  简方元惊讶地瞪大了眼睛，看着他说："你对这个项目就这样看好？这可不是买房子，不合适了还能卖出去。这种项目一旦不合适，那可能就真的是血本无归了啊！不行，这样风险太大了，我不能看你冒这个险。"

  商栈劝说道："所有的投资都会有风险的，高风险高回报的道理你也知道。更何况，我很看好这个项目。只要能保证作品质量，后期宣传再跟上，亏损的概率是很小的。我要是没有信心，怎么能够下这么大决心呢！"

  简方元疑惑地看着他，觉得有些奇怪，商栈对这个项目太热情了。市场上从来都不缺稳定的好项目，虽然水墨动画的理念很吸引人，可远远达不到让商栈冒险投资的程度。

  想起之前商栈问他如何向女生道歉的奇怪问题，简方元很快就想到了问题的所在。简方元一本正经地问："你真的是觉得这个项目很好吗？"

  商栈坚定地点点头："当然。"

  简方元又坏笑起来，问道："真的是项目好，而不是水艺心好吗？"

  商栈的脸一下子就红到了脖子处，声音也低了下来："你瞎说什么呢，我在跟你说正事。"

  简方元知道自己说准了，也笑了起来："我是在跟你说正事啊。真没想到，铁树商栈也能有情窦初开的一天！难怪这么热情呢，又是给我推荐项目，又是亲自来找我当说客。你这虽然开窍晚了些，但热情程度可一点儿不比年轻人差啊！"

商栈红着脸，小声反驳道："你说谁热情呢，不要乱说。"

简方元很少见到商栈吃瘪，突然兴致大发，也不着急下班了，凑近商栈说："不会还没追到手吧？我想起来了，上次说过，只是个女性朋友。你那个朋友最后把她哄好了吗？"

商栈被简方元调侃的没有机会反驳，干脆承认起来："对啊，现在你也知道这个项目有多重要了。你就说现在它能不能通过吧，我需要投资多少。"

虽然玩笑话说得很开心，可真谈到投资的问题，简方元还是很认真地说："虽然你好不容易心动一次，我非常理解，可感情与投资还是分开看比较好。万一到时候项目不成功，你也没追到手怎么办？"

商栈在内心预想了一下这样的结果，板着脸说："那我就更要投资了，钱没了可以再赚，女朋友没了就真的没了。你就说帮不帮我吧，你要是不帮，那我就再去找别人，别人说不定比你靠谱呢。"

简方元看商栈无赖的样子，无奈地说："行行行，明天开会我帮你舌战群儒，一定帮你稳住这份幸福！这两天等我消息吧！"

商栈紧绷的身体这才放松下来，脸上的红晕也一点点褪去了。简方元快速收拾好东西，与他一同走出办公室。在电梯里他还不忘嘴硬道:"这个项目我也是仔细思考过的,非常有前景,所以我才投的。"

简方元憋着笑,点头承认道:"对对对,你只是看中了项目,你最清醒了。"

丁哲伟从嘉美天成离开后,冯嘉嘉根本没时间去关注他的动向。古镇项目的谈判正在关键时刻,当地把竞标资格卡得死死的,嘉美天成不得不重新整理自己的账本与竞标书。

之前丁哲伟借钱的时候,冯嘉嘉或许还能拿出来一些,可现在就真的是一点儿也不剩了。大量的资金流动,让冯嘉嘉不得不将自己所有的现金都准备投到这个项目上。好在嘉美天成的实力与规模足够大,最后的结果也算是有惊无险。

这几天,在洪涛的强烈要求下,水艺心即使万般不情愿,也会来工作室看一看。在他的带动下,水艺心刚振作起来没多久,就接到了冯嘉嘉的电话。古镇项目终于拍下了合适的地皮,并且通过了当地的审批,可以开工了。

戴晴路过两人身边,听见有陌生的项目,好奇地问:"你们现在说的这个项目我怎么没听说过,是新开始的吗?"

洪涛解释道:"这是水艺心与别的公司的合作,是她个人的项目,所以我就没给你介绍过。这不属于我们的工作范围。"

戴晴一听是水艺心自己的项目,也就没了兴趣,眼皮往下一耷,"哦"了一声就准备离开。她现在还是满满的学生气,情绪都写在脸上,对于不喜欢的水艺心,多余的一个眼神都不想给。

洪涛想起戴晴之前的电话，拍了一下自己的脑袋，拉住她说："对了，之前你问我要的联系方式我还没给你呢。正好现在水艺心也在，你有什么问题直接当面问她吧！"说完他又跟水艺心说了一遍事情经过，抱歉地看着戴晴。

戴晴哪有什么想问的问题，现在当着洪涛的面磕磕巴巴地说："哦，现在，现在没有问题了。我之后又和一个学长联系，对，学长，问题就解决了，不用麻烦了。"

水艺心听到也笑着说："解决了就好。洪涛有时候脑子不太行，容易忘东西。你直接提醒他就好了，不用怕他！"

戴晴不想和水艺心有什么交流，点头"嗯"了一声，就拿着资料离开了。

第十八章　守住底线

　　水艺心看着戴晴冷漠地走开,皱着眉看向洪涛。洪涛也不明白发生了什么,朝水艺心摊开手说:"别看我啊,刚才还很好呢,我也不知道为什么。"

　　因为水墨动画的项目,水艺心知道洪涛帮自己承担了许多工作,总感觉有些心虚。现在嘉美天成的古镇项目再让自己单独完成,那岂不是相当于直接与洪涛说自己要独立?水艺心可不想放弃现在的友谊,更何况洪涛把工作室打理得井井有条,自己无论如何也做不到他这种程度。

　　看着戴晴消失在门外,水艺心对洪涛说:"最近我的水墨动画不是在找投资吗?现在古镇的项目又开始了,我觉得我大概应付不过来这么多事。所以我想以我们工作室的名义合作,这样不仅可以让我们以后的发展更好一些,还让合作显得比较正规,你觉得呢?"

　　洪涛笑着说:"你是觉得有我在你就能偷懒了吧!水艺心,咱俩认识这么多年了,我还能不知道你想干什么。"

　　被识破的水艺心也笑了,说:"洪涛,我在你心里就是这样的人啊！我这还不是为你好，以后你爸再问起来，你就可以说在和嘉美天成合作，多有面子啊！"

洪涛说："那我可太感谢你为我考虑了。不过冯嘉嘉想找的是你，主要看重的也是你的专业能力，现在变成我们工作室的合作，这真的可以吗？"

水艺心"嘿嘿"一笑，往前坐直了身子说："放心吧，这个问题我已经和嘉嘉姐还有商栈都说过了，他们也都同意了。别忘了，我们可是一个专业的，当时我们一起吃饭的时候还很愉快呢！所以现在就看你的想法了。"

洪涛眯起眼睛，歪着头看水艺心，没有说话。印象里，他可不记得交流很愉快，虽然现在大概能猜到商栈对水艺心的感情，可当时看得他可是浑身发麻。

水艺心期待地碰了碰洪涛的胳膊，她总觉得洪涛反常，竟对古镇项目兴致不高。可她又不想让洪涛错过这样好的机会，于是继续劝道："来吧，加入我们吧。当时听完演讲我就觉得，这个古镇你一定会喜欢！而且这个项目完成之后，我们工作室的名声可以提高好多呢，你难道就不心动吗？"

洪涛当然心动，只是水艺心不知道，现在工作室里的工作量就已经够他忙的了。如果不是项目太缺人手，那他也就不会招戴晴来了。可是看着水艺心期待的样子，洪涛还是妥协答应了："你都给我安排好了，我还能说不同意？"

水艺心开心地跳了起来，看着他又确定了一遍，生怕洪涛反悔："那你就是同意了，我可要去告诉嘉嘉姐了啊。"

第十八章　守住底线

洪涛无奈地笑着,点了点头。

门外,戴晴小心地靠在门框边缘偷听两人的谈话。她并不在意两人口中的古镇项目,只是实在好奇水艺心在出轨之后会以什么状态面对洪涛。可显然,水艺心丝毫没有什么愧疚之心,还和往常一样向洪涛撒娇,利用洪涛对她的宠溺提要求。

一阵窸窸窣窣的声音之后,脚步声离门口越来越近。戴晴像做贼一样赶紧躲进了隔壁房间,然后就听见水艺心打着电话出门了。戴晴等了好久,直到外面彻底安静下来,她才蹑手蹑脚推开门,回到了自己的位置上。

古镇项目现在正缺人手,有了工作室的加入,冯嘉嘉自然是同意的,而且有水艺心坐镇,她也十分放心。

明确了任务分工,洪涛拿着一摞资料递给戴晴。他觉得幸亏自己有先见之明,招了个员工为自己分担工作,不然以现在的工作量,就算把他累死也做不完。水艺心与洪涛的对话戴晴听得清清楚楚。现在看着资料,她还是假装不理解地问:"这个不是水艺心个人的项目吗?我们也需要了解吗?"

洪涛没有提到嘉美天成的名字,只把工作室与大公司合作的事简单说了一下,让她先了解一下相关资料,为项目的后续安排做准备。

戴晴虽然听见了水艺心说这个项目对工作室有好处,可作为同事,她比水艺心更加清楚洪涛的安排,现在的工作量已经很大了。项目固然好,可在戴晴眼里,这就是水艺心为了自己的名气，固执地增加了洪涛的负担。戴晴有些心疼地说："可是现在还有正在运营的项目，这么多我们能做得过来吗？水艺心也会参与吗？"

洪涛温柔地说："可以的，其实这些项目水艺心都有参与。只是你和她接触得比较少，就不太了解。这个项目对你的帮助还是很大的，你跟着看一下。这份资料你以学习为主，然后帮我们处理一些琐碎的事情。因为项目比较复杂，也比较重要，主要还是由我和水艺心牵头。"

戴晴低头应了下来，毕竟是刚毕业，即使她已经学得很快了，还是有很多工作需要洪涛一点点教。与自己的其他同学不同，来到工作室实习的戴晴不仅没有挨过骂，反而还有机会接触重要的项目。听着洪涛温柔的语气，她更加确定了自己的感情。这样温柔的男生，真的很难不让她心动。

看着相关的资料，戴晴心里更加厌烦起水艺心来。真不知道她给洪涛下了什么迷药，能让洪涛这么宠她，而且对于她出轨的事情竟然一点儿也没察觉到。如果洪涛面对的是自己，如果他的温柔也只是对待自己，那自己一定不会让他的心意错付。隐隐的，戴晴感觉心里生出一种冲动，她想取代水艺心，站在洪涛身边。

水艺心重新回到了忙碌的状态，除了在家策划项目，还时不时地要往嘉美天成跑一趟。

对于水墨动画的项目，水艺心已经不对简方元抱有希望了，她重新恢复了以往的生活，与洪涛一起把精力放到古镇项目上。不过水艺心也并不是就此放弃，她想寻找机会多联系一下其他的投资方，也许多试几家，就能有公司接受她的想法了。

相比而言，商栈甚至比水艺心都积极得多。为了说服简方元团队的其他人，他将自己的大部分积蓄都拿了出来，经过多次商讨，终于让水墨动画项目得到了投资机会。

面对突如其来的好消息，商栈并不惊讶，而水艺心却愣了神。

与洪涛一起，两人再次走进简方元的办公室时，甚至都不太清楚通过了哪一个项目。

水艺心与洪涛对视了一眼，问简方元："电话里您说项目通过了，是哪个项目通过了？"

简方元还以为商栈早就把消息告诉了水艺心，可看到两人好奇的样子，笑着说："当然是水墨动画的项目。我们这几天一直在讨论哪一个比较合适，犹豫了很久，最后还是确定了水墨动画。水艺心，我记得上次交谈的时候你就对这个项目很期待，现在可以回去准备了。"

水艺心被突然的惊喜砸昏了头，看着洪涛的表情从不解到震惊，再到欣喜。多年以来的梦想竟然真的要实现了。她激动地拉住洪涛的胳膊，在简方元面前都是掩饰不住的开心："洪涛，项目通过了！"

洪涛也替她开心，可还是收住了性子，只是笑着回握住她的手说："这下你终于可以安心了，也算是努力没白费！"

等水艺心高兴完,简方元又继续说:"不过,经过这几天的讨论,我们还有一点儿小要求,需要你们改动一下。"

水艺心又瞬间紧张起来。之前有很多项目也是和现在一样,自己用水墨画通过的项目,最后却又被要求改成油画或者其他形式,或者只能用水墨画画一些很不起眼的背景。总之,就是无法实现水艺心的想法。

她与洪涛对视了一眼,生怕之前不合理的要求再次被提出来。洪涛拍拍她的手安慰着她,眨了一下眼,回给她一个安心的眼神。这让水艺心瞬间找到了主心骨,回过头来问简方元:"你们想改动哪里呢?都有什么要求?"

简方元笑着说:"放心吧,我们的要求应该不算违背你的初衷。因为这个项目的不确定性比较大,所以我们想加入一些更丰富的表现形式。"简方元顿了一下,看着两个人疑惑的样子继续解释道,"我看你提交的这个初稿里,都是一个个单独的故事对吧?我们想的是,每一个故事都用一种不同的手法表现出来。比如,这一集我们用水墨画,下一集我们就用模仿传统老片子的定格动画,或者也可以尝试将水墨画与现在的立体动画结合,变成一种新的表现形式。故事还是由你来定,只是形式变丰富了。"

水艺心努力想象了一下,不解地问:"可是这样的话,不会让这个动画片看起来太散太乱吗?"

简方元说:"所以我们希望主题能明确一些,就围绕中国故事元素撰写,每个故事中都有明确的中国特质性元素,就

第十八章 守住底线

像我们说的包容多元一样。只要主题不散,这个就不会乱。"

水艺心从来没有想过还有这种方法,犹豫着不知道要不要同意。简方元看着两人都不说话,解释道:"我们这也是为了符合更多观众的口味,保证收视率。"

水艺心听着简方元的解释,觉得似乎不错,可突然变换了形式,又无法抉择,只能看向洪涛求助。洪涛看着犹豫的水艺心,知道她一定又犯了选择困难症。他听了半天,觉得这个方法不仅解决了受众群体少的问题,还没有违背水艺心的初衷,于是代替水艺心答应了简方元的要求。

简方元看着两人亲密地互动,心里有些犯嘀咕。之前不知道商栈的心思,所以没有注意过,可现在他知道了商栈的情意和背后的努力,总是觉得不安心。难道水艺心和洪涛不只是合作伙伴,还是男女朋友?至少看着两人的表现也不是一般的合伙人。

直到送走了水艺心和洪涛,简方元还是想不明白。他站在楼上,透过窗户看着两人肩并肩离开,大概也明白了什么。他打通了商栈的电话,直接问他:"你认识洪涛吗?"

商栈不知道简方元为什么要提到洪涛,于是说:"认识啊,有什么问题吗?"

简方元又问:"那你知道洪涛与水艺心的关系吗?"

商栈的声音没有迟疑就传了过来:"知道啊。"

简方元沉默了,商栈好不容易心动一次,还为了水艺心的项目来回奔波,虽然应该支持他,可自己也不能看着他破坏别人的感情,这是做人的底线!想清楚了原则,简方元严肃地对商栈说:"我理解爱情来了挡也挡不住。可作为朋友,我要劝你一句,有些底线是不能碰的!你再喜欢一个人,也不能去插足当第三者,明白吗!"

商栈被说得莫名其妙,但听到简方元严肃的声音,也只能回答:"我明白啊,可你跟我说这些干吗?"

简方元听着商栈不在乎的语气,心里不禁懊悔起来,之前竟然没发现商栈这样没有道德。可现在项目已经确定下来,自己也只能苦口婆心地劝道:"我知道外国民风可能开放一些,可我们这里是中国,是要遵守社会道德的!而且无论在哪里,插足别人的感情都是不对的,你知道吗?商栈你可是我们的优秀毕业生,这种人生污点不能有……"

商栈终于听明白了,他打断简方元接下来的话:"好了,我明白你的意思了,你是想说我插足了别人的感情是吧?水艺心和洪涛的感情吗?你误会了,我可不会做那样的事。"

简方元更加惊讶起来:"难道你是要去做舔狗?"

商栈对国内的网络用语还不熟悉,可他感觉这一定不是什么好词,问道:"'舔狗'?是什么意思?"

"就是你明明知道水艺心不喜欢你,也不可能和你在一起,还是固执地对她好。我告诉你,三个人的感情真的不能长久,你现在回头还不晚!"

商栈听不下去了,再一次打断简方元,不耐烦地说:"行了行了,你这嘴也太碎了。什么舔狗,什么插足感情啊!洪

第十八章 守住底线

涛和水艺心不是男女朋友，他们只是看起来关系好些。再怎么样，我也不会去做违背道德的事啊，你把我想成什么人了？"

简方元有些迷惑，他相信商栈的话，可是想到水艺心和洪涛的互动，要说没有关系他还真的不信。他仍然不解地说："真的吗？可是我看他们的关系不一般啊，比一般的合伙人关系好多了。他们的关系你确定吗？"

商栈烦恼地说："确定，我专门问过了，水艺心亲口告诉我的。好了，你有这个功夫猜来猜去，不如去多谈几个项目或者多拉几个投资呢。"

简方元没有注意到商栈的语气变化，这才放心下来，嘿嘿笑着与商栈开了几句玩笑，然后挂掉了电话。

第十九章 被骗太深

当商栈再次奔波于公司与嘉美天成之间时，彭成彻底坐不住了。之前他爆出来的绯闻不但没有对商栈造成影响，反而还让他与嘉美天成成了共患难的盟友，关系更加亲密了。

虽然在公司里，他还可以控制着舆论孤立商栈。可是等商栈带头完成了古镇项目，在利益的驱使下，总会有人愿意接近他。更何况流言就是流言，早晚都会破灭。

与彭成一样密切关注着古镇项目的还有丁哲伟。直到偷窥了零散的文件，他才意识到这里面的巨大潜力。汽车零件的项目并不是他的主要目的，他所有的投资都只是为了赚钱而已。这几年，他追着热度到处做项目，因为受不了长期冷淡的行业和一时的亏损，几乎把火爆的行业都投了个遍。

丁哲伟的公司盈利虽然没有达到他的目标，可最大的优势就是让他对各个行业都有了一定的了解。经过多方打探，他也测算出了古镇项目的巨大潜力。如果不知道这些，那错过了他只会觉得遗憾，可现在知道了，要让他坐视不管，简直比公司倒闭都难受。丁哲伟焦急地在办公室里来回走动，他太想参与这个项目,然后分一杯羹了。

敲门声响起,秘书将丁哲伟要的资料送进来,又在他的注视下走出了门。丁哲伟翻看着嘉美天成的投资人,突然就有了主意。

之前在创投会上,彭成投资的项目也开始有了进展。他刚参加完项目的规划讨论,就收到了丁哲伟的邀约。

约见彭成,丁哲伟从来都不会在电话里讲明来意。彭成就没有丁哲伟这样小心。他皱了皱眉,虽然不喜欢让无用的事占用自己这么多时间,可想到之前丁哲伟为自己打抱不平的义气举动,还是赴约了。

办公室里,相关的文件早就摆在了桌子上。丁哲伟耐心地等彭成来到,简单地寒暄之后他就说明了自己的意思。看着古镇的相关资料,彭成这次提高了警惕:"现在古镇项目还在初步规划中,你怎么能拿到这些资料?"

丁哲伟一副理所当然的表情看着他说:"我与冯天成是非常要好的朋友,只是现在我们的投资方向不同,所以才分开的。要真说起来,嘉嘉也是我看着长大的。在这个项目刚开始的时候,她遇到一些小问题。那时候她正好在和她爸赌气,就直接来找的我,所以我才有了这些资料。"

彭成一听丁哲伟竟然还有这样的一层关系,眼神敬佩起来。丁哲伟除了有义气,在彭成眼里又多了一个低调朴实的光圈。只是他不太明白,好端端的,丁伟哲为什么要找他讲这些。他突然紧张起来,搓了搓自己的手指:"之前嘉美天成的消息不是我放出来的,我只发了关于商栈的!关于嘉美天成的那些事情我真的不知情!"

丁哲伟不耐烦地点点头:"我知道,这些我都了解过了。找你来也不是说这个问题的,我是有其他事要跟你讲。"彭成听到丁哲伟的话,慢慢放松下来,听着他继续说:"这么说吧,冯嘉嘉的这个项目我很看好,但我不太放心商栈的能力。他太年轻,刚回国,用外国的思维,能做好中国文化吗?可惜嘉嘉这孩子太倔了,还一直被商栈蒙蔽,不愿意换掉他。所以我才希望由你出面,代表公司取代商栈。"

彭成略微停顿了一下说:"虽然我也很看好这个项目,可我们公司的情况你也是了解的。商栈与我是平级,他的项目我没办法插手,除非小冯董事主动要求……"说到最后一句话,彭成的声音渐渐小了下去。他好像想到了什么,眯起眼睛看着远处思考,还放慢语速,若有所思地重复了一遍:"让她主动要求才行。"

丁哲伟看彭成似乎已经有了头绪,继续吹捧道:"虽然你和商栈是平级,可无论是资历还是能力,都比他更能胜任这个项目。真不知道嘉嘉这个孩子怎么想的,拿这么大的项目开玩笑!彭经理,这件事你就当给我帮帮忙,怎么样?"说完,他还拿出了冯嘉嘉的联系方式,推到了彭成面前。

彭成拿起来看了看,笑着说:"放心吧丁老板,小冯董事现在就是太年轻,不知道别人的险恶用心。只要她知道了商栈的真面目,肯定会有正确判断的!"

第十九章 被骗太深

丁哲伟放下心来，冲彭成笑笑说："有彭经理这句话我就放心了。现在项目刚开始还好办，过几天可就真的不好改了。"

在丁哲伟的提醒下，彭成也思考起了这个项目的可行性。很快他就想起之前听郑聪和丁哲伟说过的话。他不愿意继续坐以待毙，决定直接从两人的关系入手，转头去了嘉美天成的公司方向。

冯嘉嘉终于结束了那段最忙的日子，正满意地看着自己的项目有条不紊地展开。面对彭成突然的预约，她十分好奇。之前在商栈的只言片语中，她也听出了两人的不合。趁着现在空闲的功夫，她也实在想看看彭成有什么事情要找她说。

彭成跟着秘书的引导来到办公室时，冯嘉嘉背着光坐在办公桌后面，正翻看着文件。巨大的窗户将光亮从她背后引到屋子中，在她脸上形成了一小片阴影。虽然看不清冯嘉嘉的脸，可她认真威严的气势让彭成不由得挺直了脊背。他的到来并没有引起冯嘉嘉的注意，她眼睛依旧停留在面前的文件上，直到秘书敲了敲门，规矩地说："老板，彭经理来了。"

听见声音，冯嘉嘉这才合上文件夹，起身迎了上来。阴影消失了，彭成这才看清了她的样子。冯嘉嘉穿着一身裁剪得当的白色西装，恰到好处的微笑既不显得自大，也不会让人感到疏离。职场精英的气质扑面而来，让彭成有些心虚。可他转念一想，自己的公司也算是冯嘉嘉的投资方，自己没有害怕她的理由。

冯嘉嘉朝秘书摆摆手，秘书退出房间的同时也关上了门。

她的声音里带着笑，十分友好地问道："彭经理这次来找我，听说是有些事情要跟我说？"

彭成坐直身体，也微微向上扬了一下嘴角："对，不过我这次不是代表公司。是我自己不忍心看冯小姐受骗，所以有些事情想跟你说，还希望冯小姐不要误会。"

冯嘉嘉心里觉得好笑，彭成作为一个长辈，今天这样贸然跑过来，还要先撇清与公司的关系，不用猜也知道不是什么好话。冯嘉嘉表面依旧保持着之前的表情，微微点了下头说："那当然，这些您之前就已经说得很清楚了。彭经理如果不是因为关心我也不会专门跑过来，我都知道的。彭经理，有什么事就直接说吧。"

彭成看冯嘉嘉一副十分明事理的样子，也就放下心来，说道："既然这样，那我可就直说了。"

冯嘉嘉点点头，示意他继续说下去。

彭成也就做出一副关心的样子说："冯小姐是和我们公司的商栈达成合作的，是吧？实不相瞒，我也知道你们私下交情比较好。可这个商栈虽然外表看着很精神，人也很有能力，却很会骗人。他吧，人品不太好，不了解的人就很容易被他的外表欺骗。"

冯嘉嘉一听，来了兴趣，头带着身子往前倾了一下，问道："是吗？我记得前段时间有个关于他的新闻，当时和我们嘉美天成一起报道出来。难道说，里面的内容都是真的？"

彭成知道那篇关于商栈的报道，猜测冯嘉嘉的心里一定

第十九章 被骗太深

已经有了判断，所以也不打算说谎："那不是真的，只不过是一些误传。不过商栈在公司的脾气那是暴躁得很，根本不像在外面表现得这样体贴。"

冯嘉嘉没忍住，笑出了声："彭经理大老远跑过来，就为了告诉我，我的投资方脾气不好吗？"

彭成叹了一口气又说："冯小姐，商栈很会骗人的，你不要被他骗了！"

冯嘉嘉对这些没有意义的对话已经快失去耐心，脸上的笑容也消失了，随口问道："是吗？彭经理如果只是为了这些没营养的话，那我们就不要再浪费彼此的时间了，请回吧。"说完，冯嘉嘉朝门外指了指，示意他离开。

彭成做了半天心理准备，抬头看着冯嘉嘉，原本难以启齿的话此刻在冯嘉嘉的催促下脱口而出："冯小姐，商栈喜欢男人，他不喜欢你。"

冯嘉嘉设想了很多种可能，可万万没想到彭成会说这句话。她还以为自己听错了，半天都不知道该如何回应。

彭成看冯嘉嘉难以置信的样子，重复了一遍刚才的话："是的，商栈喜欢的是男人。"

冯嘉嘉回过神来，语气放缓了许多，问道："为什么这样说，你有什么证据吗？"

彭成深吸了一口气，从洪涛给他送画开始，添油加醋地把郑聪之前的话又说了一遍。说完，他还坚定地说："我们公司的员工亲耳听到的，不会有假。当时我也不信，可我的那个员工后来又去办公室把那幅画拍了下来。我后来专门查过，确实是一个男人给商栈送了画，他也确实是在商栈的办公室待了一段时间才出来，完全不是正常送东西该有的时间。"说完，为了证明自己讲话的真实性，彭成把郑聪偷拍的照片递给了冯嘉嘉。

照片里，鲜明的画风被冯嘉嘉一眼认了出来，这是他们一起在画展上买的。冯嘉嘉原本还在奇怪，是哪个男人能让商栈背上这样莫名其妙的名声，现在她大概猜到了事情的经过。一定是商栈给洪涛解释的时候太激动了，这才被大家误会了。这个商栈表面看着云淡风轻，一副对流言都不在意的样子，结果竟然对朋友的误会这么上心。

冯嘉嘉心里使劲地憋着笑，表面还要维持严肃地看手机的样子，整个脸都在使劲。

彭成看冯嘉嘉一言不发，脸上的表情还微微有些抽动，以为目标终于达成了，这才说出了自己此行的目的："冯小姐也不用太难过，毕竟一开始谁都不知道他是这样的人。我听说古镇的项目才刚刚开始，其实现在换人也来得及。我们公司有很多有能力的投资者，不会影响我们之间的合作。"彭成说完后，往前挺直了自己的腰，还整理了一下衣领，生怕冯嘉嘉没有看出来他在推荐自己。

冯嘉嘉深吸了一口气，终于控制住了自己的表情。她这时候也听出了彭成的目的，就严肃地说："彭经理的意思我都明白了，也谢谢您大老远跑一趟告诉我这些事情，不过您说的这件事我还需要再考虑考虑。时间也不早了，我一会儿还有个会要参加，要不，您先回去？"

彭成也不着急等冯嘉嘉做决定，起身劝慰了冯嘉嘉几句就离开了。

冯嘉嘉探出头抵在门框上，亲眼看彭成走远了才放下心来。门关上的瞬间，冯嘉嘉再也忍不住，靠在墙上"哈哈"大笑起来。她迫不及待地打电话与商栈分享了这件事，一边说还一边抑制不住地笑，笑声夹杂在言语之间。

商栈黑着脸听完冯嘉嘉的复述，一言不发。听着冯嘉嘉笑得上气不接下气，终于明白了洪涛为什么总是躲着自己，也猜到了水艺心对自己的想法。难怪她与自己单独相处时看起来毫无压力，原来是因为洪涛的缘故。

冯嘉嘉听商栈一言不发，笑着说："我真不该打电话告诉你，当面说我就可以知道你现在是什么表情了！"说完，她收住了脸上的笑容，声音也低了下来："不过，对于彭成你有什么打算吗？虽然他现在说的这几句话都不痛不痒的，可在背后不一定做了什么呢！有个人天天在背后盯着你，等着挑你错处，这样下去可不行。"

商栈也觉得，彭成这个人太麻烦了。从前在公司里散布谣言，现在又来冯嘉嘉面前挑唆。他终于开口道："这几天我已经在调查他了，而且也有些进展。本来想等空闲下来再去找他，可现在看来，真是没办法再等下去了。"

冯嘉嘉舒了一口气说："行，你看看怎么处理比较好。我记得上次的舆论导向也有他下手的痕迹。我们的项目马上就要到关键时刻了，再出现之前的情况可就没有那么多时间应付了。"

商栈想到这里就觉得头疼，回国选公司时，他只考虑了发展前景和投资风格，却忽略了这最重要的人文环境。"他去找你说这些，是有目的的吧？提了什么要求？"

冯嘉嘉笑着说："你心里还挺清楚，他专门跑过来当然不仅仅是为了告诉我这种事情。他希望我把你换掉，让他来当投资人。"

商栈皱了皱眉："你怎么回的？"

冯嘉嘉幸灾乐祸地说："当然是画个大饼啊，我说我会考虑的。怎么样，需要我配合你做点什么吗？"

商栈笑出了声，这个彭成平时看着精明，还总爱算计其他人，结果到头来没有占到好处不说，还被冯嘉嘉摆弄了一道。"不用了，我自己处理。需要你的时候我会告诉你的。"

第二十章　突发的暴雨

挂掉电话，商栈闭上眼睛无奈地揉了揉眉心。彭成的事情虽然紧迫，可他第一个想到的竟然不是该如何处理问题，而是水艺心如果知道了真相会怎么做。现在她能放心大胆地跟自己接触，是因为中间还有一个洪涛。可她如果知道自己一开始想接近的人就只有她，那她还会和现在一样热情地回应吗？

他心烦意乱地给简方元打了个电话："你还记得之前给我发过一个关于彭成的文件吗？那里面的信息都可靠吗？"

简方元回忆了一下才想到内容的来源："当然可靠啊，绝对保真！怎么，你是终于反应过来，决定下手了？"

商栈有些烦躁，低声说："我本来是想等过了这段时间再收拾他。可最近他不但不消停，还去挑拨我和嘉美天成的关系，想要取代我，所以你给我的东西应该就要派上用场了。"

电话里，简方元的声音提高了一度："我早就劝你快点做打算了，这种人可留不得！你刚回国，还没站稳脚跟呢，这时候最容易出意外了。你看他，果然又开始蹦跶了吧。"

商栈顺着简方元的话说:"好好好!以后这种事一定都听你的,我会多注意的。不过,你怎么得到这些资料的?"

"之前我们有个项目,需要找八卦小记者帮忙宣传一下,所以就认识了几个影响力还不错的人。上次你不是遇到一些舆论的事吗,辟谣澄清的时候我就找的他们,这才又联系上的。后来他们有个项目想找我投资,知道我跟你关系好,所以顺便卖我个人情,就把这些资料发给了我。"

商栈有点担心地问:"那我要是直接把这些资料抖出来,会不会对你或者那些人有影响?"

简方元的声音又提高了起来:"我说商栈,怎么这种时候你的脑子就变得不灵光了?既然都给我们了,那肯定是让我们有机会的时候就用啊!你放心吧,他们肯定会有后手。而且要我说,这个彭成还真是贪心,自己已经有了这么高的职位,还非要冒险从公司手里扣出个项目。这就算了,他还做得一点儿都不隐蔽,好像生怕查不到他一样,这样的人栽了可一点儿都不冤!"

商栈若有所思地点点头,谢过了简方元,转头看向门外办公室的方向。一阵开门声从外面传来,接着是郑聪与人交谈的声音。彭成回来了。

水墨动画项目因为简方元的要求,需要做很大的改动。水艺心把自己大部分精力都放在了修改画稿和故事的重新编写上。

水艺心自己忙得晕头转向,还连带着洪涛与戴晴一起,都增加了工作量。快下班的时候,水艺心才匆忙跑过来,将古镇项目的规划交给了洪涛。

她把资料放到桌子上,不解地说:"怎么今天我一来,工作室的员工都用一种很奇怪的眼神看着我,好像不太欢迎我一样?"

洪涛拿过他面前厚厚的园林图纸与标注的说明,开玩笑地说:"如果我是你的员工,那可真是烦死你这样的老板了。"

水艺心不理解洪涛为什么要这样说,好奇地看着他。

洪涛笑着继续说:"不欢迎你就对了,天天想来就来想走就走,有时候半个月都见不到你。这就算了。一来还给大家带来这么多工作。你知道这个古镇项目给大家增加了多少活吗?估计在大家眼里啊,你就是那种天天安排工作,自己还不干活的讨厌老板。"洪涛说完朝手机的方向抬了抬下巴说,"你看这都几点了,快下班了还给我送文件。你就是网上一直被骂的那种老板。"

水艺心斜了他一眼,毫不示弱地回应:"如果我是你员工,那也一定烦死你了。不来就嫌我不来,来了又嫌我给你送文件,怎么都不满意。我看啊,你根本就是借着这个机会把自己的心里话说出来,给我提意见呢!"水艺心翻开自己拿过来的文件继续说,"看见没,我自己都要忙死了!这些都是我连夜标注好的,你只需要再帮我补充一点儿规划就好了。"

洪涛无奈地说:"你看,我说你一句你就要回我一句,还句句不离工作,我怎么可能做你的老板啊!"

水艺心笑着说:"好,老板我错了,辛苦洪老板帮我收尾了。我还要回去改动画项目呢!现在从故事结构开始改,好多地方都要变动呢。我这就要回去了!"

在工作室员工幽怨的眼神里,水艺心进来没多久就又空着手离开了,显然工作已经给洪涛安排下去了。

外面天黑的时间越来越晚,下班时间到了,天还亮得很,总让戴晴有种不真实的感觉。经过了一段时间的学习,她已经对自己的工作十分熟练了,可骤然加大的工作量还是让她不得不留在了工作室加班。

水杯上的热气渐渐散去,她眼睛盯着电脑快速做着最后一遍检查,左手机械而缓慢地拿过杯子。早就凉透的水滑过喉咙时,她才猛然发现外面的天已经黑了。工作室里,除了她的位置上方亮着孤单的一束光,就只剩洪涛的办公区还有光亮。

她揉了揉有些酸胀的胳膊,合上电脑。肚子的叫声与洪涛清嗓子的声音同时响起来,她这才注意到已经晚上七点了。她起身离开工位,黑漆漆的环境让她有些困惑,今天的天空好像看起来有些奇怪。

洪涛听到声响,头从门里探出来,看到她十分惊讶:"这么晚了你还没走啊!"

戴晴回过神来,回答道:"水艺心最近不是没时间吗,我刚才把古镇的相关资料都做完了,所以今天就晚了一些。"

洪涛扒着门框大声说:"这么快就完成了?那你快回家

第二十章 突发的暴雨

吧，路上小心一点儿，到了发个信息说一声，我好放心。"

戴晴点点头，洪涛的脑袋才缩了回去。敲击键盘的声音又从屋里传了出来，周围也恢复了安静。

迎面而来的凉风吹得戴晴有些睁不开眼，空气中还夹杂着水汽。她抬头看着上方，大片的乌云聚集在天上，天空昏暗又低沉，所有景物都在预示着大雨就要来了。下午还晴空万里，现在突然变天让人有些猝不及防。路上的行人都加快了脚步，快速从戴晴面前经过。她没有拿伞，只能低着头往前走，祈祷着雨能落下得晚一点儿。

为了缩短路程早一点儿到家，戴晴拐进了一条小路，走到一半她就后悔了。昏黄的灯光下只有她一个孤零零的影子，地上的树影摇晃得厉害，耳边的风声也越来越大。平时没有注意过的新闻此刻全跑进了她的脑子里：某女生独自走夜路被尾随，无人的小路上被抢劫无处求救……不好的想法在戴晴的脑海里越来越强烈。她晃了晃脑袋，想把这些恐怖的想法从脑海里晃掉。可越是努力不去想，这些新闻就越是牢牢地印在她脑海中。

她感觉自己的心跳越来越快。突然，一道闪电划过天空，巨大的雷声好像在头顶炸开，吓得戴晴尖叫了起来。随后，大雨跟着雷声一起落下，戴晴犹豫地看着前方的大树，不敢再继续向前走。偏偏这时候，身后还传来一阵脚步声，她微微转过头，余光看到一个男性的身影直奔自己而来！她看了看前方空无一人的街道，也顾不得头顶的闪电，迎着大雨拼命地往前跑。可毕竟男女力量悬殊太大了，加上戴晴一晚上没吃饭，早就有些体力不支。听见身后的脚步声越来越近，她的心情也越来越绝望，因为过度的紧张，她甚至能听见离自己越来越近的男性的呼吸声！在背后那双手就快碰到自己肩膀时，戴晴双手捧出自己的包，闭上眼睛大喊道："大哥，我所有的钱都在这里，你放了我吧！我闭着眼也看不见你的样子，一定不会报警的！"

"戴晴，是我啊，你别怕！"熟悉的声音让戴晴小心地睁开眼。只见洪涛跑得气喘吁吁地站在面前，在自己头顶撑开了一把伞。

威胁瞬间解除，放松下来的戴晴再也控制不住自己的情绪，上前一把抱住洪涛，哭着说："怎么是你啊，我快要吓死了！我还以为要被抢劫了呢！我还以为要死了呢！"

洪涛被突如其来的拥抱吓得浑身紧绷，一手打着伞，另一只手慌乱得不知如何是好，在空中抬起，又不敢完全放下，最后僵硬地拍了拍她的背算是安慰，并解释道："我喊你了呀，你听到声音就跑，我这才追上来的。"说完感到戴晴又抽泣了一下，赶紧改口道："好了别怕了，都怪这个雷，不然你就能听到我的声音了！"话音刚落，又是一声巨大的响雷在头顶炸开，好像在对洪涛的话表示不满。

戴晴终于放开了手，用手背抹了一下脸上的眼泪说："我听见有人喊我了，还以为是鬼故事里的妖怪呢！现在又是打雷又是下雨的，而且这路上一个人都没有，最适合出现鬼了！

书上说，如果我答应或者回头了，就会被吃掉的！"

洪涛笑着把手伸到戴晴面前说："那你摸摸看我有没有体温，是不是真的洪涛，你再看看我有没有脚。"说完，还伸出腿提了提自己的裤脚，露出了脚脖子。

戴晴被洪涛逗笑了，傲娇地抬起头，真的摸了摸洪涛的手，感受了一下温度说："那好吧，我承认你是真的洪涛。"

洪涛看戴晴的情绪稳定了下来，拉着她边往回走边说："车停在外面了，这条路太窄了，我怕车不好开就没有开进来。走吧，我送你回家。"

两人打着伞一起走在路上，戴晴看见洪涛将伞大部分都向自己这边斜了过来，雨水划过伞面落到他的肩上，衣服被打湿了一大半。她向洪涛靠得近了一些，轻轻将伞往回推了一下，心里对洪涛的依赖又多了几分。

回到车上，洪涛贴心地拿过纸巾，让她擦干脸上的雨水。戴晴脸上的眼泪早就和雨水一起风干了，她擦了擦头发就问道："你不是在工作吗，怎么会在那条小路上？"

洪涛一边擦着脸上的水一边回答："你走之后我总觉得不太放心，外面太黑了，我怕你回家不安全。出门后我才看到要下雨了，估计你没有带伞，就赶紧去找你。我沿着路找了半天都没看见你，就猜你可能走的小路。我在路边看见里面有个身影，就想去碰碰运气，结果还真是你。"说完，洪涛冲戴晴挑了一下眉，像是等着表扬一样，"怎么样，我的推理还不错吧！"

听着洪涛的话，戴晴心里泛起一股暖意，感动的情意直冲向她的大脑，眼泪又溢满了眼眶。洪涛拿起戴晴用过的纸巾，扔到一个牛皮纸袋里说："告诉我你家在哪儿，我好送你回去。"

戴晴不想让洪涛看到自己流泪的样子，赶紧低下头，然后说出了自己家的地址。

戴晴靠在身后的靠背上，听着洪涛时不时嘱咐自己一句，一会儿说晚上不要走这样的小路，一会儿说以后工作做不完可以拿回家，不要走太晚。戴晴一一答应下来。

最后，洪涛说再遇到暴雨天气，就回工作室找他，不要一个人继续走。雨水顺着车窗滑落，戴晴转头看向洪涛，突然喜欢上了雨天。

或许是小路上的拥抱给了她勇气，让她突然有一种冲动，她不想让洪涛继续被蒙骗了。她想告诉洪涛水艺心出轨了。

到了小区门口，洪涛靠近路边停下车。戴晴看向洪涛的眼神越来越热烈。此刻车内狭小的空间让气氛变得有些暧昧起来。戴晴红着脸看向洪涛，动了一下嘴，欲言又止。正当她要说出在嘴边的话时，洪涛的电话突然响起，水艺心的名字赫然出现在屏幕上。

戴晴看到这个名字，之前积攒的所有勇气突然都消失殆尽了。她几乎是跳起来打开车门落荒而逃了，只来得及扔下一句谢谢。虽然水艺心背叛了他，可洪涛现在也是别人的男朋友，自己怎么可以动这种心思呢？

第二十章　突发的暴雨　　183

洪涛拿的伞还没递出去,车门就被关上了。看着戴晴逃跑般的背影进了小区他才接起电话。水艺心的声音从手机里传过来:"我看外面下雨了,你回去了吗?"

洪涛听了水艺心这话,直接翻了个白眼:"你才想起来啊,我还以为你只关心工作,根本不管我呢。"

水艺心抗议道:"我刚看到下雨就给你打电话了,你还真是没良心!"

洪涛笑道:"没呢,刚工作完。正好我今天开车出来的,赶巧了。"

"我给你的资料不是让你今天都完成的,那是这一阶段的初步稿件。你不要搞错了,让大家今天做完了。那我可就真成讨厌的老板了!"

洪涛说:"放心吧,我知道的。今天只是我自己加班,没有要求他们。"

第二十一章　身不由己

路边的车窗伸出一个相机，镜头对准了一个不起眼的小工厂。不一会儿，彭成与一个人从里面走了出来。他拍了拍旁边人的肩膀，笑着和他说了一些什么，然后就离开了。

相机连拍的声音响起，直到彭成离开了小工厂才停下。商栈得意地看着自己手里的相片，开车追上了彭成，在他身边慢慢停下。

彭成看到一辆陌生的车在自己身旁缓慢行驶，跟出了好一段路。他停下脚步，车辆也跟着停了下来。车窗缓缓落下，商栈的脸出现在了他面前："彭经理要去公司吗？要不要我带你一段路？"

彭成下意识地回头看了看工厂的方向，不知道商栈这时候出现是为了什么，张口拒绝道："不用麻烦了，我的司机就在前面等我。"说着他就要继续往前走，想甩掉商栈这个麻烦。

商栈并没有让彭成如愿，他开车又往前跟了一段路，笑着说："司机那边你说一声就好了，上来吧彭经理，大老远我就看到你了。"他特意将"大老远"三个字读得重了一些,彭成终于停下了脚步。

看着笑盈盈的商栈,彭成拿出手机给司机打了个电话,交代几句之后打开车门,坐在了副驾驶位置。

汽车平稳地行驶在路上,彭成一言不发地看着前方,等着商栈先开口。商栈脸上还带着笑,他先打破了沉闷的气氛,说道:"刚回国的时候我不太喜欢开车,总觉得不习惯,因为国外的驾驶座位和国内是相反的。现在开了几次也就熟悉了,其实和在国外开车没什么区别。你说呢,彭经理?"

彭成叹了一口气说:"商栈,既然只有我们两个人,有话你就直接说吧。"彭成清楚,商栈一定看到了自己从工厂出来,只是不清楚他现在对自己了解多少。

对于彭成的开门见山,商栈也不太意外:"彭经理,看来你还挺清楚的。"

通过后视镜,彭成看到自己出来的小工厂已经不见踪影了,心里还是存有一丝侥幸:"那我们就没必要绕弯子了,你找我到底想说什么?"

"彭成,现在科技发展得好是大家有目共睹的,所以零件供销也很火热,可这种高端零件的生产是需要技术支持的。你那个厂子,看起来不太合格吧?"

彭成知道逃脱不过,半真半假地回答道:"你是说刚才那个小工厂吧?你误会了,那个工厂我只是路过参观了一下。像我们这样的投资人,没什么天赋,只能靠自己努力争取业绩,所以看到一些小工厂就总想进去看看。我找的厂家可能外表看着比较一般,但都是有认证的,产品也会送检。商栈,我年纪大了,学习能力可赶不上你们年轻人了啊!"

商栈通过后视镜看了一眼嘴硬的彭成,继续说:"是吗,我看不只是参观吧?送检的产品和实际上用的产品是同一个机器、同一个车间生产的吗?而且我记得,这种零件在市面上的普遍批发价应该是五万一箱吧?你拿的货是三万一箱,这样的价格,合作方知道吗?"

彭成脸上渐渐失去了血色,表情也严肃起来,还试着争辩道:"商经理,说话那是要讲证据的,我只是从工厂里出来,那也证明不了什么吧?"

商栈一副早知如此的表情说:"我如果没有证据当然不敢随意来找您啊。您面前的抽屉里就是我专门为您准备的证据。彭经理可以帮我看看全不全面。"

彭成半信半疑地拉开面前的夹层,整整齐齐的资料彻底撕下了他的伪装。他颤抖着双手拿出来,甚至没有信心仔细看下去。他知道,如果这些资料真的被商栈公布出来,那他现在的一切就都没有了。

商栈用余光看着他,耐心地讲解道:"我记得彭经理投资了一个零件加工的项目对吧?这个项目投资申报的时候是一个省级的企业,规模和资金都很雄厚。可实际上只是一个占地三十亩的小厂房,甚至流水线也只有一条,还是淘汰下来的。如果继续调查下去的话,这个厂房的实际经营者是你的父亲吧？再加上刚才你出来的那个小工厂，也是一个个人的。彭经理，算盘打得真不错，用公司的钱投资自己家的项目，还能得到更多的合作，真是怎么样都亏不到你啊。"

彭成闭上眼睛，将头靠在靠背上，重重呼出一口气，声音里还带着微微颤抖："你现在跟我说这些，不是为了举报我吧？如果是想把我从这个位置上拉下来，那你完全可以不给我看这些资料。"彭成沉默了一会，又缓缓地说道："说吧，你想要什么。除了我现在已经开始的项目，其他的都可以给你。不过，我希望你能把我现在的职位留下，我已经不会对你造成威胁了。"

商栈轻轻摇摇头："我不要别的，我也没想过让你把位置让出来。我只希望你不要再继续把关注点都放在我身上了。我们本身就应该是合作的同事，你何必这样针对我呢？"

彭成冷笑了一声："不会吗？我辛苦十几年才爬到现在的位置。你一来直接就与我拥有同样的权利！如果不是你，我做的这些事不会被任何人翻出来。可是，你才回国多久？这么快就拿着东西来威胁我了！"

商栈皱了皱眉："即使不是我，现在也会有其他人在这个位置上，他也会发现你做的这些事的！而且我劝你，这些事就不要再做了，以你现在的职位和权利已经过得很好了，何必再冒这么大的风险呢？"

彭成没有说话，他看着车子慢慢停下来，公司所在的大厦出现在他眼前。车内安静了好久，商栈见彭成始终保持着一个姿势，没有要下车的意思，正要开口喊他，彭成的声音就传了过来，听着有些微弱："你知道SMA吗？在国内其实不算罕见。"

商栈还没反应过来彭成的话是什么意思，对方就自顾自地接着说："中文名叫脊髓性肌萎缩症，是不是听着就不太好治？当初我妈得了这个病的时候我们都没太在意，以为只是年纪大了腿脚不方便，结果后来诊断出来的是一个我们都没听说过的病症。我妈在医院住了十天，花了五十五万元。"

彭成的脸始终转向窗外，没有让商栈看到表情："你们都说我现在有钱也有权，可是有什么用呢？我妈这么大的年纪，没有医院敢给她做手术，只能保守治疗，然后看着她躺在那儿慢慢发病。而且最可怕的是什么你知道吗，这是一种遗传病。也就是说我和我的孩子，以后都有可能和我妈一样躺在那里。你说，我现在除了拼命地赚钱，还能做什么？"

现在轮到商栈不知道说什么了，他突然想到了自己的爷爷奶奶。当初他也是什么都没有，只能眼睁睁地看着他们病死在医院里。他梳理了一下自己的思维，想继续反驳彭成，可所有的话好像都变得空洞起来。

"可是……"

商栈刚犹豫地说出两个字，彭成就打断他道："走吧，之前的事我认真地向你道歉，也都会给你一个交代的。商栈经理，这些证据怎样处理也都随你。我只希望你能给我留下老人家的救命钱。我先回去了。"彭成说完，打开车门

第二十一章　身不由己

离开了。

彭成心情沉重地回到办公室，一起拿回来的还有商栈搜罗的证据。虽然他心里十分清楚商栈那里一定会有备份，可就这样明目张胆地放在车里，他也实在是不能安心。

他狠狠地把这些资料拍在桌子上，在他松手的瞬间，一些纸张也因为惯性滑落在了地上。他拿起旁边因为强烈震动而滚动到桌面边缘的一支钢笔，突然发狠一样砸到了地面上，甩出一道墨水的痕迹。

他重重地坐回到椅子上，看着散落的纸张，心里的恨意愈发强烈起来。很快，他捡起地上的每一张纸，亲眼看着这些关于他的"罪证"一点点消失在碎纸机里，又将这些碎纸一起倒进马桶冲掉才放下心来。虽然这些事他做得不够隐蔽，可如果不是有意针对，也不会在这样短的时间里查到这么多内容。彭成回到办公室，想不明白是谁泄露了这些秘密，想来想去，终于在脑海里锁定了一个人。

丁哲伟看到来电的时候还以为他这么快就带来了好消息，就愉快地接起电话，甚至已经在思考如何进行下一步部署了。彭成隐忍克制的声音从手机里传来："丁董事长，古镇的项目我不会参与的，而且一开始我就没准备参与。至于商栈，我已经向他道过歉了，您大可不必担心我的打扰。"

丁哲伟被彭成突如其来的转变惊呆了："你在说什么？什么打扰？这是什么意思？"

彭成强压着怒火，这些话从嘴里挤了出来："不要再装了,丁哲伟。我知道你是想为冯嘉嘉和商栈扫清我这个障碍。放心吧,你做得很好。"说完,彭成没再给丁哲伟解释的机会就挂断了电话。

商栈坐在车里久久回不过神来。原本以为胜券在握的事情,现在反而让他好像成了一个罪人。爷爷奶奶相继去世的场景在他脑海里循环播放。乡村里低矮的土屋,黑白的遗照,还有殡仪车里的哀乐。现在的彭成至少还能拿出救命的钱,可当时的自己甚至无法给两位老人请到一个合适的护工。

深深的愧疚感萦绕在商栈心里。他鬼使神差般地拨通了水艺心的电话,他太想念水艺心的关心了。

水艺心现在又回到了写演讲稿时的状态。她懒懒地接起商栈的电话,很快就发觉了不对。她一边换下自己的睡衣,一边询问商栈的位置,好不容易才稳住了他的情绪。

好在商栈不难寻找,在公司楼下一辆显眼的黑车里,他正把头趴在方向盘上。有人敲了敲车窗,商栈猛地抬起头,看到是水艺心后一种久违的安全感驱散了他的难过,让他立刻就开心起来。

水艺心不知道发生了什么,她打开商栈这一侧的车门。那一瞬间,头顶的阳光和水艺心的影子一起照了进来,外面的热气也一起扑到了商栈身上。水艺心微微弯下腰朝商栈的方向凑了过去,伸手将他的脸托起来仔细看了一遍,没发现伤口也就放心下来:"刚才看到你趴在车里也不抬头,我还以为你被霸凌了呢。"

商栈直接被逗笑了:"没有,是我欺负了别人!"

水艺心一副不相信的表情说:"你这个样子可不像。"她抬头想了想,又对他说,"你现在像一个打架的小学生,打赢了,但是被老师发现了。"

商栈想了想这样奇怪的比喻,觉得大概也只有水艺心才能想出来,就点点头赞同道:"还挺贴切。"

水艺心看商栈的语气恢复了正常,位置也换到了副驾驶上,试探着问道:"那你跟谁打架了?怎么被老师发现的呀?"

说到这个问题,商栈露出了一言难尽的表情,说:"我认识一个人,我发现他在做一些不好的事情,这些事情如果被我公之于众就足够让他离开公司,还要给公司一笔很大的赔偿。可因为一些原因,他很需要这笔钱,也就是说他如果被发现了,那就会有人因为没钱而病死掉。"

水艺心听懂了:"所以你现在很犹豫,不知道该不该把这件事公布出来?"

商栈点点头。如果这些事不能公布,那就不足以成为牵制彭成的证据。何况不公布,那商栈也相当于在无形中成了他的帮凶。

水艺心又问:"你是因为无法做这个选择才难过的吗?那他是只有这一个办法挣钱吗?就没有其他方式继续维持现在的生活吗?"

商栈情绪又低落起来:"这个我不知道,我和他只是同事,并不熟悉。"

水艺心想了一下说:"我最近在给我的水墨画构思一个故事,讲的是一个人天生就饭量很大,只有不停地吃饭才能不被饿死。可是他的劳动不足以换取足够的食物,于是晚上他就去别人家偷粮食吃。直到有一天被发现了,因为他偷光了村子里所有的存粮,最后很多人都和他一起被饿死了。"

商栈问:"你是想说,如果不阻止他就会有更多人的利益受损吗?"

"当然不是啦。虽然他有犯错的理由,可他也没权力让大家一起为他的错误买单。重点不在于你该怎么做,而是他会选择什么样的方式解决。你在这里面只设定了两种结果,而且把别人的错误都归结到了自己身上。一个是你看着他继续犯错,一个是错误被发现后有人没钱维持生命,但生活中可不会只有这两个选项,你也无法承担别人的选择。"

水艺心的嘴一张一合说了很多,商栈全神贯注地看着她,甚至没有注意到她接下来说了什么。仅仅看着她努力开解自己的样子,商栈的心里就突然涌起一股冲动,直到水艺心的嘴巴停下来,他才发觉水艺心的话讲完了。

借着水艺心好心安慰他的氛围,商栈突然说道:"你能抱抱我吗,就当安慰我一下。"

水艺心以为自己听错了,狐疑地看着他。商栈眼皮慢慢落下,看起来十分落寞:"已经很久没人抱过我了。当然,如果这个要求有点过分的话,你可以拒绝。"他的声音越来越轻,头也跟着慢慢低了下去,就像个做错事的小孩子。

第二十一章　身不由己

水艺心原本还有些犹豫，可看到商栈可怜的样子，她侧过身，张开双手主动抱了上去。感受到他紧绷的身体，她还安慰地拍了拍他的背。商栈的头靠在水艺心的肩膀上，嘴角偷偷地勾了起来。

第二十二章　一心难以二用

安慰过商栈，水艺心自己也犯起愁来。由于动画形式的变动，以前设定的很多情节和表现形式都不能再使用。水艺心大胆地砍掉了许多故事章节，可是在重新添加故事的时候又把她难住了。原本的故事虽然是一个个相对独立的小故事，可相互之间还有着相同的背景可以连接，不算零散。可现在的改动让她不得不打破之前的思维，给故事寻找新的灵魂。

坐在电脑前，她思考了整整两天还是一点儿进展都没有。电脑下方弹出了新邮件的消息。她缓慢地点开邮箱，发现是洪涛修改完了她之前的资料。

她走马观花地浏览了一下整合好的文件，突然想起自己之前是跑到了各个古镇里，深入体验之后才有了创作灵感，于是她心里的想法活络起来。根据现在项目的进度，嘉美天成的团队应该已经到村子里开始测量考察了。

嘉美天成的办公大楼里，秘书穿过长长的走廊，匆忙敲开了冯嘉嘉办公室的门："老板，古镇那边的测量队反映，说村民们情绪都很激动，不让靠近任何建筑，根本没有办法测量考察。"

冯嘉嘉的思绪还在面前的方案里,对秘书的问题并没有很在意:"村主任也在吗?有没有跟他说我们是嘉美天成,不是别的团队。之前提交方案的时候村主任也在,当时还说很喜欢我们的改造项目呢。"

"都说了,村主任也在,他们说就是因为我们是嘉美天成才不让进去的。"

冯嘉嘉抬起眼皮问:"态度变化这么快?有没有说是什么原因?"

"那边说我们是骗子,还说我们做了什么自己清楚。"

冯嘉嘉无奈地笑了笑:"原来是误会了啊,没事。一会儿我给当初拍给我们地皮的张处长打电话说一声,麻烦他帮我们解释一下,证明我们是真的嘉美天成就好了。"

"那测量队那边?"

"先在那儿等一等吧,通知下达需要一些时间。你先去忙吧。"

随着办公室的门被关上,冯嘉嘉翻出了张处长的联系方式。当初拍卖古镇地皮的时候,这个张处长就特别看好自己的想法与规划,也多亏了他的极力促成,嘉美天成才能在一众策划案里脱颖而出。冯嘉嘉在心里组织了一下语言,接着就拨通了电话。

等待铃声响了五遍,直到冯嘉嘉想要挂断电话了,那边才接通。冯嘉嘉心里暗暗有种不好的预感,可还是立刻换上了热情的微笑:"张处长,是我,冯嘉嘉,您还记得吗?"

张处长一改之前的热情,在电话里变得悠闲起来:"哦,哦,冯嘉嘉,我记得。找我有什么事吗?"

"是这样的张处长,之前我们公司拍下了古镇地皮,结果现在想去开发测量的时候被村民拦下来了,说我们是骗子!我估计啊,是有什么诈骗人员打着我们的名义去过了。所以现在我想请您帮忙开个证明,或者下个通知,让大家知道我们是真的就行。您看怎么比较方便?"

张处长的声音有些犹豫,像是在回避她:"这个事情吧,我做不了主。这样吧,你让你的团队先回去,等我们沟通好了会通知你的。"

冯嘉嘉一下子就听出了不对劲:"张处长,这是遇到什么难处了吗?要是有什么问题您可以说一下,我这边看看有没有办法解决。"

张处长明显不愿意多说,敷衍了两句就挂断了电话。冯嘉嘉发现了问题的严重性,找来了秘书仔细询问:"那边到底是怎么回事,你跟我详细地说一下。"

秘书对现场的情况也没详细了解,就只是将测量队反映的情况,包括村主任与村民拦在建筑前的事情一起说了出来。

敲门声再次响起,冯嘉嘉不由得紧张起来,生怕这次又有什么不好的消息传来。这一次,是水艺心笑嘻嘻地探出头来:"嘉嘉姐,我发给你的园林初稿你看到没有?这次我可是费了好大的劲才弄出来的,每一处都给标注上了!"

冯嘉嘉松了一口气,心情也随着水艺心的到来放松了一些:"我还没来得及看,现在古镇那边遇到了一点儿麻烦,我的团队还没进去呢。"

水艺心好奇地问:"地皮不是拍下来了吗,怎么会不让进?知道是什么原因吗?"

冯嘉嘉解释道:"土地是国家的,其实我们拍下来的不是地皮,而是古镇的开发权。确切地说,是我们的项目策划案得到了开发的权利,如果我们的项目有变动,还需要重新上报审批。至于原因也没问出来。"

"那我们的项目就这么搁置了吗?现在是当地流程出的问题,还是什么?"

冯嘉嘉说起来就有些头痛:"应该是都出了问题。没办法,现在只能搁置一下了。村民不让测量队进村,张处长的态度也很模糊,等到下午我还要再想办法问一下。"

水艺心建议道:"嘉嘉姐,我正想和你说呢,因为我的水墨动画需要有大的改动,所以我现在需要新的故事灵感。原本我是想跟你的测量队一起去古镇的,但现在既然遇到了问题,不如我们一起去看看怎么样?测量队进不去,但旅游的人一定能进去吧?"

"你是说,我们亲自去考察?这个办法我还真没想过。"冯嘉嘉笑着看向水艺心,"难怪你这个初稿整理得这么快,原来是在为你的水墨动画做准备啊!你先回去准备一下吧,如果这些事一直这样没有着落,那我就跟你一起去。"

看着水艺心开心地离开，冯嘉嘉笑了笑，转头打开了她发来的文件。

一起工作了这么久，彭成这是第一次来到商栈的办公室。公司统一的书桌，干净整洁的桌面，只有挂在墙上的画是跟周围截然不同的风格。彭成看得脸一红，迅速移开了自己的目光。

商栈对于彭成的突然到访有些好奇。紧接着，一摞文件放到了桌面上。在彭成的示意下，他伸手翻开，发现这是一个完全不属于自己的项目。

彭成的身体还朝着门外，保持着随时都要出门的姿势，他高冷地说："这是我的一个西药项目，现在在国内还是很有前景的，作为之前的补偿，我把它让给你。还有公司里关于你的谣言，我也在清理了，这个可能还需要多一点儿时间，不过你放心，不会太久。"

商栈把项目推了回去："我不需要你把项目让给我，只要你以后不要再阻拦我就好了。"

彭成这才转向商栈，十分不情愿地说："其实它原本就应该是你的，只是被我拦了下来，现在也算是物归原主。你作为新来的经理，现在手上只有两个项目，总归是不行的。你看看有什么不清楚的地方，可以随时来找我交接。"说完，彭成就离开了，好像一刻也不愿意多待一样。

对于彭成的变化，商栈有些发愣。他打开文件仔细看了起来，从发布的官方文件到产品细节都标注得清清楚楚，前景十分明朗。这个项目太好了,好到他有些不敢相信彭成竟然愿意让出来。商栈带着疑惑仔细审查时,冯嘉嘉的电话打了过来。

"古镇的项目出了些问题,我们可能需要去一趟。"

商栈从西药的项目中回过神来:"什么问题还需要亲自跑一趟?现在不应该已经开工了吗?"

"我刚才给张处长打了电话,好像是因为村民联名上书,导致现在当地有换开发商的想法,不过具体的原因还不是很清楚。张处长也不愿意跟我多说,我打了两个电话才问出来这些。"说完,冯嘉嘉把测量队在村子里受阻的情况告诉了商栈,然后疲惫地叹了一口气。

意识到了问题严重,商栈说:"好,我跟你去。对了,水艺心也是合伙人,你通知她了吗?"

冯嘉嘉张口就说:"去。她本来也要去古镇,说是要为水墨动画找一些题材,现在等我回话呢。"回答完,冯嘉嘉感觉到了一丝奇怪,虽然问一下同伴很正常,可商栈单独问水艺心的行程就有些奇怪了。这个怪异的感觉一闪而过,很快就被冯嘉嘉抛在了脑后。

商栈的语气也轻快了起来,答应道:"好,我尽快处理一下这边的事情。时间你们看着安排就行。"挂掉电话,商栈没有再打开手上的项目策划书,而是思考起古镇的行程。他回想起之前与水艺心在车里拥抱的感觉,不知不觉笑了起来。

工作室里,很多员工还是发现了这几天的异常。休息室里的零食依旧摆得满满的,甚至比水艺心在的时候种类还要多。戴晴来到茶水间接了一杯热水,然后顺手就摸过一包零食吃了起来。

洪涛恰巧也走了进来,看到戴晴在,伸出手自然地打了个招呼。戴晴匆忙低下了头,加快了吃零食的速度。

洪涛看她的脸颊吃得鼓鼓的,可爱得像仓鼠一样,忍不住笑了出来:"你慢点吃,又没人跟你抢,不够这儿还有呢!"

戴晴的脸瞬间红了。一不留神,零食的残渣就呛到了呼吸道,让她猛烈咳嗽起来。洪涛匆忙把戴晴的杯子递过去,发现是热水又赶紧倒掉,给她接了一杯温水,还一下一下轻轻顺着她的背,开玩笑道:"你要是这个吃法,我可不敢再买薯片了,下次我就换成别的。"

戴晴咳得眼角通红,喝了好几口水才缓过气来,抬头见洪涛的脸赫然在自己面前放大,又赶紧将头低了下来。

自从雨夜送戴晴回家之后,她就总是欲言又止地想说什么。可最近,除了必要的工作,她总是躲着洪涛,平时目光接触到一起后,她也是慌忙躲闪着眼神。洪涛就是再迟钝,此刻也感觉到了微妙的变化。他试探着向戴晴的方向靠了靠,小心地指着戴晴旁边的位置问:"我可以坐在这里吗?"

戴晴的瞳孔好像放大了一下,休息室里那么多空闲的座位,可他怎么偏偏要坐自己旁边!原来戴晴以为只是水艺心出轨了,现在看来洪涛也有问题!她的表情冷了下来:"当然可以。"扔下这句话就起身离开了。

第二十二章 一心难以二用

在这段时间里，戴晴感觉水艺心往工作室跑得格外频繁。虽然每次只是来了一会儿就离开了，可她的出现还是无时无刻不在提醒戴晴，洪涛是有女朋友的人。之前洪涛明明说过，她十天半个月都不一定会去工作室一次，可现在只隔了几天，她就又来找洪涛了。戴晴听着办公室里传出两人的欢声笑语，懊恼地把键盘敲得啪啪响。

说话间，洪涛的目光绕过水艺心，悄悄看了一眼门外的办公区，发现戴晴认真地看着电脑，对屋里的笑声毫不在意。果然还是自己想多了吧？洪涛收起目光，思绪也回到了与水艺心的讨论上。

"冯嘉嘉要去考察古镇，你要去找灵感，我去干吗啊？"

水艺心支支吾吾地想不到理由，也不愿意就此放弃："你就去吧，天天在工作室里办公，不知道的还以为我欺负你呢！再说了，我们两个女生，万一有什么意外怎么办？你去给我们当护花使者。"

洪涛笑出了声："我保护嘉嘉姐就可以了，你还需要我保护吗？真遇到危险，我保护歹徒还差不多！"

水艺心被洪涛气笑了："洪涛！你跟谁一伙的啊！就说你去不去吧！"

洪涛还没回答，戴晴敲了敲门走进来，把整理好的资料放到洪涛面前，面无表情地说："老板，资料我做完了，我下班了。"说完又面无表情地离开了。

水艺心看着戴晴拿过来的资料赞叹道："可以啊洪涛，教得真不错。你看这些标注和规划,做得也太详细了,都快赶上你了!有戴晴在,你还有什么不放心的?走吧,跟我们一起去吧!"

水艺心不知道戴晴平时的样子,可洪涛却能清楚地感受到戴晴态度的变化。要说对戴晴的感觉,洪涛自己也说不上来。毕竟戴晴长得亭亭玉立,学习能力也强,怎么也不会让人讨厌。可她的态度总是忽冷忽热,让人捉摸不透。

水艺心看到洪涛有些犹豫,于是帮他决定道:"那就这么定了啊,我们一起去。放心吧,不会去很久的。"

戴晴这次没有偷听,不过来回走一趟的工夫也就把两人的对话内容猜了出来。她听到洪涛这样轻而易举就答应了水艺心的要求,又想到这几天洪涛看向自己的奇怪眼神,一时间心里五味杂陈。

时间过得很快,冯嘉嘉不想再等下去了。几个人也都收拾好了行李。

第二十三章　出发去古镇

带着冯嘉嘉一起,商栈满心期待地来到与水艺心约好的等候地点,远远地就看到了站在她旁边的洪涛。他有些难以置信地问冯嘉嘉:"洪涛怎么也来了?他去做什么?"

冯嘉嘉听出了商栈语气的怪异,解释道:"和水艺心一起来的啊。怎么,他没告诉你吗?"

本以为有机会独处,可现在她又带上了洪涛这个电灯泡。商栈失望了下来,说:"没有啊,我跟他不熟。他肯定也不会告诉我的。"

冯嘉嘉感觉有些奇怪,之前从彭成的描述里,她还以为两人的关系已经很好了,可现在看来,又好像完全不是自己想的那样子。说话的工夫,车辆缓缓停在两人面前。看到商栈也在,水艺心也惊讶了一下。洪涛意味深长地看了一眼水艺心,发现她依旧毫无察觉,又看向了身旁专门下车想要帮忙的商栈。

水艺心的东西并不多,交给了洪涛之后麻利地上了车。商栈感受到了洪涛的目光,轻轻关上了汽车的后备箱,之后与他对视了一眼，眼神中有些戒备。

　　见两人迟迟没有动静，水艺心落下车窗喊道："洪涛你好了没有？快点上来啊！"洪涛应了一声"来了"，又对商栈友好地笑了一下，就去后座坐到了水艺心旁边。

　　商栈不服气地回到驾驶座上，狠狠地扣上安全带。水艺心的声音从后面传来："商栈你也来了啊！正好这路程长，可以让洪涛和你换着开！"说完，还碰了洪涛一下，朝他使了个眼色。

　　洪涛刚要回应，冯嘉嘉就开口说："你们年纪小，这个路怕是开不来，我可以和商栈轮着开，不然一个人是有些累。"

　　水艺心有些自豪地对冯嘉嘉说："没关系的嘉嘉姐，洪涛开车技术可好了。之前大学的时候，每次出门都是他开车，这些路他都能开！"

　　商栈听了有些醋意："你们大学的时候还经常一起出去玩？虽然大学可以放松一些，可开车出行，对学生来说也太奢侈了吧？"

　　水艺心解释道："不是出去玩。当时我就跟洪涛确定了工作室的方向，所以会经常出去谈一些投资。很多谈投资的地方和时间都不太方便打车，我们就买了辆二手车。"

　　冯嘉嘉有些惊讶，由衷地说："你们大学就开始谈合作了呀，还真是厉害！难怪我看你们这些工作都很熟练。尤其是洪涛，规划管理做得特别好！"

　　可商栈却只注意到了一些奇怪的非重点，不高兴地嘱咐道:"以后谈投资,时间或者地点不方便就不要去了。特别的情况一定有特别的危险!洪涛,你是男生当然没有这些概念,可你一点儿安全意识都没有,怎么成立的工作室?你的合伙人和员工怎么办?"

洪涛无奈地回答道:"你误会了,水艺心说的时间地点不合适是指没有合适的出租车或公交。而且出校门的投资谈判我也不敢让她自己去,都是我和她一起去的,所以后来才买的车,也算是一个保障。"

水艺心使劲点头应和着,冯嘉嘉也笑着调侃道:"商栈,平时真看不出来你还有这么强的安全意识。"

商栈没有回答,从后视镜里斜了一眼洪涛,车里也很快安静下来。由于比平时起得早,再加上路上车走得微微颠簸,水艺心很快就打起了哈欠。冯嘉嘉坐在副驾驶的位置,开着电脑,精力充沛地处理文件,还时不时看一眼导航,帮商栈指一下路线。

不一会儿的工夫,水艺心就彻底闭上了眼睛,头也在车辆一点点晃动下歪向了一侧,带着身子也一点点向下滑落。洪涛连续工作了好几天,这时候也抵抗不住困意,闭着眼睛低下了头。

安静了好半天,冯嘉嘉抬头活动脖子的工夫向身后看去,只见后座上的两人以一种很独特的方式靠在一起,呼呼大睡起来。冯嘉嘉笑出了声,小声说道:"这两个人还真是同步,这么一会儿的工夫就都睡着了。而且啊,幸亏让洪涛也跟来了，感觉车里一下子就热闹了好多。如果只是水艺心自己来，估计还会觉得咱俩闷呢！"

商栈通过后视镜看着两人的头顶在一起，赌气反驳道："哪里闷了？我倒觉得我们这样挺好的。这个洪涛一来，就好像是来旅游一样，哪里有点工作的样子！"

冯嘉嘉看向商栈，半开玩笑半认真地问："是吗，你不觉得我们才是一类人吗？都是别人眼里的工作狂。水艺心和洪涛就是年纪小，比咱俩活泼多了。"

商栈酸溜溜地回答："不觉得。"

一路上，他时不时就通过后视镜向后扫一眼，他也好想和水艺心靠在一起啊！路程开到一半，商栈就找借口停在了服务区休息。随着车门的关闭，水艺心也睁开了眼，看着眼前的服务区，她声音有些沙哑地问："嘉嘉姐，我们这是睡了多久啊？"

冯嘉嘉看着她蒙眬的睡眼，笑着说："大概睡了快三个小时呢！路程已经走了一半，商栈也下车休息了。"

水艺心戳醒洪涛说："醒一醒，还有一半的路程。要不你来开，让商栈休息一下？"

洪涛迷迷糊糊地睁开眼，环顾了一下四周，迷茫地点了点头。

冯嘉嘉终于合上了笔记本，大大地伸了个懒腰，看着不太清醒的两个人问道："你们可以吗？我开车也行的。"

洪涛揉揉眼睛，声音很快恢复了正常："放心吧嘉嘉姐，我下去洗个脸就可以了。司机的活儿不用你们女孩子来做。"

等商栈算着时间回到车上，满心欢喜地以为可以和水艺心一起坐到后排，结果一打开车门发现冯嘉嘉已经坐到了后面。很快，洪涛和水艺心也从服务区出来了，两人一左一右坐到了前面。看到商栈有些发愣，冯嘉嘉向外伸了伸头，笑着说："洪涛看你累了，就主动接替了你的活儿。怎么样，你休息好了吗？"

商栈欲哭无泪地点点头，坐到了冯嘉嘉身边。他幽怨地看着前方的水艺心和洪涛，搞不明白怎么把俩人分开就这么困难。

洪涛不在工作室的第一天，戴晴也没有去。在戴晴家里，有个雷打不动的传统，无论大家有多忙，都不能错过奶奶的生日。尤其今天还是奶奶的八十大寿，大家就算再忙也要回老家给奶奶庆生。

虽然是给老人家过生日，可大家都清楚，随着一大家子人住得越来越分散，即使是过年也很少有能聚在一起的机会。所以，这也不过是打着幌子来聚餐，促进一下家庭关系。

丁哲伟忙完手头的工作，临到中午才带着蛋糕赶到了老家。家里人不多，大部分都在围着老人忙前忙后，只有戴晴因为工作比较忙，不得不坐在电脑前整理着剩余的资料。

戴晴的姑姑凑过去看了一眼，惊讶到："晴晴这是毕业工作了吗？这么快，我还以为你在玩游戏呢！"

戴晴随手保存一下资料，抬起头对姑姑说："我今年刚毕业，这算是刚刚实习转正。最近工作室比较忙，不过幸好今天老板不在，我就把电脑搬回家来了。"

姑姑朝丁哲伟抬了抬下巴："你姑父最近也是，忙得昏天黑地的，也不知道在忙什么。不过晴晴实习怎么没去找你姑父啊。虽然别的他帮不上你，实习证明还是可以解决的。"

戴晴笑着说："我学的是艺术专业，和姑父的公司不对口。而且这次巧了，找了个符合我专业的工作室。老板年龄还跟我差不多，大家相处得挺愉快的。"

丁哲伟笑着说："跟你差不多大的老板能教你什么啊，还不如来姑父的公司，我能带着你做一些项目。等我这段时间忙完了，你可以辞职来找我。我给你个比较有面子的职位，这样以后对你求职也能有帮助。"

姑姑也在一旁说："对啊，你现在还小，不要整天只想着玩，丰富一下简历才是真的。这些问题你都可以和你姑父交流一下，他最了解了。我先去屋里看看你奶奶。丁哲伟，你给晴晴好好说说。"

戴晴看着姑姑进了奶奶屋里，感觉有点紧张起来。丁哲伟是戴晴的姑父，虽然他平时对小辈们都颇为关照，可大概是董事长当久了，身上总有一股威严的感觉。

丁哲伟得了自己老婆的命令，随口关心道："你们老板叫什么啊，我看看认不认识。"

戴晴乖巧地回答："叫洪涛。姑父你认识吗？"

丁哲伟仔细想了想："艺术相关的？洪涛？还真没听说

过,看样子不太有名,我对这个名字一点儿印象都没有。"

戴晴点点头,保存了一下已经做好的项目文件,准备合上电脑。丁哲伟看着屏幕上密密麻麻的文字问道:"你们最近忙什么呢,一天休息的时间都没有?"

戴晴放松了一下自己的脖子说:"我们最近在做一个关于古镇的项目。本来没有这么忙,结果不知道什么原因,出了一些意外。老板今天说要去出差,就把一些工作扔给了我。"

丁哲伟本来只是随口一问,结果听到了古镇两个字,耳朵一下子就竖了起来:"古镇?嘉美天成的古镇项目?怎么,出了什么意外?"

戴晴看丁哲伟也感兴趣,又直了直自己的腰板说道:"姑父你也知道这个项目啊!对,就是嘉美天成的。具体是什么意外我也不太清楚,我只知道他们好几个人都去了。"

丁哲伟若有所思地点点头。他比谁都清楚发生了什么意外,因为这些事儿都是他一手促成的。自从彭成脱离了控制,他就一直想为自己找个帮手,本来都要放弃希望了,结果又遇到了戴晴。这真是"踏破铁鞋无觅处,得来全不费工夫"。他拿出了长辈的架势,关切地问道:"这个项目在圈里还挺有名的,没想到你们老板年纪不大,路子真不错。不过,你跟你们老板关系怎么样,能接触到项目的内容吗?"

戴晴想到洪涛这几天总是用奇怪的方式接近她,就红着脸跨过了第一个问题,回答道:"原本我只能跟着学习一下,这几天老板比较忙,才让我看了一点儿设计规划。不过也没什么用，这个不是我在做。"

丁哲伟有些失望，不过他没有让戴晴察觉到。他快速将洪涛的名字发给了自己的秘书，嘱咐她好好查一下这个人和他的工作室，同时又假装不经意地说："能学到一点儿就是好的，这些经验都很重要。你们老板人怎么样啊？"

戴晴低下了头，小声道："人还可以，就是有些像中央空调。"丁哲伟没听清，疑惑地问道："什么？"

戴晴匆忙转移话题："没什么，这些项目都是他女朋友谈下来的。他女朋友叫水艺心，好像也很厉害。"虽然戴晴并不想承认水艺心的好，可说到她的专业度和谈下来的项目，戴晴也不得不佩服。

仅仅这几句话，丁哲伟就听出了不满意的味道："晴晴啊，这个项目确实很有名，你好好跟着，能学到不少东西。但是你注意要有自己的判断，别被这些利益影响。如果以后你们工作室遇到什么困难，你就辞职，来找姑父，姑父给你安排更好的工作！"

戴晴知道丁哲伟一定比她更了解这些项目，经过几句话的交谈，也放松下来。她转头看向厨房，见自己的父母还在忙碌，就往丁哲伟身边靠近了一些说道："姑父，你肯定比我更清楚这些！你能跟我说说吗！"

丁哲伟有些为难地看着戴晴，最后终于向她妥协道："其实我也不是很清楚，只知道一些关于嘉美天成的新闻。前段时间网上很火的乱拆宗祠不知道你有没有注意到，那就是嘉美天成做的,现在已经搜不到相关的新闻了。不过这个项目确实对你能有很大的帮助,所以你也不要有太大的压力。"

戴晴从来没关注过这些新闻,有些半信半疑。虽然洪涛和水艺心的为人她都不喜欢,可这种事不像两人的风格。丁哲伟打开保存的资料,一张张照片和证据都摆在她面前,再加上丁哲伟本身的威望,让戴晴也不得不相信。

第二十四章　发现端倪

商栈一路上都沉默地看着窗外,下了高速后,耳边就时不时传来水艺心与洪涛的笑声。窗外的山水越来越秀丽,商栈的脸色却越来越黑。

冯嘉嘉发觉了商栈的不对劲,在刚出发的时候他还期待着古镇的行程,可自从接上洪涛与水艺心之后,他的态度就越来越古怪了。联想起彭成跟自己说过的话,冯嘉嘉很快就发现了,每次洪涛在的时候,商栈似乎都会情绪不稳定。

冯嘉嘉悄悄留了个心眼,虽说她不相信商栈真的喜欢男人,可这样的情况也不太符合常理。按理来讲,洪涛与商栈的接触并不多,也没有什么事业上的往来,有矛盾的可能性并不大。

车辆驶进了乡间小路,速度也慢了下来。远处的青山朦胧在水雾之中,条条白云缠绕在山腰处。水艺心坐直身体,把窗户打开一条缝隙,一股湿润的风迎面吹了进来。

"洪涛,那边的山好好看啊,还有远处的小房子!"水艺心激动起来,习惯性地喊出洪涛的名字。

商栈冷不丁地开口道:"洪涛正开车呢,你不要总打扰他,这样很危险,知道吗?"

水艺心缩了一下脖子,乖巧地"哦"了一声,心里却暗暗想这个男人醋意可真大,自己不过是喊了几声他心上人的名字都要生气。那他要是知道自己与洪涛共用一间办公室,那会不会气得发疯?

冯嘉嘉也觉得这一路上的商栈实在是不正常,她看了看空无一人的道路说:"洪涛开得也不快,况且水艺心只是说了句话,也没怎么打扰他,你不用这样小心吧?"

水艺心当然知道商栈这是醉翁之意不在酒,嘿嘿笑了一声,替商栈开脱道:"没事,嘉嘉姐,小心点也是应该的,你快看看外面,我们快到了!"

只是这一句话,商栈的心情似乎就轻快了许多。他甚至伸了个懒腰,然后将手垫在了脑袋后面,继续傲娇地将头转向了一侧。

冯嘉嘉终于发现了端倪,想到上一次四人聚餐的时候商栈也是这样奇怪的表现,尤其是在水艺心与洪涛说话时格外明显。她肯定不会相信商栈喜欢洪涛的说法。那既然如此,原因只能出在水艺心身上了。

车终于停了下来,古镇到了。

这里并没有什么开发的痕迹,古朴的风格随处可见,只有极个别的人家利用这里的优势改成了农家民宿。不过因为不是什么有名的景点,所以外地游客很少出现。水艺心一行人显眼的外地车牌立刻就引起了大家注意。

　　来到提前打听好的民宿，冯嘉嘉小心地注意着村民的态度，生怕几个人一个不小心就暴露了此行的目的。老板娘年纪不算大，三十多岁的样子，房间也收拾得干净整洁，还在院子里种满了各种小花，俨然一片花海的景象。看到好不容易来到的外地游客，老板娘异常热情，倒显得冯嘉嘉有些过于拘谨了。"我看你们的车牌是外地好远的地方呢，怎么会来我们这种小地方玩？"安排好住宿房间，老板娘实在忍不住终于问了出来。

　　水艺心看了一眼冯嘉嘉，笑着对老板娘说道："我们是学艺术的，想做一个关于中国传统乡村的动画故事，所以就找到了这儿。"

　　老板娘一听，高兴得直拍手："这听起来好啊！你们是想来取景的是吗？明天你们早点起来，在太阳出来前去村头那边，之前好多学美术的都在那边写生呢！跟着他们准没错！"

　　洪涛把手搭在水艺心的肩上正要接话，被商栈瞪了一眼，就赶紧将自己的手放了下来，闭上嘴不敢说话了。商栈终于恢复了正常的语气："老板娘，我们之前在网上看到，说这里要改造了是吗？那我们下次还能来吗？"

　　老板娘一听这个就打开了话匣子："能来！要想改造啊，还早着呢！这些破公司当面一套背地里一套的，原本挺好的项目，也说好会保留现在的建筑格局。可我们后来才知道，她们收购的另一个村子的宗祠都被推倒了！宗祠多重要啊，

第二十四章　发现端倪　　215

那都是祖宗级的事了！你们说挺大的一个公司要和我们老百姓过不去，图什么呢？这样的公司我们怎么可能放心让他们进来？"

商栈奇怪地问："你们怎么知道他们会推倒宗祠的呢？"

老板娘上下扫了商栈一眼说："你看你这话问的，当然是网上看的啊！我们虽然住得偏，又不是不上网！"

冯嘉嘉上前争辩道："可是网上不是已经澄清了吗？那个宗祠倒塌只是个意外。而且听说那个公司已经和当地谈好了，你们一直这样阻止也不是个办法啊。"

老板娘嗤笑了一声说："澄清谁不会？谁都是张口就能来。宗祠对我们来说啊，就是天大的事，我们村主任专门去打听过了。你们说，这个宗祠好端端的又不会自己倒，对不对？村主任已经组织我们联名上告了。上级领导就算再不高兴，也要考虑一下我们全村人的意见吧！"说完她还专门看向了冯嘉嘉，又问了一遍："你说是不是？"

冯嘉嘉听了心里着急，可她也知道现在不能争辩什么，只能尴尬地点头道："是。"

商栈跟着冯嘉嘉一起来到房间里。洪涛站在自己房间门前，歪着头看着他们三个都进到一个门里，犹豫之下，他也跟了过去。

进门后，冯嘉嘉一屁股坐在了床尾。她心里憋着气，隔着好远都能感受到她的不开心，连带着水艺心都没好意思发出什么声响。冯嘉嘉生气地说："真是连个解释的机会都没有。我说呢，当初的舆论压下来时一点儿压力都没有。我还觉得奇怪，原来是有后手！"

商栈靠在唯一一张办公桌上，双手环抱在胸前道："既然是村主任组织的，我们只要找村主任说清楚就可以了吧？"

冯嘉嘉摇摇头："我总觉得没这么简单，你看这个老板娘的态度……"

两人讨论得热火朝天，与一旁插不上话的水艺心和洪涛好像隔着一面无形的挡板，两边画风形成了鲜明的对比。对这些事儿一窍不通的水艺心一点儿也插不上话，她转头看看最后跟进来的洪涛，好奇地小声询问："你怎么也跟进来了？"

洪涛轻轻耸了一下肩，向水艺心靠近了一步，也悄声回答道："不知道啊，我看你们都来了，我也就跟着进来了。"

水艺心上下打量了洪涛一番，做出一副嫌弃的表情。洪涛也翻了一个白眼，算是回应她。水艺心和冯嘉嘉在一间屋子里，自然要与她回到一处。商栈是投资人，出了问题跟过来一起解决也很正常。洪涛既不好跟着一起讨论，也不会跟着水艺心一样发呆。他与水艺心相互瞪着眼，从听到的对话里拼凑出了不少信息。

商栈与冯嘉嘉讨论的工夫，还时不时用余光扫几眼水艺心的方向。看见另一边的两人不断用眼神无声地交流，他不由得分了神。

这时，水艺心环顾了一下四周，抓住商栈短暂的沉默，小心翼翼地打断道："商栈，车钥匙可以给我一下吗，我还有些东西没有拿上来。"

商栈不太情愿地拿出自己的钥匙递了过去。他想到专门被自己放到了后备箱最里侧的包裹，原本是想等水艺心遗忘之后自己拿给她，制造一个独处的机会，可现在看来是不行了。

洪涛与商栈和冯嘉嘉都不熟悉，看到水艺心要离开也不愿意继续在屋里站着。于是，在水艺心拿到钥匙的时候，他向前走了一步说："水艺心，我跟你一起去！"

商栈手一紧，拉住了车钥匙的挂件，目光不善地看着洪涛，心里更烦躁了。

这个洪涛，怎么天天都要跟水艺心在一起？

水艺心感受到商栈手上突然传来的拉力，抬起头来看着商栈问道："怎么了？"

商栈松开手，脸上又恢复了平静，笑着说："没怎么，你们小心点。"

看着两人如获大赦一般出了门，商栈才依依不舍地把目光从水艺心消失的地方收了回来，一转头，看到冯嘉嘉正直勾勾地看着自己，他有些心虚地低下了头。

很早之前他就感受到了冯嘉嘉对自己的心意。从自己回国到现在与自己合作项目，其实都是冯嘉嘉在帮他站稳脚跟。所以，每当冯嘉嘉需要帮助的时候，商栈都会毫不犹豫地做一些他力所能及的事情。可面对她的感情，商栈真的没有办法回应。

如果说在路上冯嘉嘉还只是对商栈的态度有些怀疑，那现在她就已经确定了商栈的感情。在冯嘉嘉心里，她与商栈两人不仅是生意上的合作伙伴，更像是战友，可以一起携手前进。所以每当出了问题，她总想找商栈一起解决。商栈一次次的回应也总让她误以为两个人的关系真的可以更进一步。可现在商栈的眼神又明确地告诉她，两个人没有希望。

　　这个突如其来的真相摆在面前，说不难过是假的，冯嘉嘉也不知道现在的自己是什么心情，可她实在没时间思考这些不相关问题了。出发前她跟张处长通过电话，如果自己这一趟行程再不能解决村民们的顾虑，那之前所有的投入都有可能打水漂了。

　　她闭上眼深深地吸了一口气，强迫自己回到工作上，再睁开眼时，看向商栈的眼神里全是冷静："时间太紧张了，现在村民不敢冒险，那就只能再找一个更有权威的人来给我们做担保。无论如何，都要先把村民稳定下来再说，这样张处长也就能松口了。"

　　商栈看到冯嘉嘉快速地调整了过来，心里也松了口气。他拿出手机说："好了，现在水艺心和洪涛都不在，我先给彭成打电话问问情况再说，看看他当时是怎么操作的。"

　　水艺心从汽车后备箱里找出了自己的行李箱，里面只是零散的一些纸张和画笔，用来记录她可能会突然出现的灵感。她并不是真的忘记拿下来了，只是一天的疲惫让她此刻并不想看到这些与工作相关的东西。

水艺心把行李箱往洪涛手里一推，撇过头假装嫌弃地说："你快帮我拿一会儿，今天我已经够累了，不能再看到工作相关的东西了。"

洪涛合上后备箱，笑着说："我开了这么久车还没喊累呢！今天最轻松的就是你了！"

水艺心不服气地说："商栈也开了很久车，他比你还辛苦呢，他都没说我！"水艺心想到路上辛苦工作的两个人又精神了起来，"而且他和嘉嘉姐路上好像也没怎么休息，一直在工作，也太厉害了！"

水艺心之前一直觉得公司的管理并不累，可这一路上真的是改变了她的认知。一想到商栈和冯嘉嘉一个比一个忙碌的样子，她不由得心疼起洪涛来："洪涛，以后如果工作室的活儿很多的话，你可以分给我一些，我也可以帮你分担一下。"

洪涛被水艺心突然的改变惊呆了，他伸手摸了摸水艺心的额头，夸张地说："不烫啊，我一直以为水艺心只有艺术心，没有良心，原来良心今天才长出来！太不可思议了！"

水艺心被洪涛逗笑了，假装生气地拍了一下他的胳膊说："你才没有良心呢！再这样我可不干了！"

洪涛笑着假装求饶，无意间看到了楼上商栈的背影，见他靠在窗台上，似乎正在打电话。想来想去，他还是决定提醒一下水艺心："说起商栈，你有没有觉得他今天有些奇怪？"洪涛回想起这一路上背后都有一道强烈的目光，不由得又打了个寒战。

水艺心仔细想了想:"好像是和平时不太一样。不过,我觉得他好像不喜欢男的,不是我不相信你,就是心里有这样的感觉。"

洪涛赶紧捂住了水艺心的嘴。他回想起之前自己说的话就觉得脸上一阵发烫:"好了好了,之前我说的话就不要再提了,我现在又有了新发现,你要不要听?"

水艺心努力了半天也没有将洪涛的手从自己嘴上拿下来,只能点点头,还使劲拍了拍他的手臂表示不满。

"那我告诉你之后,你就不能再提之前我跟你说的那些了。就是不提商栈喜欢男生的事了,行不行?"

水艺心使劲点了点头。

洪涛这才慢慢松开捂着水艺心嘴的手,朝水艺心的耳边凑了凑。话在嘴边,可他却说不出口了,这种话说出来也太难为情了:"算了,我又不想说了。"洪涛一脸坏笑着跑到了一边,气得水艺心直跺脚。

"洪涛!"水艺心被他撩起了好奇心,现在八卦的氛围戛然而止,让她心里憋着直痒痒,"你要是不告诉我,我可就去告诉商栈了!"

一句话让洪涛仿佛又感受到了背后的目光,他一下子蔫儿了下来。他慢吞吞走到水艺心旁边,一副难以启齿的样子。

之前告诉水艺心商栈喜欢自己,现在又要告诉她商栈喜欢她,这样乌龙的事让他怎么说出口?洪涛现在无比后悔刚

第二十四章　发现端倪

才自己嘴快，说了不该说的话。

洪涛越是这样不愿意开口，就越是引起水艺心的兴趣："你到底发现了什么啊，快说！"

洪涛咬着牙一狠心，说："我发现，商栈喜欢的是你！"

水艺心难以置信地看着洪涛，脸瞬间红到了脖子。她站在原地下意识地想反驳，可回想起与商栈的相处，又不知从何说起。

第二十五章　采　茶

　　商栈与冯嘉嘉的商讨结束了，水艺心还迟迟没有回来。透过窗户，商栈看到楼下与洪涛玩得正开心的水艺心，简单地与冯嘉嘉告别后就出了房间，想下楼去找她。楼下的老板娘正悠闲地嗑着瓜子，津津有味地看着门外。商栈好奇地走到她身旁，顺着老板娘的目光看过去，就看到洪涛刚把手从水艺心嘴上拿下来。不知道两人说了什么之后，水艺心的脸就红了起来，洪涛却是一副十分得意的样子，显得两人十分亲密。

　　商栈站在原地，没有再向前迈步。老板娘嗑着瓜子碰了碰商栈，羡慕地说："你看这对小情侣，感情可真好啊！刚才还靠在一起，都快亲上了！哦，对了，你女朋友呢，怎么没下来吗？"说着还看了看商栈身后，在找冯嘉嘉的身影。

　　商栈没好气地说："我还没有女朋友。"说完准备向前走。

　　老板娘连忙拉住了他："人家小情侣在那儿正亲热着呢，你去了不就打扰到他们了吗？我知道你们是一起来的，关系好，那也要有分寸吧！"

商栈原本就犹豫的心情被这几句话说得更加烦躁。他斜了老板娘一眼,将胳膊向前一动,轻松挣开束缚,无视老板娘焦急的劝告,向水艺心和洪涛走去。

老板娘看到商栈这样,瓜子都不磕了,惋惜地自言自语道:"自己没有女朋友就去打扰别人,这也太缺德了,难怪现在还单着!"

洪涛被突然出现的商栈吓了一跳,连忙往后退了一步,离水艺心远了一些。水艺心脸上的红晕还没有褪去,这时候看到商栈更是紧张起来,她有些结巴地问:"你们,你跟嘉嘉姐,是聊完了吗?"

商栈黑着脸"嗯"了一声,目光从洪涛面前扫过,落在水艺心身上。

水艺心赶紧继续问:"怎么样,问题解决了?"

商栈的嘴角扯出一个僵硬的笑容:"哪有那么快。不过我们商量了几种办法,接下来就看效果怎么样了。我看你很久没上去,东西找到了吗?"

"找到了找到了。"水艺心说完,转头想找洪涛拿行李箱,却看到洪涛已经退出好几步,还冲她比了个加油的手势。

老板娘还在屋里看着三人的互动,见洪涛跑了回来,连忙抓住他问:"小伙子,你怎么自己回来了?外面那个是你女朋友吧?刚才那个男的非要去打扰你们,我拦都拦不住啊!"

洪涛被问得一愣,回头看了看水艺心和商栈,笑着跟老板娘解释道:"她不是我女朋友,我才不会找她那么凶的女朋友呢！"说完，洪涛的脑海里莫名想到了戴晴的身影。临走时自己给她安排了不少工作，不知道是不是因为这个她才和自己生气了这么久。他又愣了一下，不明白为什么会想到这个问题，就晃了晃头，随后拿着水艺心的行李箱上楼去了。

  老板娘看着洪涛的背影，更加不解了，继续拿着瓜子自言自语道："现在的年轻人真奇怪，那样了还不承认是女朋友，肯定不是什么好人，真可惜了这张脸。后来的这个人也奇怪，随随便便就去打扰人，关系可真乱。"

  说着，老板娘就对这样混乱的关系失去了兴趣，坐在屋里收拾起了自己采的茶叶。

  水艺心伸长脖子看着洪涛跑远，又很快消失在楼梯上，她暗暗在心里想，这个洪涛也太不地道了。自己刚刚知道了这样一个消息，怎么还能以平常心面对商栈？

  商栈看水艺心有些拘谨的样子，也跟着紧张起来。水艺心之前与自己相处时十分放松，可现在不知道洪涛对她说了什么，竟然让她看起来十分局促，甚至不敢和自己对视。于是商栈就问道："你怎么看起来有点紧张，是我太凶吗？"

  水艺心尴尬地笑了一声，给自己找借口道："不是不是，是我在思考我的动画情节，所以就有些脑子不转弯。"

  商栈想起来了，水艺心来这里的目的就是为了寻找灵感。而且他也听简方元提起过，虽然投资通过了，却需要做很大的改动。他关切地问道："你的动画现在还是没有灵感吗？或者说有哪里拿不准的？"

第二十五章　采茶

水艺心的嘴角耷拉了下来,她现在一点儿也不想谈论工作相关的内容,更想逃离商栈身边,于是敷衍道:"具体的问题我也说不上来,反正就是还差点东西。好了,我东西也拿到了,钥匙还给你吧,我先回去了。"说着她就将车钥匙递到商栈手上,转身就想走。

商栈哪里甘心水艺心就这样离开,一把拉住她说:"你有什么不确定的地方都可以和我说。我跟简方元关系还不错,如果你有什么为难的地方也可以告诉我。"

水艺心笑着说:"好,等我以后遇到问题一定告诉你,我先回去了。"说着,她小心地把胳膊从商栈手里抽出来,又朝商栈摆了摆手,才快步走开了。

看着水艺心逐渐加速的步伐,商栈感受到了水艺心对自己的疏远,突然慌了起来。他不敢想象如果以后与她都是这样疏离又陌生的关系,自己将会是怎样的感受。

电视剧的声音从老板娘屋里传了出来,商栈在外面听了好一会儿,才慢慢走到门口敲了敲门:"老板娘,我有些事情,可以问问你吗?"

电视上的男女主人公正在并肩散步坦白心事,老板娘朝商栈点点头,眼睛依旧盯着电视说:"你问吧。"

得到了允许,商栈这才往屋里又走了一步,问了老板娘一些关于古镇的生活方式。或许等水艺心完成了现在的工作,就不会再对自己这样疏离了。

在丁哲伟的不断暗示下,戴晴还是仔细思考起了自己的工作。她没怎么费力就进到了洪涛的办公室，里面的文件是她之前从来没有见到过的内容，有古镇相关的，也有水墨画相关的。即使洪涛不在，她还是紧张得手心出了汗。她随手打开了电脑桌面上单独的一个文件夹。这一看不要紧，里面竟然真的有倒塌宗祠的照片。

　　第二次看到相关的文件，戴晴心里更加相信了几分。还没等她继续翻看其他的内容，电话铃声突然响起，是洪涛打来的电话。她条件反射地将电脑关上，又伸手去关手机铃声，心脏跳得飞快。周围恢复了安静，她假装自然地走出洪涛的办公室，这才接起了电话。

　　洪涛的声音听起来有些心虚，没话找话道："那个，我之前给你安排的工作都做完了吗？"

　　戴晴将手按在自己的胸口上，悄悄呼出一口气说："做完了。现在就需要吗？那我这就发给你。"

　　"倒是也不着急，不过你发给我看看吧。要是工作上有什么问题可以随时问我。"

　　"知道了。"戴晴一边发送文件，一边在心里嘀咕洪涛这个电话也太会挑时候了，难道是知道了自己在偷看文件？这样想着，她更加心虚起来。

　　洪涛听着键盘和鼠标的声音继续说："这几天你一直没有问过我什么，就怕你有不会的。"

　　戴晴皱起了眉，随后又翻了个大大的白眼。跟水艺心一起出差还要挑时间来找自己，真不明白自己为什么会喜欢上这样的人！挂掉电话，戴晴果断地把刚才拍下的文件发给了丁哲伟。

休息了一夜，水艺心就算是再不愿意，也开始拿起了画笔。而冯嘉嘉一早就重新忙碌起来，等水艺心起床时，她已经工作两个小时了。

商栈打来电话时，水艺心才刚睡醒没多久。她坐在床上，左边摆着电脑，右边摆着画板，眼睛在两侧不断地摇摆，始终还是想不出来新的情节。她有气无力地接起商栈的电话，大脑和眼前的画纸一样空白。

"要不要出去转转？我问了老板娘，她说我们可以跟着一起采茶。我觉得这些或许能对你的动画创作有帮助。"

水艺心眼前一亮，十分爽快地答应下来。挂掉电话，水艺心开心地邀请冯嘉嘉一起去茶园看看。冯嘉嘉头也不抬就拒绝了。

水艺心总觉得自从听了洪涛发现的八卦之后，周围的关系就发生了微妙的变化。尤其是冯嘉嘉，之前她总是笑盈盈的，可现在，从昨天下午开始，她就没对自己笑过了。

水艺心又拨通了洪涛的电话，她放低自己的声音，生怕打扰到冯嘉嘉。毫无悬念，听到商栈在，洪涛也拒绝了一起去茶园的邀请。

水艺心原本激动的心情现在慢慢平静下来，想到马上要和商栈单独相处，她又开始不安起来。

没等多久，商栈就敲开了房门。他好像是怕水艺心反悔一样,先看了看水艺心,又转头犹豫着问了一下一直在忙碌的冯嘉嘉:"我们要去茶园,你去吗?"商栈的语气十分不安,生怕她答应下来。

"不去。"冯嘉嘉的语气还是一如既往的冰冷坚定。她知道这是商栈专门为了水艺心安排的活动,自己还不至于没有眼力劲儿到要跟过去打扰。

商栈长舒了一口气,转过头来温柔地对水艺心说:"走吧,老板娘在下面等着我们了。"

水艺心依依不舍地看着冯嘉嘉:"嘉嘉姐,你真不去吗?"

"不去。"冯嘉嘉的眼睛始终没有离开过电脑。

这下水艺心彻底死心了,跟着商栈出了房门。关门的声音传来,冯嘉嘉抬头看了一眼水艺心离开的方向,心情十分复杂。

梯田上,一棵棵茶树整齐地排在石板小路旁。烟雨朦胧的茶山,给山下的房子都蒙上了一层青色。水艺心深吸了一口气,湿润的水汽沿着嗓子一路向下,这种舒适感让她感觉身上的每一寸皮肤都得到了滋养。

"我们这里的茶叶,越往上走越珍贵。不过,价格越高,采摘的要求也就越高。"老板娘抬起头看向远处,表情里透露着喜悦。随后,她低下头继续说道:"看到这样的小嫩芽了吗?只摘这样的,太老了就不行了。你们不要觉得这样看着很简单,一整天下来也摘不了多少的。"老板娘一边讲解一边给两人示范,几句话的工夫就摘了不少下来。

水艺心眯起眼睛看着老板娘指向的山顶，那里的云雾更浓稠，在茶山的映衬下几乎成了灰绿色。茶树之间，只能隐约看到几个人在采摘。她们现在在半山腰的位置。人陆续多了起来，每一排沟垄上都会有一个背着竹筐的村民，沿着小路边走边采茶。

水艺心看得出了神，采茶的场景好像变成一道道笔画飞进了她的脑海中。她想要表达中国传统的动画，茶叶大概是再合适不过的载体了。

水艺心站在茶山中间发呆。商栈看着她无心采茶，不知道她在想什么，犹豫着在不远处看着她。

老板娘把这些都看在眼里，她走过去轻轻碰了一下水艺心，用只有两个人才能听到的声音小心地问："你太厉害了，怎么能让两个人都围着你转呢？怎么做到的，教教我呗！"

水艺心疑惑地"啊"了一声，然后顺着老板娘新奇又激动的眼神看向了不远处的商栈。老板娘继续说："昨天那个男生看着跟你关系挺好，不过他说他不是你男朋友。这样可不行，不承认关系的不能要。"老板娘顿了一下，下巴朝商栈的方向指了指又说："这个人我看就不错，虽然昨天我不太看好他，不过他挺关心你的！要不你先告诉我你喜欢哪一个？"

水艺心听得莫名其妙，脸却已经红了起来，她低着头解释道："老板娘你说什么呢！我们只是关系比较好的朋友，不是你说的那样。"

老板娘一副非常理解的样子看着她说："我懂。现在决定不了那就再观察观察！不过啊，这个人昨天就一直拉着我问东问西，什么乡村生活，还有什么动画的东西，我记得这是你想了解的吧？他对你的事儿关心得很呢！"说完，她拍了拍水艺心的肩膀，笑着看了一眼商栈，又向前走了好几步，给两人留下了足够的空间。

　　商栈不明白老板娘什么意思，瞬间紧张起来，想到昨天老板娘的误会，生怕她此刻又说了什么不该说的话。

　　水艺心抬头看了一眼商栈，她的脸微微发红，还带着一丝不安，与商栈对视一眼后很快低下了头。

第二十六章　被赶出古镇

经过几天的醋意浸泡,商栈一点儿也不想再等了。他不想再看着水艺心和洪涛越来越亲密,也不想只能以合作方的身份站在她身边。如今终于有了这样一次独处的时机,在这个舒畅的环境里,也最适合表达心意。

商栈走到水艺心身边,咽了一下口水。一阵微风吹来,她的一缕发丝随风飘到脸上,不断拨弄着商栈的心弦。他伸出手,想帮她整理一下头发。水艺心急忙打断商栈,伸出手将头发绕到耳后,手指顺着脖子滑下来,紧张地拉着竹筐的背带。

商栈笑着看向她:"感觉这里怎么样,我看你一直没有动静,是不喜欢吗?"

水艺心连忙摇摇头:"不是的,这里太舒服了,我很喜欢!只是刚才好像突然有了灵感,我们现在的生活方式已经和原来完全不一样了,或许可以把这些平凡的古镇生活记录下来,也算是记录一种独特的文化了。"说到水墨动画的灵感,水艺心重新活跃起来,脸上的红晕也散去了不少。

商栈看了一眼远处偷看的老板娘，又看了看自己藏在竹筐里的玫瑰花，鼓起勇气问道："刚才你和老板娘说什么呢？我能听听吗？"

水艺心又慌张起来，支支吾吾道："没，没什么，就是，就是聊些女生之间的话题，跟你说不合适的！"水艺心不知道商栈为什么还在好奇这个问题，他这个话题中心的人物就站在这里。老板娘的话她怎么可能再说出口？水艺心看商栈还在直勾勾地看着她，把他往后推了一下说："你不要问了，不能告诉你的！"

商栈只觉得，水艺心害羞的样子真是可爱极了：圆圆的脸上好像还有一点儿婴儿肥，就像红苹果一样，让人忍不住想去咬上一口。

商栈鼓起勇气，将手伸进竹筐里，摸到了里面的玫瑰花："那我猜猜，是不是老板娘说了……"

商栈的话还没说出口。突然，远处传来一阵沙哑的叫声："有人晕倒了，快打120！"

水艺心猛地抬起头，和商栈对视了一眼就向着声音的来源跑去。事情太过紧急，在大部分人都没反应过来时，两人就已经顺着声音找到了一位昏迷不醒的大娘。

只见这位大娘浑身抽搐着躺在地上，已经不省人事了。旁边一位年轻的姑娘跪在她身边，努力地想要扶起她来，嘴里的求助声已经带上了哭腔："妈，你怎么了！我该怎么办啊？快打120，打120啊！妈你快起来，别吓我行不行……"

水艺心一个箭步冲上去，轻轻推开那个少女，一边接过处于惊厥状态的大娘一边大喊："不要扶她，让她平躺！不然她容易窒息的！"

商栈在后面说："我已经打过电话了，不要慌。救护车现在已经在路上了，很快就能到。"

年轻的姑娘已经被吓得没了主见，听到别人说话只知道使劲地点头，眼泪也不住地往下流。周围的村民这时候也都围了过来，慌张地凑到前面，扶起了哭到站立不稳的姑娘。

大娘的嘴咬得紧紧的，她口里的白沫已经从鼻子里呛了出来。水艺心没有犹豫，掐着她的人中使劲掰开了嘴，并和商栈一起把大娘扶成了侧卧的姿式。情急之下，水艺心竟然将自己的手指塞进了大娘的嘴里做支撑！

新鲜空气顺着水艺心手指的缝隙涌进了大娘鼻腔。水艺心心里虽然很慌张，但还是转头安慰姑娘道："放心吧，我以前学过急救，只要处理及时，你妈不会有事的。"

商栈将人群疏散出一个大圈子，保证空气顺畅地流通，然后就来到了水艺心身边。看着水艺心的手指被咬得死死的，关节处甚至已经冒出了丝丝血迹，他十分心疼，可他知道现在必须保持大娘通畅的呼吸。救护车还不知道要等多久才来。他倒掉了竹筐里的花，又使劲掰开大娘紧咬的牙关，将竹筐的一边放到了她牙齿中间，这才让水艺心的手得以脱离出来。

救护车的声响终于传来，水艺心和商栈也跟着松了一口气。等人群散去，她才感觉到手上传来的疼痛。她抬起手，手指上整齐的牙印让她不由得倒吸了一口凉气。

商栈心疼地托起她的手责怪道:"虽然情况紧急,你也不能拿自己的手往里放啊!要是我没看见,这么久都能给你咬下一块肉来!多疼啊!"

水艺心也没有办法:"可当时实在找不到东西了,而且一紧张也没觉得疼,现在才有疼的感觉。你轻一点儿!"

水艺心带着伤回到住宿的地方,老板娘送来了膏药。洪涛凑上前来看着水艺心手指上奇怪的伤口,又看了看商栈,疑惑地问道:"你们不是去茶园了吗?怎么弄成这个样子了?"

水艺心龇牙咧嘴地看着自己的手被包成了一个粗粗的木棍,骄傲地说:"我可是干了一件大事。"说完还得意地将自己救人的经过说了一遍。洪涛不由得张大了嘴。

水艺心说完像是突然想到了什么一样,指挥着洪涛道:"快把我的画板和电脑拿过来,我现在有好多灵感!当时我救人的时候特别机智地用的左手,一点儿不耽误我画画!"

商栈在一旁又心疼又好笑:"那你可太机智了,想不起来疼,但能想起来画画!"

洪涛疑惑地看着她:"你确定这个样子还能打字?"

水艺心朝洪涛眨了眨眼,坚定地说:"能!"

一顿饭的工夫,水艺心救人的事情就在古镇上传开了。古镇不大,事情发生时在场的人又多。很快,几乎镇上所有人都知道了有个女生来考察时,救下了冯大娘。很快,村主任也听到了消息,来到了水艺心他们居住的民宿。

老板娘还以为村主任也是为了水艺心而来，热情的声音顺着楼道落到了冯嘉嘉的耳朵里："村主任你也来啦！来找水艺心的吧？她刚走，出去画画了！她想以我们的村子为原型，搞个新创意，把我们村整体宣传出去！"

"我不是来找她的，我要找的是别人。"村主任的声音也传了上来，让屋里的冯嘉嘉不由得有些紧张。

冯嘉嘉的效率很高，她很快就打听清楚了合适的人选。她的想法也很简单，先找到一个比村主任更有威望的村民，或者找到当地的一些工作人员，通过他们取得村主任的信任，再顺势取得古镇村民的信任。

办法虽简单，可进行得却并不顺利。她经过多方打听，终于有了进展时，村主任突然到来，让冯嘉嘉有了不好的预感。

很快楼梯上传来了脚步声，声音越来越近，最后停在了房间门口。

冯嘉嘉轻轻叹了一口气，村主任果然还是找了过来。

与以往不同，这一次水艺心有了灵感后，总是往外跑。她想用动画的形式记录下逐渐远去的乡村生活，所以不得不经常出去观察对她来说相当陌生的古镇。

当她再回到住宿的小楼时，大老远就看到外面围着一群古镇村民，把大门堵得死死的，里面还隐约传来争吵声。听着熟悉的声音，水艺心赶忙拨开人群，果然看到了冯嘉嘉和村主任面对面站着在争论什么。

"我们的理念一直都是保留现在的传统和古建筑,在保护的基础上发展出更好的生活。我们从来没有想过要推倒宗祠!"冯嘉嘉无力地解释道,显然她已经说过很多遍了。

"我们凭什么相信你!已经有一个村子的宗祠被你们推倒了。我们才不会把我们的村子交到你这样的人手里!"一个村民激动地喊着,冯嘉嘉无论怎样解释都无法改变大家的想法。

商栈在一旁解释道:"我不知道大家为什么会有这样的误会,但是我们的承诺是一定会做到的。之前网上的新闻只是个意外,宗祠不是我们推倒的,是因为长时间的风化……"

商栈的话还没说完就被打断了。老板娘更加愤怒:"原来你们就是那帮混蛋!刚来的时候还假惺惺地向我打听古镇的情况,真是虚伪!亏我还帮了你们那么多,我真是瞎眼了!"

洪涛抱着他为数不多的值钱东西,不服气地回应道:"你可没帮我们什么,倒是我们一直都在想着怎么帮助你们发展。"

老板娘听到这话,使劲白了一眼洪涛。

眼看局面越来越混乱,水艺心赶紧跑过来与冯嘉嘉站到了一起。水艺心完全没有头绪去处理这样混乱的场景。她手上还裹着白色的纱布,就毫不犹豫地站到了冯嘉嘉身前,似乎想要挡住人们的非议。

冯嘉嘉上身穿着一件短款的印花牛仔外套,搭配着一身白色的长裙,看起来既休闲,又不失干练。面对村民激动的质疑声,冯嘉嘉似乎并不难过。她大大方方走到人群面前,认真地说："各位乡亲，麻烦大家先听我说。我是嘉美天成的管理者，也是这个项目的负责人。现在我们还不清楚这里面有什么误会，不过我再次承诺，我们是不会破坏村子里的建筑的，尤其是大家的宗祠。我们家就是靠建筑发家的，所以建筑对我们来说是特别特别重要的一部分！"说着，冯嘉嘉的目光转向了村主任："我之前的承诺一直都有效，不仅不会拆除古建筑，对于有特色的，还有像宗祠这样有特殊意义的建筑，我们还会提供专业的保护和修葺。"

大概是因为冯嘉嘉的讲话太过于专注和真诚，人群竟然真的安静了下来，村民们的情绪也渐渐平复了下来。村主任看向村民，也不知道该不该继续反驳。

水艺心站在后面看着冯嘉嘉神色自如地应对这么复杂的场面，面对质疑也有条不紊地一一反驳回去。阳光洒在冯嘉嘉身上，衬得她的身影更加挺拔。水艺心看着自己带回来的绘画板和创意构想的故事文案说明，目光和思绪都被冯嘉嘉吸引住了。

不知道是谁小声嘀咕了一句："现在说得好，谁知道到时候会怎么样！"人群像是突然醒悟了一样，又有人说："对啊，我们自己建农家乐不是一样吗！钱还能在我们手里，这可比让他们来强多了！"

冯嘉嘉解释道："我们不是为了开发农家乐，我们是想打造一个文化传承的地方……"

"别说了，我们可不信！"质疑声重新在人群中响起。村主任看了看聚齐的四个人,也毫不客气地下了逐客令:"我们地方小,容不下你们几位大佛,你们还是回去吧。也希望不要再把主意打到我们这儿了。"

老板娘虽然不喜欢冯嘉嘉,可她对水艺心很有好感,这时候她稍微冷静了一下说:"水艺心,我知道你是想做动画的,和她们不一样。而且我们都知道你人很好,你可以留下,我们不会针对你的。"

门外的村民听到了老板娘的话也都跟着点头。尤其是被水艺心帮过的年轻女孩更是大声向周围保证道:"就是这个水艺心救了我妈的命。她也不是改造古镇的,是来画画的,我可以保证!"

冯嘉嘉转头看向水艺心,目光里并没有责备,好像只是在问她要不要留下来。水艺心跟在冯嘉嘉的身后说:"既然你们不愿意嘉嘉姐留下来,那我自然也会跟她一起走。事情该是什么样就是什么样,你们不相信她,我信。"

冯嘉嘉看到水艺心从进门开始就坚定地站在自己这边,心里一阵感动。这几天因为商栈的问题,自己总是下意识地疏远她。可水艺心并没有因为自己的冷漠而生疏自己,反而还处处都贴心地为自己着想。冯嘉嘉仔细想了一下,其实从一开始,水艺心就是为了自己才选择与嘉美天成合作。自己对商栈的感情,与她又有什么关系呢?

想通了这些,冯嘉嘉握住了水艺心的手,与水艺心相视一笑。

村主任并不在意水艺心的去留,看到几个人很快将行李搬下楼,他也就放心离开了。

第二十七章　商业筛选

几个人被赶出古镇的消息很快就被汇报到了另一个人的耳朵里。丁哲伟跷着二郎腿听村主任激动地汇报情况。

"前几天我就听说了有外地人进来，没想到竟然是冯嘉嘉！幸亏你及时告诉我这件事。我去一看，还真是他们来了！而且那几个人还挺有本事，这才来几天呢，就能把我们这儿的村民给忽悠住了！你是不知道，大家差一点儿就被她说得动摇了！"村主任的声音滔滔不绝从电话里传来，虽然压低了声音，还是能听出他的愤怒。

丁哲伟说："我早就提醒你了，他们不好对付着呢。好了，你也别生气了，现在不是把他们都赶出去了吗？问题解决了就好，保护好大家的东西才是最要紧的！"

村主任平复了一下情绪说："你说得对，我可不能让他们得逞。用你说的办法，我带大家联名上书的事儿已经有效果了。听说我们这儿的改造已经被叫停了。镇里大概率会重新拍卖我们这边的项目。"

丁哲伟摆弄着面前的钢笔，笑呵呵地说："那真是恭喜啊,这段时间的努力总算没有白费!对了,这次我派去的人还顺便拿了一些特产,希望主任你不要嫌弃。"

村主任客气的声音传了过来:"丁老板,您也太客气了!幸亏您告诉了我们这么重要的事儿,不然我们大概就成了第二个宗祠被拆的古村了!按理来说,应该是我们给您准备礼物才是。您怎么能给我呢!这不合适!"

"一点儿薄礼,不是什么贵重的东西,我只是想交主任你这个朋友。而且我跟嘉美天成的老板也认识,这些东西就算是我替她赔礼道歉了。"丁哲伟说完,敲门声就传了过来,是戴晴来了。他又应付了主任几句就挂掉了电话,起身打开门,笑着迎戴晴进来。

戴晴有些拘谨地坐到小沙发上,不安地说:"姑父,我总觉得这样做不太好。"她看了丁哲伟询问的眼神继续说道:"虽然他们确实做得不对,可我们这样也不算光彩。把他们做好的资料偷出来,不道德,对别人来说也不公平。"

丁哲伟和蔼地看着她,柔声说:"我们不是为了做别的,只是为了阻止他们对古村落进一步破坏。再说了,这世界上哪有那么多公平的事。他们是努力了,可这些事对古镇的人来说就公平吗?刚才村主任还给我打电话说呢,幸亏你的消息及时,现在才能成功保住古镇,再晚了还不知道要发展到什么样子呢!"

戴晴看着丁哲伟,终于点了点头,心里的不安也减少了不少。

丁哲伟继续说道："不过你给我的这些资料还是有点少，看不出来什么具体的规划。你回去后又找了吗？"

戴晴有些防备地说："我们工作室负责的本来也只是一少部分，大部分都在水艺心那里。她很少来工作室，所以我看不到她的资料。"

失望的表情在丁哲伟脸上一闪而过："没关系，我看你之前还给了我一个水墨动画项目的资料。嘉美天成投资的也一直都是建筑文化领域相关的内容，怎么会突然要投资动画项目呢？"

戴晴回想了一下说："是那个发错的文件吗？那不是嘉美天成的，是我们工作室自己的项目。不过不是我在负责，所以我了解得不太多。"

丁哲伟笑着起身，边慢慢踱步边说道："你啊，还是太年轻了！嘉美天成现在要开发古镇，你们工作室又恰好在制作传统文化相关的动画，哪里会有这么巧合的事啊。"

戴晴猛地反应过来："对啊，她们还一起去了古镇考察！"说着，她又自己小声嘀咕道，"我说怎么洪涛也要去，原来是这样！"

丁哲伟没有在意戴晴的自言自语，而是用一副孺子可教的表情看着她，欣慰地点了点头。

洪涛把车子停在了附近的另一个镇子上。冯嘉嘉看着为了自己毅然离开古村的水艺心就有些愧疚。她想到这几天自己冷漠的态度，就主动关心她道："你的动画怎么样了？这满打满算也就去了三天,你想好画什么了吗?我看那些村民对你还挺热情的,你完全可以多待几天的。"

水艺心对冯嘉嘉的变化毫无察觉,还以为之前冯嘉嘉只是过于繁忙才忽略了自己:"放心吧,嘉嘉姐,动画的事情我已经构思好了。"说完,她又抱怨道:"不过,做个项目可真麻烦。一开始就有人在网上说嘉美天成不好,结果现在澄清了还不行,竟然还被赶出来了。"

商栈也开口道:"这次事情确实有些奇怪。那些村民并不是反对这个项目,而是反对嘉美天成。一般来说大家不会对开发的企业做很深入的调查,可如果真的想了解,也不会只针对一个误解不放。这些村民就只知道之前网上的舆论报道,实际上对嘉美天成,甚至对这次的开发理念都一窍不通。"

冯嘉嘉说:"这几天我也在考虑这件事,所以已经在联系人了。最开始我以为是彭成在捣乱,可后来我发现他做不到这种程度。而且这些事儿对他没有什么利益可言。"

洪涛听了很久,插话道:"嘉嘉姐,这些事儿最好还是找当地的人再问一下。我们先确定一下当地的态度,然后才好决定下一步的方向。"

水艺心问道:"下一步?对啊,嘉嘉姐,我们现在怎么办?"

冯嘉嘉发现水艺心真的对管理方面一窍不通,看了一眼洪涛说:"既然已经从古镇出来了,那就先去市里吧。我约了一个朋友帮我打探一下情况,等他有时间我们去当面问问。"

再次找到住所,水艺心躺在床上崇拜地看着冯嘉嘉:"嘉嘉姐,你知道吗。今天你一个人面对那么多村民,说话还有理有据的,那样子可太帅了!整个人就好像在发光一样!"

冯嘉嘉笑出了声:"哪有那么夸张。我那么帅你不还是要挡在我前面?不过,当时那些村民那么激动,你怎么还往我前面站呢?"

水艺心歪着头想了一下:"我当时也没有考虑太多,就觉得,我学过跆拳道呀,可以保护自己的。然后就看到那些人很激动地往前挤,想着你天天在办公室里,万一有人冲上来你躲不开怎么办,所以就跑你前面了。"

暖黄色的灯光打在墙上,使酒店房间里看起来昏暗又温暖。冯嘉嘉坐到水艺心旁边,替她把面前的一缕头发顺到了耳后:"以后这种危险的事不能再往前挤了,知道吗?"

水艺心乖巧地答应着,可这些话丝毫没往心里去。

冯嘉嘉看水艺心趴在床上,摇头晃脑地闭眼享受,突然冲动地问道:"水艺心,你觉得商栈怎么样?"

水艺心被这个突然的问题惊得睁开了眼:"嘉嘉姐,你怎么突然想起来问这个问题啊。"

冯嘉嘉假装自然地说道:"就随便问一下啊。毕竟我们也算是因为他才认识的,所以想问问你对他的看法。怎么,这个问题很突兀吗?"

水艺心很快就意识到自己的反应有些强烈,于是思考着说道:"我觉得你们俩都很厉害,而且都帮了我很大的忙。"

冯嘉嘉摇摇头:"我说的可不是这方面。水艺心,你没发现商栈对你不一样吗?"

水艺心悄悄看了一下自己的影子,背对着灯光,又把头藏在阴影里,这样冯嘉嘉就很难发现她羞红的脸。

"嘉嘉姐,你怎么也这样说啊。我之前真的没发现。"

"你知道?之前还有谁也这样说?"冯嘉嘉好奇起来,脑海里迅速闪过洪涛的身影。

水艺心难为情地说:"刚来的那天洪涛也这样和我说的,我还不相信呢。现在嘉嘉姐你也这样说。"说完,水艺心把头埋在了胳膊里,让冯嘉嘉彻底看不到她的脸。

冯嘉嘉被水艺心小女生的样子逗笑了。可她也很快意识到了,水艺心对商栈并不反感,或许在她心里也有一些对商栈的喜欢。冯嘉嘉又一次陷入了纠结,坐回了自己的床上。她一向不喜欢与别人在感情上有牵扯,也割舍不下与水艺心的友情。可明明是自己与商栈先认识的,现在还没开始就让她放弃,实在是有些不甘心。

水艺心悄悄抬起一只眼睛,看着冯嘉嘉坐在床上沉思,就安慰道:"好了嘉嘉姐,你就别想其他事了。这几天我看你总是忙来忙去的,都没怎么好好休息。今天好不容易放松一点儿,就赶紧休息吧。"

冯嘉嘉抬起头,用复杂的眼神看了一眼水艺心,点头说了一声好。

一夜无梦。

再次醒来,看到水艺心熟睡的侧脸,冯嘉嘉叹了口气。如果都能像她这样什么都不用考虑,似乎也挺好。可手机信息提示的声音很快就打破了短暂的平静。朋友发来消息,已经打听到关于古镇的消息,下午就可以见面。

想到水艺心对管理一窍不通,冯嘉嘉无奈地扶了扶额头。

中午吃饭,冯嘉嘉说完约好的时间,犹豫地看着水艺心。

水艺心一听到要去吃饭,猛地抬起了头,求助地看了一眼洪涛,支支吾吾道:"嘉嘉姐,我们都要去吗?"她虽然不怕见人,可这样的场合,她去了也只会坐着吃饭。

洪涛知道水艺心的意思,无奈地说:"嘉嘉姐,水艺心平时很少去这样的场合,没什么经验。要不我跟你去,这些一般都是我去谈。"

冯嘉嘉点点头,算是默许了,反正水艺心即使去了也没有什么作用。

商栈看着水艺心满意地低下头继续吃饭,突然说道:"既然有洪涛跟着了,那我也就不必去了吧。平时的展览会我还行,可今天你是跟当地行政系统里的朋友一起吃饭,我就不参与了。"

冯嘉嘉用审视的目光打量了一下商栈,似乎在考虑他说话的真实用意。商栈坦然地回应着冯嘉嘉的目光,仿佛真的只是自己不熟悉。

商栈的考虑虽然有私心,可他说的也是事实。虽然这些年他出入商界,见过不少世面,可生意上的往来与行政交际场合却是天差地别。以前在国内的时候,他就没机会见到各类行政人员,后来出了国,更是将国内特有的一套酒桌礼仪忘得干干净净。什么主宾、副宾,还有喝酒的讲究,想一想就觉得头大。与其到时候一脸尴尬地出糗,还不如现在就退一步,找借口不去。

水艺心嘴里"啊"了一声,又抬头看了看冯嘉嘉,不知道对方究竟是想表达什么样的意思。冯嘉嘉看着商栈满心满眼都是水艺心的样子,终于还是松了口。

自己事业有成,何必非要在商栈这里浪费时间呢?更何况还要搭上水艺心这样的朋友。冯嘉嘉是个足够优秀也足够理性的商人,很轻易地就能在心里算出得失,即使有万般不舍,也还是做出了对自己最有利的选择。

洪涛看着大家在电光火石之间迅速做出决定,缩在一旁偷偷看热闹。或许是两人之间真的有什么心灵感应,洪涛的心里刚闪过戴晴的身影,手机就响了起来,是戴晴。

他抱歉地拿着手机,趁机躲了出去。大概是这几天看多了水艺心与商栈的感情纠葛,当他接起戴晴的电话时竟然也有点脸红起来。

"老板,你什么时候回来?"戴晴的声音和平时一样软软的,没有一丝异常。

洪涛下意识地想贫嘴一下,可回想起之前仅仅是自己的靠近都会让戴晴不高兴,也就恢复了正常的语气:"还不确定呢,我这边暂时走不开。工作室最近有什么事吗?"

戴晴做贼心虚地说着没有，又补充道："之前古镇项目的工作已经完成了，我就想问问是不是项目已经通过了。"

洪涛没有发觉戴晴的异常："这样啊，古镇项目最近遇到了点麻烦，所以可能要多等几天才能回去。你先继续做之前的项目，工作室那边有问题你随时联系我。"

戴晴一一答应着，电话都没挂掉就冲丁哲伟点了点头。丁哲伟知道自己的计划起了作用，笑着叫来了秘书，俯在她耳边悄悄吩咐了什么。

第二十八章　山茶花的告白

冯嘉嘉与洪涛早早地就等在了饭桌上，可她约的朋友却姗姗来迟，离约定的时间很久后才推门进来。

"不好意思，赶上高峰期，堵车太厉害了！"一个肥头大耳的中年男人边说边笑着进了门。冯嘉嘉的朋友跟在身后尴尬地应和道："是啊，真的太堵了。"

冯嘉嘉与洪涛相视一眼，很快就清楚了今天这顿饭一定不会比想象中轻松。

冯嘉嘉笑着站起来道："没关系，特殊情况吗，大家都理解。洪涛，去说一声，可以上菜了。"

洪涛应了一声，又添了两份下酒菜，然后才拿着酒回了包间。

中年男人打量着冯嘉嘉，对朋友说："来的时候你告诉我冯总是位美女企业家，我还不相信，现在我可信了！这气质，一看就和普通人不一样！"

冯嘉嘉谦虚道："韩处长这是哪里的话，企业家也太夸张了。我们在您这儿也就是个普通人。"

韩处长哈哈大笑了两声，余光瞥了一下洪涛。冯嘉嘉这才想起来介绍："韩处长，我都忘给您介绍了，这是我朋友，也是我们项目的合作方。正好来这边考察，就一起过来了。"

洪涛恭敬地站在一边说："韩处长，早就听过您的大名了。我一听冯姐说您过来，就主动跟着来了！"

韩处长收起之前玩味的笑容，自顾自倒上酒："本来我今天是不想来的，你们知道为什么吗？"没等冯嘉嘉他们回答，中年男人继续说道，"因为你们问的这个事，我办不了。"

冯嘉嘉的朋友终于说话了："如果韩处长都办不了，那这件事可就没人能办了。"

韩处长一抬头道："行了，你少拍我马屁！我就是知道别人也办不了，所以我才来的。"

冯嘉嘉和洪涛对视了一眼，两人眼里都是疑惑和不解。

冯嘉嘉有些着急地说："韩处长，我们与当地的合约已经签过了，现在只是想找人担保一下我们不会拆宗祠就可以了。您放心，事实上我们也不会对宗祠有什么损坏，还会请专业人员来进行保护性的维修。"

"你以为这么简单就可以完成了？小美女我告诉你，这件事根本就不是村民自发组织起来的，这是有人专门搞起来的。你别不信，之前这个村子想要修路，什么联名什么表彰全都不会。现在为了一个宗祠，这些人不仅一下子就得到了这些消息，联名信还写得特别规整，用词特别谨慎，一看就是有高人专门提供的。"韩处长一边捏着花生米，一边毫不避讳地

第二十八章　山茶花的告白

对几个人讲着。

冯嘉嘉也想了起来，自己原本在古镇几乎没有露过面，可还是被村主任准确地找到了位置。如果说没有内应，那这个村主任真是太厉害了。

韩处长继续说道："你们知道为什么签订了合约我们还是要收回吗？村里的联名信我看了，那是写的啊，我们不得不答应！你们以为我们当地是真的不想让你们搞这个项目吗？"

洪涛原本以为这个韩处长只是个花架子，可几句分析下来全都是要害，这时洪涛看向他的眼神也变得敬佩起来。

冯嘉嘉的朋友显然也不了解其中的内幕，眼看韩处长真的没有帮忙的打算，尴尬地问道："韩处长，您看人家大老远来的，我们是不是也要意思一下，帮个忙吗。"

中年男人又恢复了最初不着边的样子，"嘿嘿"笑了两声对朋友说："所以我这不是来开导他们一下吗。问题不在我们，在他们自己那儿。我呢，顺便出来躲躲，也清净一会儿……"

水艺心不明白，今晚这么重要的场合商栈为什么没有跟过去。洪涛和冯嘉嘉临出发前都意味深长地看了她一眼。尤其是冯嘉嘉，甚至还把她拉到屋里说了一些奇怪的话，告诉她要注重自己的内心，不要留下遗憾什么的。而洪涛根本就不需要说什么，只要一个眼神，水艺心就明白了他的意思。这些念头害得水艺心一天都在房间里没敢出门，生怕遇到了商栈。

事实也如洪涛和冯嘉嘉猜想得一样,由于之前的告白被打断,商栈心里一直记挂着。这次好不容易又有了一次独处的机会,他无论如何也不想再错过了。

眼看着天渐渐黑了,商栈站在水艺心的房间门口,在门前举起手,又放了下来,最后拿出手机发信息问道:"一起吃饭吗?"

水艺心好不容易甩掉杂念,集中注意力准备完善自己的水墨动画,刚拿起画笔就看到了商栈的信息。她看向窗外,这才发现天已经黑了。

就像魔咒一样,这样的天色和吃饭的信息同时出现在水艺心面前,她的肚子毫不客气地叫了起来。水艺心无奈地看了看空白的画纸和电脑上仅仅写了三行的文件,还是妥协了。

她没有着急回复商栈,而是蹑手蹑脚地走到门口,想要自己溜出去,可刚打开门就与外面的商栈撞了个满怀。她慌张地连忙找借口道:"好巧啊,我正要去找你呢!"

商栈直勾勾地盯着她,仿佛要把她的谎话看穿,最后商栈还是没有揭穿她:"是啊,好巧。你是要找我一起吃饭吗?"

水艺心后悔自己出发前没有先仔细观察一下外面,表情悲壮地说:"对,我们去吃饭!"

商栈看出了水艺心有意回避,笑着放任她自由地与自己相处,任由她带着自己去了酒店的自助餐厅。

等水艺心放心地吃完饭,商栈才拦住了她:"好不容易有时间出门,不如我们出去转转?"看着商栈满脸的坏笑,水艺

第二十八章 山茶花的告白

心想到小吃街上的各种吃食，终于看透了这个男人腹黑的真面目。酒店的自助餐厅只胜在方便，味道和品相都远远不如外面诱人。水艺心咽了一下口水，还是同意了商栈的提议。

没走多远，水艺心的心里又莫名慌张起来，之前两人在茶山上采茶，周围也是这样紧张的氛围。在知道商栈对自己有意之前，水艺心与他在一起时都以为那是为了洪涛才约的自己，所以自己格外放松。可现在关系发生了变化，水艺心的感觉就完全不一样了。

要说对商栈的感觉，其实水艺心第一次见面就注意到他了，再到后来相处的时候，因为有着同样的爱好和对传统文化的重视，聊天也越来越投缘。只是她一想到商栈真的喜欢自己，就不自觉地脸红心跳，不知所措起来。这种感觉和她与前男友在一起的时候可完全不一样，让她无法明了自己的内心。

两人漫无目的地走在街上。水艺心看了看时间，似乎现在还算早，街上的人们才刚刚出来走动。于是，她提议去附近的商场看看。

在人来人往的商场里，或许就不会这样紧张了吧？

商场前的街道上，人多了起来。路边星星点点的灯光也亮了起来，烟火气十足。人群围满了街边的一处处小摊。水艺心踮起脚尖朝一处人群看去，只见包好的鲜花用灯光点缀着，很是好看。

商栈想起被自己扔掉的鲜花，指着小摊问道："喜欢吗？"

水艺心不知道该如何回答商栈的问题，只是摇摇头拉着商栈往前走："我们再多看看吧，前面还有好多东西呢！"

街上的气氛逐渐暧昧起来，不知道是不是因为自己的刻意观察，还是这条路本就是情侣闲逛的地方。水艺心觉得这附近的花店特别多。路边的情侣几乎每人手上都有一束花，他们亲密地挽着手，与两人擦肩而过，笑声和花香一起往水艺心的身边钻。

商栈也感受到了不一样的氛围。他看了一眼低头往前走的水艺心，似乎是感受到了她的尴尬，于是主动提议去商场里看看。

一进入商场的大门，外面热闹又暧昧的氛围一下子就被隔离开来。水艺心暗暗松了一口气。这里只是一个普通的小商场，没有什么特别之处，两人逛来逛去始终没有找到合适的小店，最后终于在一家奶茶店门前停下了脚步。

水艺心转头看了看奶茶店，她没想到商栈会被这样的地方吸引，不由得笑出了声。商栈不好意思地解释道："国外的奶茶都很贵，还不太好喝。"

水艺心做出一副了然的表情，拉着他一起进到店里，熟练地点了两杯奶茶。

商栈看着远处成双成对的小情侣们，暗地里下定了决心。

坐下没多久，商栈就煞有介事地指了指自己的手机，好像有什么急事要处理，然后不好意思地让水艺心在店里等一下，很快就出去了。

水艺心看他着急地跑出奶茶店,也莫名担心起来,习惯性拿起手机给洪涛发了信息,但很久都没收到回复。

水艺心低头刷着手机,越发无聊起来。她看了看时间,已经过去快二十分钟了。突然,面前垂下一道阴影,水艺心下意识地抬起头,只见商栈气喘吁吁地站在她面前,将包装精美的花束递到她面前。

水艺心的脸瞬间红了起来,低着头不知道该不该接。

商栈坐在了她对面,把花往她的方向推了推:"在古镇的时候,老板娘跟我说女孩子都喜欢花。而且我看路上的女孩子都有花,猜你一定也喜欢,就给你买了一束。"

水艺心慢慢抬起头,支支吾吾地说:"谢谢,不过我拿这个花可能不是很方便……"

商栈打断水艺心继续说道:"我知道你在想什么,放心吧,这是山茶花。采茶的时候只能看到茶叶,没有看到花,现在我给你补上,也算是我们这一趟行程有个好的结局了。"

听到这样的解释,水艺心紧张的心情放松了一下,甚至还有些莫名的失落。她拿起面前的花束笑着说:"那就谢谢你啦,这个花很好看。"

商栈看到水艺心收下花,也放心起来。他喘匀了气,悄悄拿起了新买的运动手环给自己戴上,有些紧张地说:"刚才买完花之后,我本来想让自己多冷静一下,可一想到你在等我,就不由自主地跑了起来。"

水艺心猛地抬起头,不知所措地看着商栈,怀里还抱着他刚刚送的花。

　　商栈低头笑了一下，原本准备好的台词已经被他忘得一干二净，只能无奈地说："我也不知道自己要说什么了？不过，你能先听我说完吗？因为我有些紧张。"说完，他露出了自己刚买的手环，上面记录着他的心跳。鲜红的"126次每分钟"不断闪烁着，表明了他此时心跳得厉害。

　　水艺心呆呆地点点头，也跟着一起紧张起来。

　　商栈鼓起勇气继续说："我买花的时候，店主说，送女孩子最好是玫瑰。可我犹豫了很久还是没有给你选，因为我想给你一个后悔的机会。水艺心，其实我从第一次见你就喜欢上你了。我想，如果是玫瑰花，你拒绝我可能会有些压力。但如果是山茶花，你就可以当成古镇的一个留念，一个希望大家考察成功的祝愿。"他深吸一口气，似乎想平复一下焦虑的心情，可手环上的数字丝毫没有下降的趋势，甚至还因为长时间的异常发出了警报的提示音。

　　商栈颤抖着将手环又摘了下来："不知道以后，我有机会给你买玫瑰花吗？"

　　商栈紧张地看着水艺心，只见水艺心的嘴唇颤抖了一下。还没等她发出声音，商栈又连忙抢着说："你也可以不用现在回答我，我知道这有些突然，你没想好也是正常的。我不着急知道你的答案，毕竟你现在还有很重要的工作。"他的声音越来越小，水艺心甚至没有听到他说的最后两个字。商栈虽然说着不着急，可眼睛还是仔细看着水艺心的嘴，生怕漏下她说的任何一个字。

水艺心看了看商栈放到一边的运动手环,将怀里的山茶花放到面前的小桌子上,慢慢推还给他。商栈的眼神越来越失望,原来水艺心连自己的山茶花也不愿意收吗?

看着花被推到自己面前,商栈反而平静下来。这样也好,事情总要有个结局。以后,自己只需要祝她幸福就可以了。

"不用等以后了,我们现在就可以去换玫瑰花。"

商栈叹了一口气,紧接着又惊喜地看着水艺心,满脸难以置信道:"你是,答应了吗?"

水艺心点点头,抿嘴笑着看向商栈。

商栈似乎还沉浸在告白失败的情绪里,久久没有反应。水艺心在他面前摆了摆手说:"怎么,你不高兴?不高兴那就算了,当我没说吧。"说完,伸手就要去拿桌上的山茶花。

商栈一把握住水艺心的手,咧着嘴笑着说:"高兴!我肯定高兴!我还以为你要拒绝我了,所以刚才没反应过来!走,我们现在就去买玫瑰花!"说完,拉着水艺心就要往外走。

水艺心匆忙拿起奶茶和手环:"你东西不要了吗?"

商栈转过头,傻笑着说:"没关系,这个手环已经完成任务了,现在玫瑰花最重要!我们快走吧!"说完,他拉着水艺心就走。

水艺心看了看手环,有些不好意思地走到商栈身边,边走边问道:"这个手环什么时候买的啊,看起来还挺新的,之前也没见你戴过。"

商栈主动牵起水艺心的手说："这个手环就是刚才买的。我实在想不出怎样才能让你相信我的真心,就想到这上面能测出心跳频率,我想让你看到我的心意。"他一边说着,一边抬起水艺心的手不住地看,好像在看什么稀世珍宝一样,脸上的笑容也一直没有消退过。

第二十九章　预警提示

坐在车里,洪涛的脸只是微微发红,酒精的作用甚至还没怎么发挥就已经结束了。他把头靠在车窗上感慨道:"我还让饭店添了两个下酒菜,真没想到他因为怕老婆,只喝了两口就结束了。"

冯嘉嘉也跟着说道:"是啊,刚见到韩处长的时候,我还有些担心,都准备好叫代驾了。不过,看他的样子,怕老婆大概只是说辞罢了,只是他不想帮忙的借口吧。"

洪涛呼出一口酒气道:"嘉嘉姐,那真的只是说辞吗?我觉得他说得还挺有道理。我们签好了合同,还能帮当地发展经济,他们没有理由反悔。况且,虽然说项目流拍,可现在也没有给我们明确的通知,怕是真的想让我们自己解决。"

冯嘉嘉说道:"这些人啊,都是穿一条裤子的。我们只是外地的企业,这些人还犯不上为我们得罪别人。这个韩处长虽说是怕老婆,来吃饭躲躲,实际上应该也是他们商量好的意思。这样无论古镇项目最后落到了谁手里,他们都能卖我们一个人情,两边都不得罪,精明得很。"

洪涛这才恍然大悟，感慨冯嘉嘉这几年在行业里可真不是白混的，果然一眼就能看出对方的意图。如果只是自己在场，怕是真的会被韩处长牵着鼻子走。

"嘉嘉姐，那我们接下来怎么办？"洪涛没了头绪，看向冯嘉嘉被路灯照得一明一暗的脸。

"先回去吧，再在这里等下去也没什么意义。我之前以为是商栈的同事做的，可现在感觉他才没有那么大的本事。"

洪涛感觉脑子反应开始变得迟钝起来，慢吞吞地问道："回去？回酒店还是？"

冯嘉嘉听出洪涛的声音已经有了醉意，耐心地回答道："明天就可以回家了。"

房间里，冯嘉嘉一进门就看到水艺心正对着面前的两束花傻笑。她的心"咯噔"一下，不露神色地拿起来看了看："看来，商栈果然没有辜负我和洪涛给的机会。"

水艺心奇怪地问："嘉嘉姐你怎么一点儿都不惊讶？你们是不是早就知道了，故意不告诉我？"

冯嘉嘉没有回答，生怕被水艺心看出自己难过，转移话题道："怎么有两束花？商栈难道不知道要送一束大的吗？"

水艺心拿起山茶花递过去："嘉嘉姐，这是给你的。商栈说这是预祝这次古镇的行程圆满结束，所以这束花给你再合适不过了！"

冯嘉嘉突然有些难过，嗓子有些发紧。她知道，从现在开始，自己对商栈的暗恋就真的要结束了。虽然心里已经做足了准备,可真的要放下时,更多的还是不舍。她接过面前的花,有些哽咽地说:"哪有你这样借花献佛的啊!"

水艺心一下子紧张起来,连忙凑到冯嘉嘉面前:"嘉嘉姐,你怎么了。是今晚的饭局不顺利吗?是不是有人欺负你了!我问问洪涛。"

水艺心说着就要出门,被冯嘉嘉赶紧拦住,她声音也恢复了正常:"没有没有,没人欺负我。我只是今天的菜吃咸了,嗓子有些不舒服。你不用问洪涛了,他晚上喝了酒,这会儿估计已经睡了。"

水艺心松了一口气,拿过桌上的矿泉水,拧开盖子递给冯嘉嘉:"没事就好,吓我一跳。嘉嘉姐,古镇项目怎么样了,现在找到合适的人了吗?"

冯嘉嘉喝了口水,咽下委屈的心情说:"现在还不确定。不过我们明天就可以回家了,有些事我需要回去确定一下。"

看见突然回来的洪涛,戴晴惊得站起身,磕磕巴巴地问:"老板,你,你不是不确定时间吗?怎么,怎么这么快就回来了?"

洪涛看着有些紧张的戴晴,笑着说:"怎么,我回来打扰你偷懒了?"

戴晴快速摇摇头,心虚地说:"没有没有,我之前的工作都做完了,我可没偷懒。"

戴晴面对洪涛不好意思地低下了头。洪涛偏偏还不相信地看着她,使劲往她面前凑。戴晴终于忍受不了洪涛的目光,后退了一步。洪涛也忍不住笑出了声:"好了,相信你就是!"说完转身回了自己办公室。

戴晴捂着剧烈跳动的心脏,转头看着洪涛关上了门,这才赶紧拿出手机给丁哲伟打电话。

水艺心沉沉地睡在副驾驶位置上,连到家了都不知道。冯嘉嘉本想喊商栈一起回公司,可看到他对着水艺心的睡颜痴痴地笑着,也就放弃了这个想法。

商栈谈起恋爱来也太可怕了,眼睛一刻也不愿意从水艺心身上离开。冯嘉嘉相信,如果不是因为在开车,那他一定会像一只小狗一样守在一旁,直到水艺心醒来。

回到嘉美天成,冯嘉嘉也不再对商栈抱有希望,从自己手机里翻出了彭成的电话。

彭成刚从医院出来,看着数字猛增的医药费账单不知如何是好,看到冯嘉嘉的电话瞬间就想到了丁哲伟。他现在只后悔惹上了丁哲伟这个麻烦,自己竟然傻到为了利益相信丁哲伟会帮自己。

好在冯嘉嘉的话语还算客气,听起来并没有什么敌意:"彭经理,有时间聊聊吗?"

彭成的态度并不太好:"我不知道还有什么可聊的。小冯总,有什么直接在电话里说吧。"

不知道是哪句话勾起了冯嘉嘉的怒火,她气得拍了一下桌子大声说:"彭经理,我好好跟你说话是因为我有礼貌,并不是因为你值得我好好说话。彭经理没时间也没关系,你之前做过的事情我都会查到,也不用跟你多费口舌了。"冯嘉嘉说完就挂掉了电话,没有给彭成解释的机会。

彭成也有一肚子气没处发,现在莫名其妙被威胁一通,转头朝路边的垃圾桶狠狠踢了一脚,发出的巨大声响吸引了一边路人的目光。可他很快冷静下来,按捺住心里的怒火,打车去了嘉美天成。

彭成跟着秘书再次穿过嘉美天成长长的走廊,来到熟悉的办公室。不过这次两人的态度就完全转变了。彭成换上了恭敬的语气,赔着笑说道:"小冯总,刚才是我太心急了,不知道你有什么事还需要找我?"

冯嘉嘉睥睨地看了一眼彭成道:"彭经理,我们之前的问题还没解决呢!"

彭成想不明白自己与嘉美天成还有什么牵扯,心里暗暗梳理了下手里的项目,里面甚至连与嘉美天成沾边的都没有。

"小冯总,我手里的项目没有与嘉美天成有关系的,不知道你说的是什么问题?"

冯嘉嘉目不转睛地盯着彭成说:"我已经查到了,之前嘉美天成的舆论和你有关系吧?还有这次我们去古镇考察,商栈离开你是知道的,为什么又要泄露我们的行程?"

彭成更加不解了,连忙反驳道:"之前嘉美天成的舆论可跟我没关系啊!我只是发了商栈的东西,嘉美天成的事情我是一句话都没说啊!我跟嘉美天成又没有什么关系,之前甚至还想取代商栈与你们合作。嘉美天成出事了对我任何好处都没有，我怎么可能去做？这些我不是都跟丁哲伟说过了吗？你们还是不相信吗！"

冯嘉嘉原本只是想试探一下，结果丁哲伟这个名字的出现确实让她很是惊讶："丁哲伟？他也去找过你？"

"对啊，就是他说的，让我给商栈找麻烦，然后带他和嘉美天成合作！"彭成觉得自己冤枉极了，现在无论什么事都会被扣到自己头上。

冯嘉嘉觉得事情变得复杂了，从座位上站了起来："丁叔找你是为了让你给商栈找麻烦，而不是为了嘉美天成？按你的意思说，是丁哲伟让你来对嘉美天成不利的？你觉得这样的说法我会信吗？"

彭成确定地说："可这是真的啊！商栈舆论的事我也给他道过歉了，还赔给他一个西药项目呢！"

看着彭成信誓旦旦的样子不像作假，冯嘉嘉语气也缓和下来："彭经理，麻烦你把这些事仔细跟我说一下。"

彭成求之不得，他现在巴不得赶紧撇清与丁哲伟和嘉美天成的关系，于是不用冯嘉嘉提醒，就从一开始丁哲伟约他见面开始，直到几个月前的事情都说了一遍，生怕遗漏了什么细节。说完他也明白自己中了丁哲伟的圈套，气愤地说："这个丁哲伟，原来是把我当猴耍呢！"随即又问道，"丁哲伟不是说和你关系很好？为什么还要这样做？"

冯嘉嘉也听明白了事情的经过，她不清楚平时对自己还不错的丁叔为什么要做这些事。她警惕地看了一眼彭成，不确定他说得是真是假。

彭成看到冯嘉嘉疑惑的样子，赶忙拿出手机，将自己与媒体联系的记录都拿了出来自证清白。

这下冯嘉嘉就算不相信也没有办法了，她沉思着摇摇头道："我也不知道为什么会这样。好了彭经理，麻烦你跑这一趟了。"

彭成还是不放心道："那之前电话里说的证据？"

冯嘉嘉这才想起自己假意威胁的话，连忙笑着说："放心吧彭经理，大家都是信守承诺的人，我不会对别人说的。"

彭成松了一口气，点头离开了，心想商栈果然是与嘉美天成联系密切，他手里的证据大概就是嘉美天成提供的。

事情再次陷入僵局。一旦信任开始坍塌，那之前所有的接触都会夹杂着蛛丝马迹。冯嘉嘉回想着丁哲伟对自己的种种帮助，在此刻都变得可疑起来。

她拿着手机，正犹豫着要不要给冯天成打电话。电话铃声响了起来，冯嘉嘉下意识地看向屏幕，竟然是丁哲伟打来的电话。

冯嘉嘉按下心中的疑惑，像往常一样热情地接通电话："丁叔，您怎么想起来给我打电话啊？"

丁哲伟从戴晴那里得到了几人提前回来的消息，知道这次的麻烦不会被轻易解决，于是等不及想要尽快加入这个项目："嘉嘉啊，听说你最近遇到一些困难，需要丁叔帮忙吗？"

冯嘉嘉愣了愣神，自己项目的难处竟然这么快就被传出去了？回想到上次与丁哲伟联系时两人还不欢而散，现在丁哲伟竟然要主动过来帮助自己。如果是之前，冯嘉嘉估计会意外地觉得感动。可现在，丁哲伟说的话在冯嘉嘉心里敲响了警钟。她不动声色地说："那我先谢谢丁叔了！这个项目暂时还不用帮忙。不过，您怎么知道我遇到了困难啊？"

"大家都知道你有个古镇项目，我自然也能知道。而且我在古镇附近有一个认识的朋友。他说最近有个公司要投资古镇改造，被村民抵触了，所以我估计你这是遇到了困难。我认识的这个朋友在当地能说上话，所以就想问问你有没有什么需要我帮忙的。"

听到有认识的朋友，冯嘉嘉心里更加警惕起来："是吗，我可能还真的需要向附近的村民了解一下情况。丁叔，您的朋友是在哪里的啊？"

丁哲伟一下子就听出了冯嘉嘉的试探，笑着说："是隔壁镇上的一个村主任，和你们古镇的村主任有些交情。你要是需要，那我约个时间，带他去见见你？"

听到丁哲伟自如地回答，这次变成冯嘉嘉犹豫了："先等一等吧，丁叔。我最近事情比较多，怕是不好找时间。等我先把手上的工作处理好了再联系您吧。"

挂了电话，丁哲伟的笑容瞬间消失了。他一巴掌拍在桌子上："这个冯嘉嘉，真是跟她爸一样是个老狐狸！这样都不愿意让我加入，我看她还能撑到什么时候！"

戴晴在一旁好奇地问："姑父，您不是说这个项目不好吗？

怎么还要加入呢?"

丁哲伟看了一眼戴晴解释道:"他们做不好,又不代表我们也做不好。既然他们不愿意给我们分一杯羹,那就让冯嘉嘉自己折腾去吧!"

戴晴还是不解地问:"姑父您是跟冯天成也认识?"

丁哲伟的脸上露出鄙夷的神色:"认识!这个冯天成就是个混蛋。最开始我们合作项目的时候,私吞了我那么多项目款,差点就让我的投资失败了!现在有了这样一个赚钱的项目,他不但不帮我,还不让我参加!所以这父女俩没一个好东西!"

戴晴看见丁哲伟逐渐愤怒起来,也乖乖地不再插话。

等丁哲伟平静下来,他看到自己手上的资料,又笑了起来。冯嘉嘉不让他参加古镇项目又如何。他还有另一个方案,一样不会让冯嘉嘉好过。

第三十章　失败的投资

　　水艺心怎么也想不到,商栈谈恋爱之后简直就像变了一个人,每天工作结束之后就要找她,生怕水艺心不知道他在干吗!

　　又到了周末,商栈始终都定不下第一次约会的地点。他又在网上看了好多人的推荐,为两人第一次约会做足了准备,经过深思熟虑,终于决定带水艺心回到第一次注意到她的博物馆去。

　　水艺心的水墨动画创作策划这时候已经接近收尾。从古镇回来之后,她的思路就顺畅了许多。随着最后一个句号打在屏幕上,水艺心伸了一个懒腰,然后整个人软塌塌地趴在了电脑桌上。经过了几天的不断工作,水墨动画的初稿终于修改完成了。她趴在电脑桌上,按下"发送"键,将文件发给了简方元,然后放松地闭上了眼睛。

　　短暂的休息之后,水艺心猛地坐起身,从衣橱里拿出了早就准备好的衣服。完成工作的她只觉得身心无比放松,高兴之余,甚至还给自己画了个精致的妆,并按照约定好的时间下了楼。

商栈依旧是早早就等在了楼下,见到水艺心,他毫不掩饰自己的感情,张开手臂就要上前拥抱她。水艺心还没有习惯这样热情的商栈,一侧身躲开了。

商栈站在身后满脸委屈,看着水艺心径直上了车,也不情愿地上了车。商栈故意将车门大声关上来表达自己的不满,可水艺心丝毫没有察觉到他的不高兴,歪过头来问道:"我们今天去哪儿?"

商栈委屈地靠近水艺心道:"你刚才为啥不愿意被我抱?是不是不喜欢我?我知道我年纪比你大,你嫌弃我也正常……"他一边说着,一边缩回到了自己的位置上,慢吞吞地系上安全带,余光却一直看着水艺心的动作。

水艺心麻利地系上安全带说:"好了好了,我没有嫌弃你,外面那么多人看着呢,这又不是国外。我们今天到底去哪里,快点告诉我吧。"

商栈这才启动了汽车,故弄玄虚地说:"到了你就知道了。"说完,他又恢复了约会的兴奋劲儿:"那作为补偿,一会儿可以亲我一下吗?"

水艺心放下副驾前的镜子说:"我告诉你,如果有个女生化了全妆,那你可千万不要碰。化妆品可是很贵的。"

商栈不服气地"哦"了一声,说道:"我还买不起个化妆品吗?"

水艺心这才发现商栈这是在和她置气,笑着安慰道:"那我下次见你不化妆就是了。"

商栈听了更难受了,他好像也不是这个意思。

简方元收到水艺心的文件并没有着急打开,而是向公司里另一位投资人又确认了一遍:"怎么这样突然?这个项目真的不能再开始制作了?可是当初开会都是确定好的,我们资金都投进去了,怎么能说变就变呢?"

那人喝了一口水,无奈地说:"我们也只是接到了通知,具体的原因都不太清楚。简方元,我知道这个项目是你一手促成的,所以比我们大家都关心,可现在谁也没有办法改变了。"

简方元沉思了一下,起身说道:"不行,我亲自去问问经理。这动画的初稿都发给我了,怎么就突然取消了呢?"

那人连忙拦住简方元,犹豫地说:"你先不要冲动!这件事我也只是听说了一点儿,不过具体的原因还不确定。"

简方元看同事支支吾吾的样子,就说道:"没关系,知道什么你可以直接告诉我,都是为了项目,没什么不能说的。"

同事看简方元认真的样子不像作假,放下心来说:"我也只是听说,不一定是真的。好像是有个公司出了一个类似的方案,报价比你推荐的这个项目低多了,而且还有很多商业看点。所以现在经理就认为你找的这家工作室价格虚高,还没有什么炒作点,就想换掉了。"

简方元更加迷惑了:"类似的方案?我记得当初选择这个项目的时候就是因为市场上没有这个类型的动画,而且理念也很新颖。怎么只过了几天就出现了一个类似的呢?"

第三十章 失败的投资

那人一咬牙，直接说："好像不能说是类似的方案了，应该是非常接近，而且初稿比我们这个项目完成得还早。所以现在经理就不确定到底哪边才是原创，不敢做啊！万一真的是抄袭，我们的投资随时都有可能打水漂，还不如现在主动止损！"

"可如果我们这边不是抄袭呢？现在所有的事情还没搞清楚，就先确定我们是抄袭，这样不对吧？"简方元还想再争取一下，努力地为水艺心辩解。

那人摇摇头，又叹了一口气说："简方元，你怎么还不清楚？虽然现在具体的原因还没有调查出来，可那边的进度比我们的项目快多了，而且这种原创的证据很难举证的。经理本来就不太看好水墨动画项目，现在就更不会为了它费力去和丁总的公司对抗了。"

简方元这才听明白了重点："丁总？难道是丁哲伟？"

那人没有说话，点点头算是承认了。两人沉默了一会儿，同事拍了拍简方元的肩膀，简单安慰几句就离开了。

同样都是投资界的人，简方元当然听说过丁哲伟的名字。只是他想不明白丁哲伟怎么会和这件事扯上关系。他仔细斟酌了一下，还是给商栈打去了电话。

铃声响起，商栈十分自然地让水艺心帮忙拿一下电话。水艺心顺着声音找到了操作台的小抽屉里，看到是简方元的电话，就顺手打开了免提。

商栈轻轻咳了一下，收起笑容才接通了电话。

简方元急切的声音传来:"我问你,你怎么跟丁哲伟还有关系?你怎么惹上他了?"

"谁?"商栈以为自己没有听清简方元说的名字。

"丁哲伟。或者是水艺心和他有矛盾?"简方元又重复了一遍这三个字,然后才想到了水艺心。

商栈在脑海里仔细搜索着这三个字,确定自己没听过:"我不认识这个人。怎么,是水墨动画的项目出问题了吗?"

简方元的声音陡然升高:"出大问题了!"

商栈靠近路边,猛地踩下了刹车。水艺心眼里也满是担忧。他大概了解了一下事情的经过,就挂掉了电话。

很快,两人就一起回到了工作室。戴晴一眼就认出了这是水艺心的出轨对象,如今他堂而皇之地出现在洪涛面前,这让戴晴惊讶地睁大了眼睛。

洪涛和水艺心面面相觑,谁也不知道丁哲伟是谁。听到这三个字,办公室外的戴晴也跟着竖起了耳朵。

"不可能,这个绝对是我自己的创意。而且这些都是我亲自去乡村里考察出来的故事,不可能有人比我出得更早,也不可能有雷同!"水艺心不敢相信自己辛苦做的水墨动画项目策划就这样被否认,说话的声音也高了起来。

商栈哄着水艺心说:"我知道,在古镇的时候这些都是我们看着你做出来的。可现在我们连丁哲伟是谁都不清楚,根本没有办法确认事情的经过。"

洪涛想了想开口道:"我记得之前你的项目发给过我,是最初的版本。"洪涛抬头看着两人，放低了声音，"除非，有人来我办公室偷看过资料。"

商栈若有所思地说："之前我们在古镇耽误了不少时间，她也做了很大的改动。如果是有心人利用这个时间差，那就完全可能仿照出一份类似的。"

水艺心只觉得想不通："可是这个丁哲伟是谁我们都不认识，为什么他要来偷我的创意？"

屋外，戴晴心虚地回到了自己的位置，将辞职报告又往桌子里塞了塞。

几人短暂的沉默之后，商栈的电话响了起来。看到是简方元的来电，他索性打开了免提。

简方元的声音更加沉重："又有一个不好的消息，你现在方便听吗？"

商栈紧张地看了一眼水艺心问道："也是水墨动画的吗？"

"是的。"

水艺心朝商栈点点头，她已经想不出还能有什么更糟糕的消息了。

得到商栈的示意，简方元的声音继续传出来："因为水墨动画这个项目的投资断掉了，所以你的资金现在也套在里面了。我记得你之前投了不少……"

简方元的话还没说完就被商栈打断了，他不自然地咳嗽了一声："这个问题回头再说吧，我现在在外面呢。"商栈说完就要挂掉电话，被水艺心眼疾手快地制止了："什么投资？

这不是简方元投资的项目吗?怎么也有你的资金在里面?"水艺心只觉得思维过于混乱,已经无法理解这里面的关系了。

简方元听到水艺心的声音,不满意地说:"水艺心吗?你不知道吧?当初为了让这个项目运行,商栈自己投了……"没等他说完,商栈就挂掉了电话,低着头不敢看水艺心。

洪涛朝水艺心耸了一下肩,非常识趣地准备出门,要给两人留下足够的空间。

商栈紧张地说:"我看简方元找我大概还有些事儿,要不我先去一下,等晚会儿再来找你?"商栈说完,求助一样看向洪涛。洪涛轻轻地向他摇了摇头,做出一个爱莫能助的表情,就果断关上了门。

水艺心没有说话,只是拨通了简方元的电话,在商栈面前打了过去。

简方元的声音很快就传了出来:"商栈!你竟然还挂我电话!"

水艺心看着商栈说:"简方元,这到底是怎么回事?你给我说一下。"

简方元大概给水艺心解释了当初商栈投资的事情,然后好奇地说:"商栈也在旁边吧。我挺好奇的,虽然我知道你在国外工资高,可你是怎么能这么快拿出一百万的呢?"

水艺心听到这么大的数字也皱起了眉头:"一百万?你哪来的这么多钱?"

商栈低着头,小声说:"我去银行,用房子抵押贷的款。"

简方元的吼声从电话里传来："用房子抵押？商栈你真可以啊！我就这一个问题没注意到，你的房子就没了！现在投资断了，你就等着房子被收走吧！趁现在还有时间，快去想想怎么住吧！"简方元说着挂掉了电话，水艺心也尴尬地收起了手机。说起来，商栈也是为了她才做出这样冒险的决定。

商栈抬头笑着说："也没有简方元说得那么夸张，你不用往心里去……"

门外，洪涛实在是好奇屋里的对话，假装离开后，转身就趴在了门上。他使劲儿把耳朵贴在门上，时不时还变一下方向。戴晴走过来，弯下腰靠近他："老板，你在干吗？"

洪涛被突然的声音吓了一跳，跌坐在地上，然后赶紧起身拉着戴晴退了好几步，小声说："你小点声，没见我正忙吗？要是被发现了，我肯定免不了一顿骂！"

戴晴眯起眼睛质疑道："忙着偷听？"

洪涛连忙捂住戴晴的嘴："我的祖宗，小点声！我这不是好奇吗，头一次见小两口吵架，谁能忍住不偷听？好了好了，快去做你的工作吧，接下来估计要忙好一阵了。"

戴晴只注意到了洪涛的前半段话，呆呆地说："里面那个人，是水艺心的男朋友？水艺心不是和你……"

洪涛点头道："对啊，我早就看这个商栈不顺眼了，果然是有预谋的。"随后他也反应了过来，"你之前不会以为，我跟水艺心有关系吧？"

戴晴很快就意识到了自己的误会，低着头否认道："没有没有。"然后红着脸就跑开了。

　　洪涛回想起戴晴的种种变化，对戴晴的想法也了然了。现在误会解开，他轻轻靠在门上，思考着自己对戴晴的想法。

　　办公室的门突然打开，洪涛失去支撑，踉跄了一下，控制不住自己的身体栽了进去。他笑着为自己找补道："我说我没偷听，你们信吗？我只是正好靠在这个门上思考问题。"

　　水艺心被两个人气得翻了好几个白眼："你看我会信吗？"说着就离开了。

　　商栈迷茫地看着还坐在地上的洪涛："她为什么要生气啊？我现在是不是应该追出去？"

　　洪涛两手一摊："我哪里知道？我也没谈过恋爱。"

第三十一章　解不开的疑惑

水艺心只觉得身上的压力又重了许多。如果只是水墨动画项目失败，她或许还能休息一下再重整旗鼓。可现在商栈竟然把自己的房子都拿去抵押了！她只恨自己不能像冯嘉嘉一样应对自如。

想到冯嘉嘉，水艺心眼前一亮。

嘉美天成的大楼里，水艺心轻车熟路地来到冯嘉嘉的办公室。冯嘉嘉的古镇项目终于开始有了进展。堆积了很久的方案一份一份发到不同团队手中。冯嘉嘉也难得清闲了一些。看到水艺心满脸委屈地找过来，她赶紧迎了上去："这是怎么了？是不是商栈欺负你了？你别委屈，我替你教训他！"

水艺心心里一暖，拦住冯嘉嘉说："不是的嘉嘉姐，商栈没有欺负我。我是有别的事想找你。"

冯嘉嘉松了一口气："没受委屈就行。说吧，找我有什么事？"

水艺心满脸愁容地问："嘉嘉姐，你教我管理工作吧，每次出事了我都帮不上忙，只能干着急。"

冯嘉嘉知道水艺心一向不愿意操心公司的管理问题,现在竟然主动要求学习,惊讶道:"你们工作室不是一直都由洪涛管理?到底发生了什么,能让你主动来找我?"

水艺心将自己水墨动画被抄袭的事情告诉了冯嘉嘉,然后抬头说道:"那个叫丁哲伟的人,不知道怎么做到的,画稿发得比我还早。如果消息是真的,那我反而还涉嫌抄袭。"

听到这个名字,冯嘉嘉顿了一下,疑惑道:"你确定那个人叫丁哲伟吗?"

水艺心看出了冯嘉嘉的不对劲儿,立刻来了精神:"嘉嘉姐,你认识他吗?"

冯嘉嘉点点头,有些不解地说:"我认识。这个人投资的项目很杂,不过一般都是热门的东西。他怎么会想起来抢你的水墨动画项目呢?我总感觉有些奇怪。"

水艺心也觉得十分不解:"对啊,我甚至都没见过他,按理来讲不会出现抄袭的情况。可据说相似度真的特别高,这就很奇怪了。"

"你确定是他从你这里拿到的吗?不认识的话,他怎么会知道你这里有这个项目的?"冯嘉嘉说完,又补充道,"这个项目都有谁知道?会不会是从工作室泄露出去的?"

水艺心是一问三不知,这个问题她也没有想明白,可冯嘉嘉的话给她提了个醒:"工作室那边,这个项目我只给洪涛看过。可洪涛应该不会做这种事吧?我们都认识这么久了。"

水艺心越想心里的疑惑就越大,可无论怎么想,都绕不过洪涛。

水艺心不愿意去思考这个结果。可除了简方元之外，洪涛是唯一一个看过完整初稿的人，这又让她不得不怀疑起来。

冯嘉嘉看水艺心的眉头越皱越深，连忙打断道："我觉得洪涛不会的。你这个项目损失对工作室没有任何好处，出事了还会有不小的影响。你还是查一查工作室里的其他人吧。"

水艺心心里生出一个疑惑，但还是乖巧地"哦"了一声。

冯嘉嘉思考了一下说："这个问题等我回去问问再告诉你吧。之前我们在古镇遇到的麻烦怕也是他的手笔。你回去后先调查一下工作室的员工，丁哲伟那边我会调查的。"说完她又嘱咐了一遍，"不要因为这件事影响了你和洪涛的关系，知道吗？"

水艺心使劲点了点头，崇拜地看着冯嘉嘉，没想到洪涛和商栈两个人讨论了半天也没有头绪的事，就被冯嘉嘉这样快速理清了。

冯嘉嘉宠溺地看了水艺心一眼，指了一下她的额头说："好了，快回去吧。这些事越早查清越好。"

工作室里，洪涛和商栈也在嘀嘀咕咕商量着对策。戴晴在自己的位置上坐立难安。洪涛说他没谈过恋爱的话不断在她脑海里重复，愧疚感也在她心里不断加深。

如果洪涛和水艺心不是自己以为的那种关系，那也就没有水艺心出轨，更没有洪涛是渣男的说法了。

想到洪涛对自己的种种关心，戴晴的脸更是发烫起来。她趴在桌子上，不断回想自己帮丁哲伟偷文件的初衷，可现在却怎么也想不起来了。

突然，一只手搭在了戴晴的肩上，她条件反射地挺直了腰，猝不及防对上了洪涛在自己面前放大的脸。两人离得太近了，戴晴好像能感受到洪涛呼在自己脸上的热气。洪涛也被戴晴突然的反应吓到，还保持着弯腰关心的动作，手也还搭在她的肩膀上。

戴晴眨了一下眼睛，洪涛才反应过来，直起身子，不好意思地将手挡在嘴前，眼神躲闪，不自然地说："我看你一直趴在座位上，想问问你怎么了。不好意思啊，吓到你了。"

戴晴支支吾吾地说："没，没事。我就是有点不舒服。"

洪涛突然紧张起来："不舒服？你怎么了？"

戴晴本来只是随口找个理由糊弄一下，结果洪涛认真问了起来，反倒让她不知道如何回答。她只能继续编道："就是，就是肚子不太舒服。没事，我趴一会儿就好了，不会耽误工作的。"

洪涛认真看了看戴晴，见她脸上不自然的红晕还没褪去，好像真的身体欠佳，就柔声说道："身体重要，不舒服就多休息一下吧。"

戴晴心虚地点点头，赶紧趴在了座位上逃避洪涛关切的目光。看着桌子下的鞋子迈步离开，戴晴才放下心来。

很快，刚才消失在眼前的鞋子又出现在自己的视线之内。戴晴犹豫地直起身子，只见洪涛端了一杯红糖水走了过来。

"我也不知道你为什么会不舒服，但之前水艺心不舒服的时候都会喝这个红糖水，你试试看会不会好一点儿。"

戴晴突然有些生气，她不知道哪里来的脾气，直视着洪涛的眼睛说："你做什么都要提水艺心，就不怕别人误会吗？她可是别人的女朋友！你就算不考虑自己，就不怕别人误会她吗？"

洪涛一愣，这才发现自己与女生接触的所有认知都建立在和水艺心的相处之上。经过戴晴这样的提醒，他很快就想到了之前商栈对自己的误会。洪涛有些尴尬地挠挠头，不好意思地说："我不是故意要提她的，是因为在女生里，我只和她最熟悉，所以会下意识地认为别的女生也会和她一样。"洪涛看着戴晴不满的目光，继续说道："我之前没注意过这个问题，要是你觉得不舒服，以后我就不提了。"

听着洪涛真诚的话语，戴晴突然泄了气。因为自己一时的醋意和冲动，已经让工作室损失了一个项目。现在，自己还有什么理由继续要求洪涛呢？戴晴接过他递来的红糖水，慢慢说道："没关系，不是你的错。"

在彭成的提示下，冯嘉嘉顺着舆论报道往下查，真的找到了丁哲伟污蔑嘉美天成的证据。她看着丁哲伟在记录里的说辞，不敢相信这真的是她一向慈爱的丁叔说出来的话。

冯嘉嘉保留了证据，犹豫再三还是没有揭发出去。

商栈有些疑惑："当初你劝我解决彭成的时候那么果断，怎么现在开始犹豫了？"

冯嘉嘉瞪了他一眼："这能一样吗？你跟彭成认识了多

久，我跟丁哲伟可是认识十多年了。真算起来，他还是看着嘉美天成成长起来的。我真的想不通他为什么要这样做。"

商栈动了动手指，若有所思地说："好多年？那这看起来可是积怨已久啊。你真该好好查查，说不定他还在其他地方也给你设置了阻碍。"

冯嘉嘉愣住了，感觉商栈说得似乎有些道理。她想起最早的时候冯天成就是和丁哲伟合作做项目，可后来分道扬镳了。而且冯天成也跟她说过一些话，似乎也早就暗示了她丁哲伟不能深交。

商栈看了一眼手机信息，他发给水艺心的信息还没有回复，停留在自己来嘉美天成的时间。商栈又问道："好了，你叫我来总不能只是因为这些事吧？"

冯嘉嘉无奈地看了他一眼说："当然啊，今天当地给我下通知了。我们还有一个星期的时间解决这些问题，不然项目就要流拍了。"

商栈似乎并没有注意到重点，不解地问："时间都这样紧张了，你还下定不了决心找丁哲伟？"

冯嘉嘉瞪了商栈一眼："现在的重点可不是他丁哲伟。主要是当地不愿意帮忙给我们做信用担保，我们之前的办法行不通了。"

"你为什么不去找你爸呢？其实这件事你爸如果能出面解决，那就会容易很多啊。"商栈发现冯嘉嘉总是不愿意依赖冯天成，即使现在的项目马上就要流拍了也要自己解决。

冯嘉嘉撇了撇嘴:"现在就只有这一个办法了吗?"

商栈点点头,不明白冯嘉嘉犹豫的理由是什么。

思考了很久,冯嘉嘉不得不承认,即使自己足够努力,也无法在短时间内获得和自己父亲一样的威信。虽然嘉美天成在新兴的公司里算是十分成功,可是想得到各方面的信任,并为自己许诺,还是太难了。为了自己的古镇项目,冯嘉嘉还是不得不求助于冯天成。

冯嘉嘉难得早回家一次。她坐在平时冯天成经常待的位置上,等着冯天成下班。

冯天成一进门就看到女儿拿着自己常看的文献津津有味地读着。听到动静,冯嘉嘉笑嘻嘻地放下手里的书,十分乖巧地喊了一声爸。

冯天成疑惑地瞥了她一眼:"有什么话赶紧说,不要装得这么反常。"

冯嘉嘉拉着他坐到沙发上:"爸,我还真的有些问题想问你。我记得以前你跟丁叔是合伙人,可后来就不再合作了,能告诉我是为什么吗?"

冯天成警惕地看了一眼冯嘉嘉:"怎么,出什么事了?"

冯嘉嘉看到父亲这样一副样子,心里的想法也就清晰起来,不再试探,甚至称呼也生疏了不少:"对。我怀疑丁哲伟最近偷了我朋友一个项目,前段时间我的项目他也在插手。不过,我还没有弄明白他选的这两个项目之间有什么联系。"

冯天成笑着看向冯嘉嘉:"不只是这一件事吧?闺女啊,

你是不是想要求我办什么事啊?"

冯嘉嘉不情愿地点点头:"好了,我承认你更厉害了,我比不过你。爸,我现在的古镇项目遇到了点麻烦,你能不能给我帮个忙。"

冯天成哈哈笑了起来,坐到冯嘉嘉身边将胳膊肘搭在了她肩上:"我就说吗,你今天这么反常,肯定不会只为了问问丁哲伟的事!说吧,遇到了什么麻烦,老爸我给你解决!"

冯嘉嘉把丁哲伟污蔑的证据摆了出来,又把关于古镇的麻烦和当地最后的期限都跟冯天成说了一遍。

冯天成一边听着冯嘉嘉的分析,一边欣慰地笑着。这几年里,虽然他表面上对冯嘉嘉一直放任不管,可实际上对嘉美天成也是时刻关注着。这一次的事故他也早有耳闻,一直没有出面就是想看看冯嘉嘉经过这几年的历练,能解决多少问题。

他继续引导着冯嘉嘉:"那现在,你想让我怎么帮你解决?"

"爸,你在这个领域很有影响力。我想让你帮我做个担保,向村民保证我们不会拆掉宗祠。爸,你也知道的,我们这个项目最看重的就是传统和古建,所以一定不会做出对宗祠不利的事情的。"

冯天成摇摇头:"这个办法虽然可以,不过还不够完善。我可以帮你,不过你需要先找专家对宗祠做出一定的保护,这样我的影响力才能发挥作用。"看着冯嘉嘉不理解的表情,冯天成继续解释道,"我的影响力只在业内,对那些村民可没什么作用。"

冯嘉嘉恍然大悟,这才连连点头:"你说的这些都没问题,那我们什么时候开始?毕竟我只有一星期的时间了。"冯嘉嘉用一副可怜巴巴的眼神看着冯天成,还撒娇地晃了晃冯天成的胳膊。

冯天成得意地说:"看到了吗,闺女,知道跟你爸的差距在哪里了吧?"

冯嘉嘉敷衍地点点头:"知道了知道了。"

第三十二章　名誉受损

古镇的村民再一次聚集到了宗祠周围，只是这一次，他们有些看不懂眼前的操作。

看着和之前完全不一样的工具与服装，还有村主任与一个穿着西装的男人在一旁监工一样的姿势，有个人上前问道："村主任，这些人是干吗的啊？"

村主任旁的男人笑呵呵地替他回答道："没看出来吗？我们这是在修缮大家的宗祠啊！"

周围的人群窃窃私语起来，村主任严肃地看着面前的工人，一直都没发话。

不一会，远处驶来一辆黑色的商务车。一个官员模样的人从车上下来，穿过周围的人群，对村主任说："呦，都来这么多人了啊，那我们就开始吧。"

村主任无奈地点点头，拿出喇叭召集村民，带着好奇的人群一起到了村头的空地上。

人聚得越来越多，村主任拍了拍喇叭，"咚咚咚"的声音在广场空地上响起。紧接着，村主任的声音也清晰地传了出来:"各位村民,我知道关于宗祠的问题大家现在都很好奇。大家不要急,我现在就给大家解释。首先我想强调一下,这次宗祠的修缮工作不会向大家征集钱财,因为费用全部都由嘉美天成集团承担。"

村主任的话刚说完,质疑声就传了出来:"嘉美天成?前几天不是刚被我们赶出去,现在又来耍什么花招?"

"是啊,让他们来修缮宗祠,我们的古建筑还能保住吗?"

村主任拍了拍话筒,示意大家安静,最后将喇叭递给了旁边西装革履的男人:"大家的问题我都听到了,先自我介绍一下,我是这个宗祠修缮工作的承包商。我们是一个非常专业的团队,而且,只修缮有保护意义的宗祠。很早之前,嘉美天成就委托我们来这里对宗祠进行一次保护性的修缮,只是因为上一处项目的工作尚未结束,因此才耽误下来。我在这里就是想表达个态度,这个宗祠确实非常有保护意义。而且我们整个村子都很有文化传承的价值,所以大家尽管放心,这个古镇交给我们团队一定不会浪费掉它的。"

还没等他说完,下面的村民就开始不耐烦了。不过已经没有人继续提出质疑,似乎是个好的结果。

等了一会儿,终于有人说:"说到底,还是要让嘉美天成来开发。"

西装男人继续说:"虽然是嘉美天成承包的项目,可实际工作都由我们专业的团队来做。我们都是大企业家冯天成团队的,大家可以去查查,我们就是专业保护传统建筑的。"

车里的当地官员也从车上下来，对村民保证道："对于团队的真实性，大家可以放心。我作为镇里的代表，就是充当个见证人，专门来为他们做个担保。如果真的会对宗祠做出什么不利的事情，你们可以随时来镇里举报。大家还有什么问题吗？"

两个人轮番担保下来，人群中的质疑声才终于减轻了许多。看到村民不再反对，西装男拿出手机给冯嘉嘉发去了信息，却没注意到人群中有个人偷偷拍下了几人的照片后提前离开了场地。

冯嘉嘉看到反馈回来的信息，一颗悬着的心也终于落地了。饭桌上，她得意地冲冯天成举了举手机。冯天成心领神会，向镇长举了举杯，带着冯嘉嘉一起，给主宾上的人敬了一圈酒。

古镇项目重新开始运作起来。可远水解不了近渴，水墨动画项目的亏损让商栈不得不将所有的希望都聚焦在了彭成给的西药项目上。

凭借着之前彭成的只言片语，他来到了医院，远远的，果然看到彭成的身影陪在一位老人身边。

老人的脊柱已经严重变形，像一个钩子一样向外弯曲。如果只靠自己，老人似乎已经完全无法继续走路，甚至连站立都很难做到了。商栈找到护士站，越是了解这种疾病，就越是理解彭成的心情。扪心自问，如果自己站在彭成的立场上，或许也无法做得比他强。

关于自己爷爷奶奶的回忆再次涌了上来，看着彭成匆忙离开，他似乎明白了彭成拦截自己西药项目的初衷。可惜商栈并不是只靠感动就能让步的人，如果这个项目还不能成功，恐怕自己的房子就真的要抵押给银行了。

习惯了商栈无时无刻地汇报行程，现在商栈突然忙碌起来，水艺心反倒不适应了。她心不在焉地做着工作室之前的项目，听到一点儿动静，眼睛就朝手机看去。

在不知道第几次看向手机之后，水艺心终于忍不住给商栈发去了信息。可这一次，不同于之前的热情，商栈迟迟没有回复，甚至连水艺心打去的电话都是无人接听。

水艺心有些着急了，拿着手机在办公室里走来走去，晃得洪涛也跟着不耐烦起来："放心吧，你的商栈谁也抢不走。这还是工作时间，你总要给人一些自己的空间吧？"

"可这次不一样！他已经快六个小时没有回复我了。除了睡觉时间，之前可从来都没有发生过这样的情况！而且电话也不接，一定是有什么问题了！"

洪涛建议道："你有他认识的朋友吗？同事也行，你打电话试试呢？"

水艺心这才想起简方元的存在，急忙打了过去。

简方元的声音从电话里传来："我也不知道他现在在哪儿？不过我听说他的房子已经被收走了，他一直都很要强，估计这会儿是躲在哪里难过呢！"与水艺心一样，简方元也在找商栈，听到他连水艺心的电话也不接了，气得直翻白眼，"这个商栈，可真会给人找麻烦！水艺心我告诉你，找到后别心软，你使劲骂他！非要把他这个臭毛病改掉不行！"

水艺心无心和简方元贫嘴，问了几个商栈可能去的地方，就匆忙出门了。

公司楼下，常去的饭店，还有经常散步的湖边。水艺心几乎找遍了每一个她能想到的地方，都没有商栈的身影。

终于，在医院的走廊上，水艺心找到了可怜巴巴的商栈。

看到水艺心，商栈一惊，起身就想去迎她。结果长时间坐着的状态，这猛地一起让他脸色一变，走了一步就动弹不得了。

水艺心看到商栈龇牙咧嘴地站着，赶紧上前扶住他："你腿怎么了，不能动了吗？"

商栈将手轻轻按在水艺心的肩上，半天才吐出三个字："脚麻了。"

等两人走出医院，天色已晚。商栈跟在水艺心后面像个犯错的小姑娘，半天都不敢说话。

"你知道多久没回我信息了吗？"水艺心看商栈还是不说话，干脆主动指责他道。

商栈点点头，心虚地比了个九："九个小时了。"

水艺心提高了声音："你都知道为什么还不回我？知道我有多担心你吗！"

商栈上前拽了拽水艺心的衣角，边晃边说："对不起，我知道错了。你别生我气了。"

第三十二章 名誉受损

水艺心瞪了商栈一眼："说吧，为什么躲我？"

商栈把头撇到一边，声音越来越小："这不是工作上出了一些问题，就出来散散心吗。"

水艺心猛地将衣角从他手里抽出来："你不说我可走了。"说着就要往前走，好像真的要把商栈一个人留在路边。

"别别别，我说还不行吗！我说！"商栈害怕水艺心真的就这样离开，连忙挡在她身前，难为情地说，"我的房子被银行收走了，我现在不知道怎么面对你，所以就躲到了医院。"

水艺心原本生气的情绪现在又愧疚起来。说起来，商栈投资失败还是因为自己的项目。水艺心拉起商栈的手，轻声安慰道："以后无论什么事情都要告诉我，好吗？房子收走了也好，其他的事也好，都要告诉我，不然联系不上你，我会很担心的。而且，这算什么啊，没有什么不能面对的。"

商栈还是不敢抬头看水艺心："可是我现在连个住的地方都没有，存款也没有了，拿什么跟你在一起啊。"

水艺心主动上前抱着他安慰道："没关系，我们先回去，住的问题我来想办法。"

商栈跟着水艺心来到工作室，屋里的灯还在洪涛头顶亮着。他早就听说了事情的经过，看到水艺心拉着商栈回来，也跟着放下心来。

水艺心朝洪涛的方向努努嘴："最近你们就先凑合一下吧。等嘉嘉姐那边的项目结束了，或者等嘉嘉姐找到那个丁哲伟，我们也就可以轻松一些了。"

洪涛在心里默默翻了个白眼，却没有表现出来。他表面还维持着笑容，朝水艺心竖了个大拇指。这样的安排还真是充分地利用了他的每一处资源。洪涛心想，原来水艺心才是天生的资本家。

冯嘉嘉躺在床上，对丁哲伟的做法怎么也想不通。他要针对古镇就算了，可水墨动画这种并不一定讨巧的项目又怎么会引起他的注意呢？

月光照在古镇的小路上，也照在冯嘉嘉的床头。不知道为什么，她总感觉今夜格外紧张，翻来覆去怎么也睡不着，好像有什么事情要发生一样。

夜深人静，古镇上的村民都睡熟了，连路灯都已经关掉了，只能借着月光才能看清前方的路。

两个人相互搀扶着，走到了古镇外的树荫里。一阵乌云飘过，让原本就黑暗的道路更加模糊。其中一个人摸出身上的手电筒，一束光划过黑暗，直直地照射在修缮了一半的宗祠上。

他们走到宗祠前。地上的稀泥还没有干透，一脚踩下去甚至还有清晰的水声。一个人把手电放在地上，摸出别在腰后的锤子，对另一个人说："我们需要砸到什么程度啊？这大晚上的，动静太大会不会把人给吸引过来？"

另一个人顺着墙看到屋脊上："怎么吩咐我们就怎么干呗。大锤子也不好拿，干脆就搞点小破坏。只要能引起大家的不满，我们能回去交差就好了。"

另一个人点点头，抡开锤子使劲砸了起来。沉重的声响在宗祠里回荡起来，久久都没有消散。

拿锤子的不敢动了，小声喊道："这动静也太大了！我们这样砸，迟早会被村里人听见的！"说着，他赶紧退出了宗祠，每走一步，都伴随着泥沙的声响。

另一个人也犯了愁，咬了咬牙说："我们先走，明天换镐头再来！"

一觉醒来，冯嘉嘉看到的第一个信息就让她的困意消散了一大半。西装男看着宗祠里的痕迹并没有吱声。破坏的痕记虽然不明显，可他一眼就看出这是新形成的。

冯嘉嘉拿着传来的照片找到了冯天成，看得他眉头紧锁。他自诩从来没做过对不起丁哲伟的事，可丁哲伟如今的招式一样接着一样，这是要将他的名声置于何地？

宗祠夜间的巡逻很快就被安排上，当两人再次拿着新的工具出现在月光下时，很快就被人摁倒在地上。

"说，为什么要破坏宗祠！"西装男低沉的声音混合着远处的夜鸦叫声，吓得两人一阵哆嗦。"对不起，对不起，我们再也不敢了！我们只是路过，可没打算破坏宗祠啊！"

带着一队巡逻的人，西装男打开夜晚的强光灯照在两人脸上，将昨晚被破坏地方的照片摔在了地上："你们再说只是路过？那我这个照片是什么？第一天我就说了，我们可是专业的团队。你以为遮盖上一层土我就看不出来了吗？"

西装男说话的时候，地上的两人已经从突然的惊吓中清醒过来，声音也恢复了正常："那又怎么样，你们能拿我们怎么办呢？即使我们有什么错，你也没有权力审问我们。"

西装男笑着说："说得没错。可我警告你们，现在只是晚上，村里人还不知道。如果你们一定要等到天亮了再说，那就是全村人都知道了！今晚的事儿我可是录了像，你们两个，一个都跑不掉！"

两人在村里这么久了，当然知道宗祠对于村子的意义有多重要。这时，一个男人轻轻碰了碰另一个男人，又问西装男道："那如果我们都说了，你可以不告诉村子里的人吗？"

西装男点点头，继续诱惑道："当然，我还会把你们破坏的痕迹修好。"

地上的两个男人沉默了一会儿，也就不再坚持，将丁哲伟的名字供了出来。

第三十三章　一语成谶

商栈住在洪涛家虽然解决了燃眉之急,可总不是长久之计。在工作之余他还忙着找房子,经常很晚才能回来。

幸好水艺心与洪涛的住处在同一个小区,每天他都会去工作室接上水艺心后才一起回去。

坐在办公室里,简方元鄙夷地看着他说:"我说你至于吗,我那儿又不是住不下,非要去跟别人挤。都说恋爱会拉低人的智商,可你拉低的也太离谱了!好了,现在如你所愿,女朋友追到了,钱没了,你准备怎么办?"

商栈一本正经地说:"你不懂,水艺心之前总是不理我,现在还挺关心我的。"他一边说着,嘴角还微微上扬一下。

简方元彻底看不下去了,白眼都快要翻到了天上。他不再继续和商栈讨论这些,赶紧转移话题:"不过,你现在怎么这么穷了?手上其他的项目呢?我记得你之前说过,除了古镇和水艺心的这个项目之外,还有个西药的项目,是吧?西药现在不是挺好的吗,怎么也不好做?"

说起这个,商栈就觉得头疼:"现在西药的行情虽然很好,可是这个项目现在还不够完善。而且我对这方面不够了解,总是想不出来还缺些什么。"

简方元这才恍然大悟:"所以你那天去医院不是故意玩失踪,你是想去调查啊!那你还装得像受了欺负一样,原来是故意装给水艺心看的啊!可以啊商栈,几年不见,学会装可怜了!"

商栈心虚地说:"也不全是,我可没有装,那时候是真的有些难过。"

简方元嗤笑了一声,摆摆手道:"是吗?我可不信你说的话。你现在啊,心里全是水艺心,你的话一点儿都不可信。"

商栈没有反驳,真的说起来,他觉得自己只能算是因祸得福。当时因为西药项目和对彭成的怀疑才去了医院。可当他真的看到病房里的各种病痛时,之前对爷爷奶奶的愧疚再次涌上心头。他不愿意相信一个对老人如此细心的人会做出那么多人面兽心的事。

简方元的声音打断了他的思绪:"你总不能一直这样住着吧?房子都要被收走了,这月工资可还没有发下来。"

商栈似乎并不在意,轻飘飘地说:"这不是还有一些时间吗,我等一下手里的项目吧。"

水艺心太想把这件事情查明白了,可自己的初稿只有洪涛那里有留存。斟酌之下,水艺心还是决定去问问洪涛。

她第一次有些拘谨地走到洪涛办公室,甚至还敲了敲门。

洪涛下意识地抬头喊了一声"进"。一看到是水艺心,惊讶道:"呦!水艺心你进这屋竟然会敲门了?什么时候学会的啊?"

水艺心一边走进来一边思考该如何开口。她少见地没有跟洪涛拌嘴,而是有些严肃地说:"洪涛,我之前的水墨动画项目策划案不是被人偷了吗。我一直想查一下,可是不知道该怎么查。"

洪涛立刻明白了她的来意,笑道:"原来是有事儿啊,我说你怎么换了一副样子。"随后他又严肃起来,点点头道:"这件事是需要查一下。嘉嘉姐那边有回复了吗?这个丁哲伟跟我们什么关系都没有,查起来也没什么头绪。"

水艺心板正地坐在他对面:"嘉嘉姐说之前的古镇项目也和他有关,所以最近一直在忙,估计没有时间查。我不太想等了,想先自己查一下,你会帮我的吧?"她期待地看着洪涛,眼神里还有些小心翼翼。

洪涛笑着说:"当然会啊!怎么,谈恋爱谈傻了?我不帮你帮谁啊!怎么一个个谈起恋爱来都这么奇怪。我跟你说啊,这个商栈变化可太大了,之前他总是悄悄瞪我,现在对我还不错呢!我都有点适应不过来了……"

如果是以前,水艺心肯定会不耐烦地打断他,可现在她竟然等洪涛说完才继续道:"洪涛,我想先从我们工作室开始查。"

"可以啊,你想一想都有谁知道你的项目,我帮你分析分析。"洪涛想都没想,张口就这么回答,丝毫没发现水艺心已经怀疑到他头上。

水艺心重重呼出一口气,难为情地指了指他,只吐出一个字:"你。"

一个字的时间太短了,他甚至没有反应过来就结束了。只见水艺心拘谨地收回手指,眼神躲闪,不敢看他。

洪涛这才反应过来,难以置信地指着自己问:"我?水艺心,你怀疑我?"

水艺心连忙解释道:"我不是怀疑你,只是,这个初稿除了简方元,我只给你一个人看过。而且简方元看到的时候丁哲伟的事儿已经发生了。"水艺心的声音越来越小,语速也越来越慢,等最后说完,她又连忙补充道,"但我真的没有怀疑你,我也没有想明白这到底是怎么回事儿!"

洪涛冷笑了一声:"都这样了,你还说没怀疑我?只有我一个人看过,那泄露出去的就只有我了?水艺心,我可真没想到,咱俩这么多年的感情,出事儿了你连简方元都排除掉了,先怀疑的竟然是我!"

水艺心感觉无论怎么解释都显得很苍白,干脆低下头思考对策。冯嘉嘉明明嘱咐过不要影响和洪涛的感情,可事情还是被自己搞砸了。可有时候信任就是这么脆弱,明明没有任何让人不适的字眼,可组合起来就有巨大的杀伤力。

"我相信你不会泄露,所以就想让你想一下,是不是之前给别人看过这个完整的初稿,或者……"

洪涛打断水艺心的话,果断地说:"没有,从来没有。水艺心,我们是一个专业的,我知道这些初稿的重要性。你说的问题从来都没有发生过。好了,既然我们已经没有什么信任可言,那去或留你就自便吧。"洪涛说着低下了头,无视水艺心的存在,自顾自地做起别的事儿。

水艺心知道自己的用词伤到了洪涛。可她的初稿刚被盗用,毕竟也是受害者,现在洪涛又摆出这样一副姿态,她觉得委屈极了:"你是在赶我走?"

洪涛没说话,就好像没看到她的存在一样。

水艺心大声问了一遍:"洪涛你确定吗?你让我走?"

洪涛抬起头,赌气地说:"我说了你自便。走不走随你!"

戴晴在外面听着屋里传出的争吵声,紧接着,水艺心气呼呼地跑了出来。还没等她出工作室大门,洪涛就在后面使劲儿摔上了门,声音震天响。

工作室里安静了好一会儿,其他员工都面面相觑,不知道发生了什么。工作了这么久,大家还是第一次见到水艺心与洪涛吵架,还吵得这么严重。只有戴晴慌张地坐在原地,从两人的只言片语中,她好像听到了水墨动画的字眼。

戴晴内心煎熬了好久,终于还是鼓起勇气站在了洪涛办公室门前,敲了好几声才传出洪涛不耐烦的声音。戴晴小心地推门进去,只见洪涛坐在桌前,虽然看起来十分镇定,可面色还是掩盖不住的难过。

戴晴明知故问道:"老板,这是跟水艺心吵架了?"

洪涛头也没抬,嘴硬道:"没有,谁跟她吵架了。"

戴晴意味深长地"哦"了一声,继续道:"那就是她跟你吵架了。"

"对。"洪涛回答得非常果断，好像这并不是什么需要质疑的问题。不等戴晴继续说什么，洪涛也委屈起来："她竟然怀疑我！我们都认识这么久了，她专门跑过来怀疑我，是不是很过分！"

戴晴配合地点点头："那也太过分了！"然后又假装不经意地问道："她是因为什么怀疑你的啊？"

洪涛像是终于找到了诉说委屈的发泄口，一股脑地将水墨动画项目策划案被盗的事儿说了出来。不过他还算有心，没有将丁哲伟的名字公之于众。

即便如此，戴晴还是一下子想起了自己的姑父。当初为了找古镇项目的文件，戴晴把水墨动画的项目策划一起发给了丁哲伟。丁哲伟虽然信誓旦旦地说过自己不会牵扯到其他人，可因为他太想给冯嘉嘉的项目造成麻烦了，所以当他看到与古镇配套的水墨动画项目时，很快就做出了相应的方案。

冯嘉嘉没想到丁哲伟为了阻挠古镇项目，不惜高价雇人破坏宗祠。商栈无心的提醒真的一语成谶。

冯嘉嘉不满地抱怨道："爸，你跟丁哲伟到底有什么恩怨啊，这火都烧到我头上了！你们对彼此不满意，干吗拉上我的古镇项目陪葬啊？"

冯天成被这个消息气得不轻："这可不是拿你出气，他这是在这儿等着我呢！这个丁哲伟，这么多年真是一点儿没变。别的本事没有，背后放刀子这件事真是越来越炉火纯青了！"

"可这是我的古镇项目，他怎么能预测到对你会有影响？"冯嘉嘉暂时并不关心冯天成对丁哲伟的评价，而是更关心自己的项目。

冯天成挺直胸膛看了一眼冯嘉嘉："现在的古镇是用谁的名声做担保的？"

冯嘉嘉如梦初醒，立刻就反应过来："难怪！如果这个宗祠真的被他破坏了，那不仅我会失去这个项目，他还能趁机损害你的名声！这可真是一箭双雕啊！"

冯天成对这个用词很不满意，瞪着冯嘉嘉说："他为了把我拉下水还真是费了不少力气。你也真是不争气，这样的麻烦都没解决掉！"

冯嘉嘉不服气地回应道："你怎么好意思说我呢？这个麻烦还不是你先惹起来的？他表面跟你关系还好得很呢。商栈说得果然不错，他就是对你积怨已久，你也没发现吧？"

听了冯嘉嘉的分析，冯天成冷笑道："积怨已久？当初他丁哲伟做的那些破事还是我给擦的屁股！如果不是当初我反应及时，能有他丁哲伟的今天？他有什么资格积怨已久？"

冯嘉嘉瞬间坐直身子，好奇道："这是怎么回事？我之前问你为什么和他断绝合作，你一直都没告诉我，原来是有原因的啊！爸，你快给我讲讲！"

冯天成喝了口水，又清了一下嗓子，做足了姿态才开始讲道："我跟他第一次合作的项目就是那个复古书院，那是在你很小的时候。当时的施工还没有什么以次充好的概念，所以收工时很少会检查。可是有一次我发现他用的木材全是次等木材，根本不符合我们的合同标准，所以我就将他买的材料全部换成了新的。就这样。"冯天成几句话就结束了故事，冯嘉嘉感觉还没开始就已经结束了。

冯天成回忆起第一次合作，越想越气。他决定不再容忍下去，回到办公室，找出之前整理好的资料，连带着破坏古镇项目的证据一起发到网上，彻底与丁哲伟撕破了脸。

与之前无数次对准嘉美天成一样，这次的舆论很快就转向了丁哲伟。

司机拿着手机上的报道走到丁哲伟办公室外，秘书也正等在办公室门口。屋里时不时传来东西摔在地上的声响。

司机义愤填膺地走进了丁哲伟办公室："丁总，这些报道也太气人了！竟然这样胡乱报道！"

丁哲伟凶狠的眼神扫到司机身上，咬牙切齿地说："这个冯天成，亏我还一直把他当朋友，没想到一早就开始算计我了！这么多证据，这是就没想让我的公司再继续干下去啊！真是好得很！"

司机也跟着一起愤愤不平："对啊，丁总，这样的人您当初就不该心软！结果您还没说什么，他就先动手了，真是恶人先告状！丁总，这次可不能再像之前一样轻易放过他了！"

有了司机吴彦仓的应和，丁哲伟很快冷静下来。他打开电脑翻找着之前留存的文件，冷笑着说："既然是他先开始不顾情面，那也就别怪我不客气了。"

第三十三章　一语成谶

第三十四章　弥补过失

如果说网络上最近有什么备受关注的事情，那大概就是冯天成和丁哲伟互爆黑料了。原本两人只是在商界比较有名气，可现在由于双方冲突加剧，黑料也源源不断爆了出来，很快，大家也都知道了这个老套的故事：因为利益分配不均，昔日的合作伙伴反目成仇。

大概是因为积怨已久，丁哲伟爆料的速度可比冯天成快多了。从冯天成夜不归宿开始，到最初合作时冯天成欠下的巨额项目款。几乎每次拿起手机，冯天成的"罪行"就会更新一条。

冯嘉嘉津津有味地看着手机，甚至还给自己抓了一把瓜子，丝毫没有为自己父亲担心的意思："爸，你看这些新闻还真是说得有模有样呢！别的不说，丁叔这个舆论引导的能力还真的不错，如果他没有投资什么娱乐圈的项目，那可真是太可惜了！"

冯天成没好气地说："你这孩子，之前天天都在办公室，十天半个月都见不到你一次。现在亲爸被骂了，你不但不帮我，还在这儿看笑话！我怎么有你这样的闺女！"

冯嘉嘉笑着说："别装了老爸，我还能不了解你？这种事你可不会让自己白白吃亏的。不过，你是准备只靠舆论反击吗？他可是差点就毁了你的名声，你会这么轻易地放过他吗？"

冯嘉嘉对冯天成的操作十分好奇。说起来，她的手段与冯天成的一脉相承，都是在前期等待舆论发酵，然后通过反转来提高自己的热度。可这次丁哲伟的事儿显然不会这样轻易结束，所以冯嘉嘉反而特别期待冯天成会怎么对待这个昔日的合作伙伴。不一会儿的工夫，冯嘉嘉面前就拢起了一小堆瓜子壳。

冯天成看闺女一副看热闹的神情，也就不再与她继续讨论。"当然不是，我再教你一招，这次你可要好好跟我学，别整天遇见一点儿小事都搞不定。"随后，他合上书好奇地问道，"你最近怎么这么清闲？古镇项目不是开始了，你不需要去跟着监工吗？"

冯嘉嘉得意地说："自从上次宗祠差点被破坏之后，村民自发组织了巡视，这可比我们安排的人省心多了。而且托你的福，因为你跟丁哲伟的事情实在是太火了，连村民都注意到了这些事儿。现在因为不知道该相信谁，所以有一部分人干脆主动参与到古镇的改造项目里来，说要亲眼看着项目的进程。我们嘉美天成现在既创造了就业岗位，又在建设的时候调动了民众参与，算是彻底打响了知名度。当地行政人员和村民都很高兴，根本不用我来操心。"

第三十四章 弥补过失

冯天成听后不禁笑了起来。原来自己与丁哲伟相争，最后受益的竟然成了冯嘉嘉。

戴晴看到网上这些消息，下意识地看向了洪涛的方向。她的第一反应不是怀疑真伪，而是在想洪涛知道了这些会不会发现事情的真相。

虽然戴晴对网上十分火爆的两家公司都不太了解，可毕竟她有个十分精明的姑父。在他间接的熏陶下，面对网上真真假假的信息，她还是隐约看出了其中的真相。针对冯天成的爆料虽然多，可都是一些无关痛痒的舆论引导，甚至都不能看作是黑料。而关于丁哲伟的报道却都是实打实的负面信息。

当看到丁哲伟高价雇人去破坏古镇宗祠的时候，戴晴就彻底对姑父的信任失去了信心。从前她还能骗自己说偷文件是为了帮助姑父保护古建筑。可在事实面前，保护者摇身变成破坏者时，戴晴才惊恐地发现自己原来也是帮凶，连指责的资格都没有。如果没有古镇的相关资料，丁哲伟或许根本就不会得逞。

网上的信息再火热，洪涛也没有心情去关注。经过几天的反复回想，他的情绪已经从委屈变成了自我怀疑。戴晴看在眼里，急在心里，将自己不知道第几次打印好的辞职申请放进了抽屉里，跟一摞同样没用上的辞职申请一起推到了抽屉的最里面。

为了弥补，戴晴决定帮水艺心寻找新的机会。

戴晴记得之前上大学的时候，有同学提到过一个国际性的动漫展。循着模糊的记忆，戴晴在网上找到了这个动漫展的网站，发现竟然真的还在收动画稿件。

戴晴激动起来，反复将时间确认了好几遍，嘴角不自觉地上扬起来。

看到戴晴走进来时，洪涛还是一副无精打采的样子。他不自信地问道："戴晴，你说我是不是很失败啊！连相处了这么久的朋友都不相信我，还和我吵了一架，直到现在都没理我。"

戴晴心里一阵愧疚："你别这样想，发生这样的事儿谁都会不高兴的。她也只是一时生气，气头上的话都是不能听的。"

洪涛将头靠在椅子上，无聊地晃动着椅背，身体也跟着一起左右摇摆起来："我这几天想了很多，她的初稿只给我看过，然后又被偷了出去，好像怀疑我也很正常。可我实在想不明白，这个东西到底是谁泄露出去的。"

作为文件泄露出去的当事人，戴晴不想让洪涛再这样钻牛角尖，有些心虚地转移话题："这个问题以后自然就能知道。你先坐起身来，我这儿有个网页给你看一下，估计你和水艺心都会感兴趣的。"洪涛的桌子上堆放了不少这几天没处理过的文件。戴晴说着，将这些文件向两边推开，给自己留出一点儿空间，将手机摆在洪涛面前。

洪涛低头扫了一眼新闻，还没等看清内容就又靠在躺椅上，不解地说："我已经知道这个文件是给丁哲伟了。可这些新闻又不能告诉我，是谁从我工作室里偷走的文件。"

戴晴将洪涛从座位上拽起来,认真地问:"如果你知道了这个人是谁,你会讨厌她吗?"

洪涛丝毫没有犹豫:"当然会啊,就算没有他给我和水艺心造成的损失,单单一个抄袭就足够我厌烦了。你也是学艺术的,难道你就不讨厌抄袭的人吗?"

戴晴底气不足地说:"我也讨厌。"随后又问道:"可这件事儿的根源还是在丁哲伟身上吧。现在事情已经发生了,不如我们换一个思路,看看能不能用其他办法补救一下。你不会真的想放弃与水艺心这么多年的友情吧?"

戴晴说完,在心里暗暗自嘲起来。最开始自己生气洪涛与水艺心走得太近,可现在为了得到原谅,却不得不利用两人的关系来劝说他。如果早知道是这样的结果,自己又何必绕这样一个圈子呢?

洪涛敷衍地点点头:"这不是你的工作,办法我来想就可以了。至于水艺心那边,这是我们自己的问题,也不是一时半会儿就能解决的。"然后他无精打采地继续说道,"我知道你是想安慰我,可我现在实在提不起什么精神。好了,你先出去吧,我想歇一歇。"

戴晴将国际动漫展的网址摆在洪涛面前:"你看看这个,这是我刚想起来的,报名时间还没过呢!如果你们能参加这个,无论最后会不会成功,都会有很大的帮助!"

洪涛苦笑着说:"可我们现在最大的问题已经不是展示的渠道了,而是可能会被控诉抄袭。因为水艺心的稿件比丁哲伟那边晚了很多，初稿甚至还没有那边完整。"

戴晴神秘地说："如果我说，我有办法解决抄袭的问题呢？"

洪涛疑惑地看着她："你能有什么办法啊？这可不是小事儿，不要乱说。"

戴晴坚定地说："相信我！"

洪涛摆摆手打断她："好了，这个事我会跟水艺心说的，你先出去吧。"

洪涛说完就转过椅子，背对着戴晴，好像一句话都不愿意多说。戴晴无奈地看着洪涛，顺从地出了门。早知道是如今这样的结果，戴晴当时无论如何也不会因为一时的嫉妒和犹豫就使局面发展到如今的境地。可现在事情已经发生，她的第一个想法不仅是想要弥补工作室的损失，更多的还是想要和丁哲伟撇清关系。诚然，丁哲伟的错误已经没有办法回避了，但只要能帮助工作室挽回现在的损失，那么她就还有弥补的机会，至少她是这样想的。

自从与洪涛吵架之后，水艺心也陷入了深深的烦闷之中。说到底，她也不相信洪涛会背叛自己。可吵架吵到劲头上，两人谁都不肯先低头认错。

商栈已经搬到简方元家，不过这依旧阻止不了他每天接水艺心回家的习惯。即使水艺心已经很久没去工作室了，那也要出去兜一圈风才好受。车上弥漫着一股消毒水的味道，清晰地钻进水艺心的鼻子里。

今天的商栈似乎心情格外好，车辆缓缓启动。水艺心使劲嗅了一下，问道："最近的项目是和医院或者药材有关的吗？"

商栈惊喜地说："你怎么知道？我最近有个医药的项目投资，可真是愁死我了。"商栈虽然这样说，可表情看起来似乎并不困难，嘴角甚至还有些笑意。想到水艺心这么关心他，难免觉得有些得意。

水艺心把窗户微微打开一条缝隙："这么浓的消毒水味，怕是不想注意到都很难。"

商栈嘿嘿笑了一声："原本这个项目我还以为做不下去，可现在的进展看来比我想象得顺利多了。如果顺利的话，我很快就能赎回我的房子了！"

水艺心一下子就意识到了不对的地方，她好奇地问："已经收走的房子，怎么还可以赎回吗？"

商栈意识到了自己多嘴，顿了一下，又很快找借口道："啊对，就是之前我跟银行已经申请过了。所以等这个项目款下来之后，我可以再去赎回来。"

水艺心眯起眼睛，盯着商栈问："是吗？我之前怎么没听你说过。你还对这个房子这么有感情？"

商栈干笑了两声，想赶紧转移话题，就听水艺心说："你那个房子不是还没收走吗？怎么就天天住在简方元家了？"

商栈浑身一抖，不明白她怎么这样快就知道了真相，赶紧解释说："我真不是故意骗你的！当时我真的很难过。然后你又说你可以解决我的住宿问题，我还以为要搬去你家呢！我只是一下子没禁住诱惑，真没有其他的了！"

水艺心冷笑道："我还没问别的呢，这就被我'诈'出来了？"

商栈这才发现上当了，深深叹了一口气。水艺心正要说话，电话就响了起来。

面对头一次出现在屏幕上的号码，水艺心觉得有些陌生。自从跟洪涛吵过架之后，工作室里就再也没人联系过自己了。水艺心好奇地接起电话，还没出声，戴晴的声音就传了出来："水艺心，有一个国际动漫展的赛事，你要不要参加？"

车速慢了下来，商栈似乎也在关注着电话里的声音。

"可是丁哲伟如果提前发了成片，那我很可能会涉及侵权。"水艺心耐心地给戴晴重复了一遍与洪涛一样的说辞。

戴晴咬咬牙道："没关系，你只要考虑要不要去报名就行了。我有办法证明你没有侵权。"

车辆缓缓在路边停下来，水艺心与商栈对视了一眼，继续问道："你有什么办法？这可不是能够冒险的事儿。"

"放心吧，我非常有把握。只要你愿意参加，那就没有问题。"

水艺心犹豫地看着屏幕。商栈握住了她的手，温柔地点了点头，然后用口型无声地说："可以一试。"

网上的舆论在丁哲伟不懈地努力下终于朝向了对他有利的方向。他沾沾自喜地看着这些评论，原来几年过去了，冯天成也不过如此。

第三十四章 弥补过失

他得意地关上关于冯天成的报道,好像这场舆论战已经没有什么悬念了。

司机吴彦仓在一旁也跟着丁哲伟得意起来:"我就说这个冯天成不是什么好东西,这么多黑料,随便一放就有很多。丁总,现在大家都知道冯天成是个背信弃义的小人了,我倒要看看他还能怎么办!"

对于这样的奉承,丁哲伟很是受用,靠在躺椅上跷起了二郎腿。

突然,房间门被敲开,几个身穿警服的男人走了进来,朝丁哲伟敬了个礼。丁哲伟猛地起身,呆愣在原地,就听见其中一个人说道:"您好,有人举报您涉嫌偷工减料和工程安全问题,麻烦跟我们走一趟吧。"

丁哲伟有些不知所措,感觉脚步有些发飘,倒是一旁的司机激动地说:"你们找错人了吧?我们丁总可不是那种人!"

"丁哲伟是吗?没有错,找的就是你,快走吧。"

司机吴彦仓还在不断地说:"不可能!我们丁总可是大好人,不可能做那些事!一定是搞错了!"

"是什么样的人,跟我们回去调查一下就清楚了。别磨蹭了,快走吧。"穿警服的男人说着就上前要拉丁哲伟。丁哲伟踉跄了一下,眼看就要摔倒,被几人结结实实地扶住了。

丁哲伟终于开口问道:"我能问一下,是谁举报的吗?"

几位穿警服的男人摇摇头:"这个现在还不能告诉你。不过等调查清楚后,一切都会水落石出的。到时候你自然就知道是谁了。"

丁哲伟最终坐上警车,在大家的注视下离开了公司。

第三十五章　又是雨夜

没有了丁哲伟在公司坐镇，冯嘉嘉的古镇项目顺利了许多。虽然在最初阶段耽误了很久，可后来竟然也慢慢追上了计划的进度。由于创意理念新奇，再加上冯天成与丁哲伟相互之间舆论战的作用，这样一种新型的古镇旅游也变得有了名气。

短期拘留之后，丁哲伟从逼仄的看守所里走了出来。他从吴彦仓的手里接过外衣披上，冷漠地看了一眼拘留所的方向，转头上车后愤恨地关上车门。

"我进去之后，冯天成那边有什么动静吗？"丁哲伟出来后的第一件事，就是赶紧问问冯天成的后续。他不明白，明明是两人一起在网络上互爆黑料，为什么只有自己被警方带走调查，甚至还被拘留了几天。

吴彦仓边开车边回答丁哲伟的问题："没有，这两天我一直盯着他，这个冯天成还真是卑鄙！他好像一点儿影响都没有。而且从您进去之后，网上关于他的舆论就少了很多，铺天盖地全是关于您被带走调查的事。"说到这里，吴彦仓攥紧了手里的方向盘，指关节都在用力，微微有些发白。

丁哲伟拿出手机看了看这几天的新闻，脸色越来越黑，抬头看了一眼窗外熟悉的路线问道："这是要去哪儿？"

吴彦仓听出了丁哲伟不高兴的语气，小心地问："我们不先回公司吗？"

丁哲伟冷笑一声："去找冯天成。"

冯天成刚谈完一个新项目，回来就看到丁哲伟坐在外面的休息室等着自己。他倒是毫不惊讶，走上前去自然地打了个招呼："什么时候出来的？"

丁哲伟嗤了一声："果然是你。冯天成，你真够狠的啊！"

冯天成不慌不忙地对上他的目光，说："老丁，如果不是你先开始的话，我是不会做这么绝的。"

丁哲伟激动地拍了一下面前的桌子，站起来说："是我先开始的吗？冯天成，我们最开始合作的复古书院，上亿的项目款，你说拿走就拿走，我吭一声了吗？现在你是有钱了，就可以不顾我死活了？"

冯天成皱起了眉："你就是这样想我的吗？当初明明是你以次充好！要不是我发现得及时，还不知道会是什么样的结果呢！"

丁哲伟丝毫听不进去冯天成的话："既然我去里面蹲了几天，你也跑不掉！我已经申请了搜查，不要急，很快你也会进去的。"

丁哲伟的表情因为愤怒已经有了微微的扭曲，离近看更是有些狰狞。

电话声响起，缓解了紧张的氛围。丁哲伟拿起手机又得意起来，享受地坐回到沙发上，跷起二郎腿才接通电话。

之前他申请的搜查已经出具了调查结果。丁哲伟接通电话的表情从一开始的得意变成了怀疑。他看了一眼悠闲喝茶的冯天成，好像立刻就明白了什么。

最开始的合作项目里，丁哲伟为了更多利润购来的废弃木料，全被冯天成换成了合格产品。这些年来，丁哲伟一直记挂着自己的钱，可冯天成的每一笔花销，都完完整整记录在了账本上。

丁哲伟瞪了一眼冯天成，将面前的文件往下使劲儿一拍，就出了冯天成办公室。丁哲伟现在无比感谢当初自己让戴晴拍来的资料。现在除了古镇，冯嘉嘉一定想不到自己还有古镇配套的动画项目。

冯天成接起电话，冯嘉嘉激动的声音从手机里传来："爸，你怎么找出的证据啊！这也太厉害了！之前我只是给你提了一嘴，没想到你真放在心上了！"

冯天成有些蒙，不明白冯嘉嘉说什么："什么证据？"

冯嘉嘉笑着说："就是我朋友的水墨动画啊！当时不是被丁叔抄袭了吗。我们还没有办法解决，结果你现在直接就把证据放出来了。爸，你也太帅了！"

冯天成这才想起来，好像之前是有这样一件事，不过因为丁哲伟后来的种种行为，自己也就忘记了。虽然女儿电话里把自己使劲夸了一通，可他也不敢邀这个功："闺女啊，这个还真不是我弄的，我都不知道这个事儿。"

"啊？"冯嘉嘉又看了一眼新闻内容，她不知道除了自己家，还有谁会这样对待丁哲伟。回想起之前，丁哲伟还总是一副和蔼的模样，就算是天大的事她也要给他留些情面。可如今墙倒众人推，他公然抄袭的证据被直接放到网上，这简直是一丝余地都没有留。

因为这个消息的爆出，水艺心的水墨动画项目在国内很快就受到广泛关注，传统文化的热潮也再次席卷而来。看着网上的新闻，戴晴瘫坐在工位上，感觉有些脱力。她看着周围的同事陆续离开，和往常一样自然地和大家打了招呼，又用只有自己能听到的声音轻声说道："明天见。"说完，紧攥了一下手中的辞职申请。

天色渐渐暗了下来。和之前无数个日夜一样，洪涛办公室的灯又亮了起来，好像什么都没变。

戴晴敲门走进洪涛的办公室，一时间又不知该从何说起。

洪涛抬起头，笑着对戴晴说："之前你说有办法洗清抄袭，我还不信呢，现在看来你是真的有办法！不过，这些图你是从哪里得来的？这看着可不像是轻易就能拿到的东西。"

戴晴面无表情地看着洪涛，停顿了很久才张口说道："这些图，是从我自己的手机里拿出来的。"

洪涛一时没明白戴晴的意思，笑着说："当然是从手机里拿出来的啊，不然还要从哪里拿出来……"洪涛说着说着，突然意识到了不对,猛地抬起头看向戴晴,瞳孔骤然放大。

戴晴保持着与刚才一样的神情继续说:"因为,这个对话里的人就是我。"

"为什么?"洪涛不理解,戴晴为什么要做出这样的事儿,他有些迷茫地看着她。

戴晴深吸了一口气说:"丁哲伟是我姑父,亲姑父。古镇项目的行程也是我给的丁哲伟,在你不在这里的时候。"说完,戴晴拿出早就准备好的辞职申请,轻轻推到洪涛面前,小声说了一句:"对不起。"

洪涛显然不在状态。戴晴递过来的辞职申请已经有一角开始起皱了,显然是被摩挲过很久了。现在它真的放在了洪涛桌子上,戴晴知道自己再也不能回头了。

她最后深深看了一眼洪涛,转身从他办公室离开。

洪涛捏起这封起皱的辞职申请。简单的几句话,他硬是看了好几遍才看明白其中的意思。回想起对戴晴的感觉,或许之前是喜欢的吧?现在或许还喜欢。

突然,外面响起一声巨大的雷声,洪涛这才如梦初醒。树影摇晃,眼前的景象似乎穿越了时空,回到了另一个雨夜。记得当时他还对戴晴承诺过,以后下雨了都会送她回家。

可两人的关系是什么时候发生了变化呢?或许是洪涛第一次试探靠近,也可能是戴晴与丁哲伟的关系在一开始就注定了他们的结局。

洪涛没有再多想,他抓起身旁的雨伞跑出了工作室。可在马路上，黄色的灯光之外，全是漆黑的雨，戴晴的身影早就看不见了。

有了戴晴的帮助，水艺心的作品真的获得了国际动漫展的正式邀请。如今，洗清了抄袭嫌疑的她，所画的作品一举成名，跻身知名艺术家的行列，得到了各国业界评论家和艺术家们一致的赞美。

在嘉美天成不断地创新改造下，古镇项目的雏形也终于出现在村民眼前。所有的顾虑都消失了，村主任也意识到是自己误会了嘉美天成，不再阻拦干扰。借着水艺心在水墨动画方面的名气，冯嘉嘉恰逢其时地宣传了自己企业开发的古镇项目，古镇的知名度美誉度得到大大提升。

水艺心再次回到工作室时，洪涛一个人坐在灯光下，身影被拉长了些许，孑然一身，样子有些落寞。

水艺心回到自己原来的位置坐下，见洪涛始终没有抬头，于是先开口道："对不起啊，之前都是我的错。太着急了，没有想明白这些事情，让你误会了。"

洪涛听见声音才抬起头，看到水艺心与他一起坐在灯光下，渐渐缓过神来，说道："我也有错，不该吼你的。"

气氛安静得让两人感到有些拘谨。不过仅仅持续了两三秒钟，水艺心就恢复了之前飞扬的神态："先说好啊，我当时可没有不相信你，是你自己误会的，还跟我生气！"

洪涛笑着哄道："行，这次算我亏欠你的。作为补偿，还有庆祝你动画获奖,我请你吃饭怎么样?"

水艺心的眼睛一下子亮了起来,毫不客气地说:"还有商栈!我想去吃蹄花!"

洪涛无奈地点点头,一一答应下来。水艺心看向外面,见商栈的车还没有出现在路边,转过头来又认真地问道:"不过,这些证据你是从哪儿得来的?发出去之前怎么都没有告诉我一声?"

洪涛又恢复了之前落寞的神情,低下头说:"这些都是戴晴找的,还有你参加的那个国际动漫展,也是她找出来的。"

"是吗?那我明天可要好好感谢她一下,这可真是帮了我大忙!"

洪涛轻轻点了点头,随后又摇起了头:"不用去特意感谢,她已经知道了。"

水艺心疑惑地看着洪涛,正要说什么,门外传来汽车的鸣笛声。商栈来了。

水艺心飞快地跑了出去,脸上掩饰不住的开心。商栈拿出纸巾擦了擦她头上的雨滴,笑着问道:"这么高兴,你跟洪涛是和好了吗?"

水艺心嘿嘿笑了一声,回道:"和好了,本来也不是什么大事,都是误会。对了,他还说要请我们吃饭呢!"水艺心转过头,见洪涛还在工作室里发愣,打开车窗喊道:"洪涛你快点,今天的饭可是赖不掉的!"

洪涛收回看向戴晴工位的目光,回道:"来了!"然后关上工作室的门,走向了正在说笑着的水艺心和商栈。

商栈和水艺心相对而立。他们彼此对视的眼神中,充溢着无限可能的向往和生机。

就像他们最初的相遇。

世间刹那的欣喜,恰好睁开了眼睛,就好像婴儿看见一个个美好的画面从懵懂中醒来,水墨般铺满了这城市的角落和天空。

那里,有他们的云卷云舒,有他们的过往、现在和将来。

幸有水墨度华年。

彼此间,不知怎么,竟然都在心底里,涌起这样的感慨。